伊坂幸太郎

777

トリプルセブン

ISAKA KOTARO

TRIPLE SEVEN

角川書店

777

トリプルセブン

装丁　高柳雅人
写真　Nigel Killeen/Getty Images

二日前の別のホテル

「415号室でいいんだよね」モウフは前を歩くマクラに言った。彼女たちが着ているのは、ベージュのシャツに茶色のパンツ、ホテルビバルディ東京の客室清掃員用の制服だ。

バックヤードを歩く。前を行くマクラとついていくモウフの間には、シーツや枕カバーを詰めたワゴンがあった。

「そうそう、415。良い子、と覚えて」

モウフがマクラと知り合ったのは十年以上前、高校の女子バスケットボール部に入ったころのことだ。顔は見知っていたものの、同じ部だというのに話を交わしたこともなかった。というよりもモウフもマクラも、学校でほかの生徒と話すことなどほとんどなかった。

「結局、生まれた時から決まってるんだから、ずるい」と試合が終わった後、ベンチにも入れず遠くで観戦していたマクラがぼそっと洩《も》らした。話しかけてきたのではなく、ただ本音が洩れ出ただけだったのだろうが、その隣、洩れ出た下流にモウフがいた。マクラが言わんとすることは分かった。マクラもモウフ同様、女子の中でもひときわ小柄だった。自分たちよりも運動能力が少し劣っていても、高身長の部員が重宝されることが多く、いくら練習に励み、それなりに結果を残したところで試合にはほとんど出られなかった。

「確かにね」とモウフも同意した。「生まれながらのアドバンテージ、ずるいよね」

「顔が良くて、スタイルが良かったら、人生はスムーズに決まってる。学校も楽しくて仕方がないだろうし。スイスイ生きられる。ほんと嫌」

「いちがいには言えないかもしれないけど」

「言えるって。しかもそれって生まれた時に決まってるようなもんでしょ。遺伝子とかで。ずるくない？　特別、努力したわけじゃないんだよ。生まれたらそうなっていたわけで。わたしなんてさ、顔は平凡、身体は小さくて、スタイルも良くない。何か悪いことした？　って言いたくなるよね」

　モウフも外見的要素に関しては、マクラとほぼ共通していたものの、それまでは、「わたし、何か悪いことした？」と思うことはなかった。そうか、それくらいのことは言い返してもいいのか、とはっとさせられた。

「恵まれた人にはそれはそれで苦労がある、とか？」モウフがそう口にしたのは、マクラが何と言い返してくるかが知りたかったからだ。

「ないない」とマクラは手をぱたぱたと振った。「いや、そりゃあ苦労はあるだろうけど、じゃあわたしと入れ替わりましょうか？　と言ったら、絶対断るよ。スイスイ人の苦労なんてたかが知れてるんだから」

　身勝手な文句を口にしているだけではあったが、モウフは不快感を覚えなかった。マクラの口調が、誰かを恨む感情的なものではなく、苦情を申し立てつつも、「どうせ改善されないんでしょ」と達観するかのような淡々としたものだったからかもしれない。

「あとさ、わたし気づいたんだけど」

「何？」

「スイスイ人って、だいたい他人を巻き込むんだよね」

「スイスの人のことを言っているように聞こえるね」モウフは笑いそうになる。

「彼氏がいたほうが幸せ、とか、みんなでわいわいしようとか、一人じゃできないことばっかり。わたしは一人で家にこもっているだけでも楽しいんだけど、あっちはそれを、可哀想な生き方だと思ってる節がある」

「あっち」がどのあたりを指すのか分からない上に乱暴な決めつけだったが、モウフは、「確かにね」と答えた。

高校時代、それが最初の会話だった。


エレベーターが到着する。清掃スタッフが使用するためのものだ。マクラが先に入り、モウフも続いた。四階へ向かうボタンを押す。

「そういえば、乾《いぬい》が人捜しをしているみたいだよ」マクラが言った。

「乾が？」

「自分のところで働いていた人らしいけど。三十歳くらいの女の人だったかな。必死に捜してる」

「お金でも持ち逃げされたとか」

「もっとやばいものらしいんだよね。でもまあ、乾が困っているのは気分いいけれど」マクラが笑う。

「一応わたしたちにとっては恩人」

「困っているわたしたちにつけこんで、こっちの世界に連れ込んだ悪い奴、とも言えるよ」

「同い年とはいえ、絶対、わたしたちとは真逆の存在なのは間違いないよね。あっちは高校時代、毎日を謳歌《おうか》しちゃっていたタイプ。クラスの中心で、男子にも女子にも囲まれて、いい気になってたんじゃないかな。百パー、スイスイ人」

「藤原道長《ふじわらのみちなが》みたいに、『世界は俺のものだなあ』とか詠《うた》っちゃいそう」

「それ歌詞にして、歌うバンドがあったら、ボーカルは絶対乾だね。同じ学校でも絶対交わらなかったと思う」

乾は二枚目とまではいかないまでも、清潔感のある爽《さわ》やかな顔立ちをしており、背も高くすらっとした体型、口が達者で、コミュニケーション能力に長《た》けている。

「最初は、やけに親切な人だなと思ったけど」

「全部計算でしょ。知り合いが多くて、偉い人に可愛がられて、それも全部計算。結局、ああいうタイプが一番、得するんだよね。裏でこそこそ動いて、手柄を横取り。自分じゃ何にもやらない」

「全部人任せだもんね。何でも下請け任せ。昔、そう言ったら、『トイレの水を流すのは自分でやってるよ』とか言ってた」

「乾、政治家のためにいろんな仕事引き受けているんだよ。調べ物をしたり、スキャンダルの揉《も》み消しをしたり」

「しかも実際に汗流すのは、下請けでしょ。乾は調子よく請け負って、褒められる。もしかすると、その人捜しも政治家のためかも」

「今、手配書みたいなのあちこちに送っているみたい。この女を見つけたら、情報を送ってくれ、って。タクシー運転手とか配達業とか、わたしたちみたいな業者とか、あちこち。紙野《かみの》さん、だっけかな。その、捜されてる女の人ね。紙野何とかさん」

「見つかるのは時間の問題だよ。乾の人脈すごいから」

「で、見つかったら、ひどい目に遭っちゃうのかな」

「全身麻酔で、解剖されちゃう？」

うげえ、と二人でげんなりした声を出す。「その噂、本当なのかな。人体解剖が趣味って」

「恐ろしいよ。離れて、正解だね、わたしたち」「いつだって正解」

エレベーターが到着した。

従業員用通路を通り、客室フロアに出た。廊下は薄暗く、間接照明による明るさが幻惑的にも思える。

良《4》い《1》子《5》号室のプレートを確認後、センサーにカードを翳《かざ》すと、解錠の音がした。なるべく音を出さないように気を配りながらドアを開き、マクラが素早く室内へと入る。

ワゴンの後ろからモウフも続いた。

男がソファに座り、テレビのほうを向いていた。相手が立っているほうが好都合だったが、これればかりは仕方がない。どちらにせよ大きな問題はない。

「失礼します」モウフは頭を下げる。高校のバスケットボール部で、先輩部員に挨拶《あいさつ》をした時のことを思い出す。

男がはっとし、腰を上げた。マクラとモウフの姿を見て、明らかに混乱していた。客室清掃員だと判断したかもしれないが、どうして勝手に部屋に入っているのか理解できていないのだ。

ワゴンから真っ白のシーツを引っ張り出す。

「おい、部屋を間違えているぞ」

男はベージュのスラックスを穿《は》き、紺のシャツを着ていた。背が高く、体格がいい。

「嘘でしょ」横に立つマクラが驚きの声を洩らした。「隙だらけなんだけど」

動物は、自分より身体が大きい相手は警戒するが、その反対に、自分より小さい相手にはさほど恐怖は感じないものだ。人間もその性質は共通している。大きくて強そうな相手には下手《したて》に出て、小さな相手は見下しがちなのだ。マクラとモウフは昔からよくそう分析し合っていた。「女の平均身長が、男より十センチ以上高かったら、いろいろ変わってるだろうね」とも言った。

男が向かってくるのを見ながら、ほんと馬鹿みたい、見た目で侮った時点で勝ち負けは決まってるんだから、とモウフは思う。

胸倉をつかんでくるか、もしくは脚で蹴《け》ってくるかの二択、と想定しながら、シーツの片側をマクラに向かって投げた。

あとはいつもの流れだ。シーツの両端を二人で持ったまま、男に近づく。広げながら迎え撃つように、頭部を含めた上半身を覆う。男はとっさのことに動けない。シーツの端をまたマクラに投げる。受け取ったマクラがすぐにまた端を放ってくるため、受け取る。繰り返しながら、即席でミイラにするかのように男をぐるぐる巻きにする。

巻き終わると男はバランスを崩し、床に倒れた。

喚《わめ》きながら少し暴れたが、モウフたちからすればそれほど困らない。シーツの上から首の部分にタオルを巻き、それから二人で少し力を込めると、頸骨《けいこつ》が折れる音がする。

「梃子《てこ》の原理に感謝」モウフはつぶやく。梃子の原理は、体格差や腕力差を一気に解消してくれる魔法だ。

死んだ男の身体を、膝《ひざ》を抱えるような姿勢にさせ、畳む。二人で持ち上げ、ワゴンの中に入れる。補強してあるため、底が抜けることはなかった。周りから中が見えないように、リネン類を上から押し込む。

それから、部屋に証拠が残ったままにならないように、と掃除をはじめたが、途中でマクラが、「あ、ヨモピー」と壁を指差した。

壁にはめ込まれた薄型ディスプレイにニュースが流れていた。

マイクを持った人物が、背広姿の男から話を聞いている。精悍《せいかん》な顔つきで背筋が伸びており、実年齢は五十代半ばだったはずだが、それよりもかなり若々しく見えた。

「蓬実篤《よもぎさねあつ》って今は政治家じゃないんだっけ」

「情報局だったかな。日本版ＣＩＡとか言われたやつ。あれの偉い人でしょ。例の事故の後で、政治家辞めちゃったんだよね」

例の事故が何を指すのか、モウフにもすぐに分かった。三年前、都内の広い車道を走っていたＥＶ車が突然、歩道に乗り上げ、歩いていた母子を撥《は》ねる事故が起きた。運転手は飲酒をしており、その被害者が、現役国会議員である蓬の妻子だったものだから、ニュースの取り上げ方はかなり大きかった。

テレビの中では、「蓬長官は政治家時代にも命を狙われていた、という話がありますが」とマイクを向けられ、質問されている。

「いや、そのあたりは何も言えないんです」蓬長官は苦笑いをする。「だけど、もし君が、僕を狙っていたとしたら、こんなに至近距離だから、僕は一巻の終わりですよ」

「わたし、意外にヨモピー好きなんだよね。好き勝手なこと言ってるけど、結構、納得できるし」マクラが言った。「国会議員の数を減らす、とかずっと言ってるでしょ」

「わたしもそれは賛成。民間企業が、リストラせざるを得ない時代なんだから、政治家だって減らしたほうがいい。コスト削減」

蓬実篤は初当選の時から首尾一貫、議員定数の削減を訴えていた。さらには、「あまりに高齢の政治家は引退したほうがいい」と主張し、そのたびに議論を巻き起こした。

「ヨモピーが言ってた通り、実際、筋力とか記憶力とか、判断力とか、年取ると絶対、落ちていくでしょ。どんなに優秀な人間だって、そうなっちゃうし。車の運転だって難しくなるんだから、絶対、若いほうがいいよ」

「若すぎるのも怖いだろうけど」

「だってさ、五十歳の織田《おだ》信長《のぶなが》と、八十歳の織田信長のどっちに国を任せたい？　と言われたら五十歳でしょ」

問いかけにモウフはしばらく悩む。

するとマクラが先に、「でも、織田信長、怖そうだから、嫌かな。むしろ、おじいちゃんになってからのほうが付き合いやすそう」と言った。

何百年ものちに生きる、会ったこともないわたしたちに「怖そう」と決めつけられる織田信長も可哀想だな、とモウフは申し訳なく感じた。

「やっぱり、ヨモピー、嫌がられてたのかな。政治家を減らす、なんて政治家の敵でしょ」

「まあ、そうだろうね。権力を持つ人達は権力を手放さないことをライフワークにしてるんだし。だから、政治家を辞めて別方向から変えるつもりなのかもね、そのために情報局の偉い人になったのかも」

「変える？　制度を？」

「そういうところ肝が据わってそう。だいたい、最初に当選した時だって、列車で悪者捕まえたりね」

十五年前、新宿《しんじゅく》発の快速列車内で、刃物を振り回した乗客が、ほかの乗客を切りつける事件が起きた。十数人の死傷者が出たが、その場に居合わせたのが蓬実篤だった。当時四十歳の彼は自分も入院するほどの傷を負いながらも、犯人を取り押さえたのだ。

「さっき話した三年前の交通事故、飲酒運転の事故も、本当は、家族じゃなくてヨモピーを狙っていた説、あるみたいだよね」マクラが画面を見ながら言う。

「事故じゃなかったってこと？」モウフは高い声を出してしまう。

「あっても驚かないでしょ」

モウフの頭に浮かび上がったのは、高校時代の、ある先輩のことだった。当時の監督のやり方や理不尽な指導方法に疑問を感じ、より良くするために、より健全な部にするために行動した先輩が、ほかの上級生部員の抵抗に遭い、退部に追い込まれたのだ。

「現状を変えようとする人って、邪魔だから」

「確かにね」モウフは、画面内の蓬長官に目をやる。

「ヨモピー、頑張れ」

清掃を終えたところでマクラとモウフは部屋を後にした。

２０１０号室

「うれしいよ。あいつが私の誕生日を覚えてくれていたなんて」目の前の男性は爽やかで、大らかな上司を思わせた。頼りになる上に、部下の失敗を、「仕方がないな」と受けとめてくれるような寛容さを備えている。

「娘さんとは、しばらく会っていないんですよね?」七尾《ななお》は気が進まなかったものの、無言でいるのも耐えがたく、頭に浮かんだことを口にしてみる。「今はヨーロッパのほうにいるとか」

具体的な国名は知らなかったため、大雑把な言い方にならざるを得ない。

「ああ、そうだね、ヨーロッパ」「絵の修業というか、留学でしたっけ」「そう、絵の修業というか、留学でね」

ウィントンパレスホテルの最上階、２０１０号室にいた。例によって、真莉亜《まりあ》がどこからか引き受けてきた仕事の下請け、実働部隊として、やってきたのだ。

「部屋に行って荷物を渡す。それだけだよ。本当に簡単。びっくりするくらい」依頼内容の説明の際は、いつも通りそんなことを言い、ホテルの構造を説明した。「地上二十階建て、地下には駐車場がある。一階ロビーにラウンジ、二階には和洋中、三種類のレストランがあって、建物の中央部分にエレベーターが四基。宴会場が三階。東西に廊下が延びていて、客室がおよそ十部屋ずつ。非常階段は各階二ヵ所、廊下の端に」

「荷物の中身は？」

「娘が父親に誕生日プレゼントを送りたい。それを運んであげるのが仕事。こんなに簡単で、安全な仕事があっていいのかな、と不安になるよね」

「君がすぐに、簡単で安全、とか言うことのほうが不安だ」

「プレゼントを運ぶだけなんだから」

「本人が自分で渡せばいいじゃないか」

「留学中なんだよ。仕方がないでしょ。昔はいがみ合っていたのが、海外に行って離れたことでありがたみが分かったみたい。だから、誕生日に父親へプレゼントをしようか、と。いい話でしょ」

「出張先のホテルにまで届ける必要があるのかな。自宅に送ればいい」

「仕事が忙しいお父さんなんだって。出張続きでなかなか家に帰れない。やっぱり誕生日プレゼントは、誕生日に届かないと間が抜けちゃう。とにかく依頼された通りに、プレゼントを持っていってよ。そうしたら報酬を支払ってもらえる。君はもう、危ない仕事はやりたくないって言ってたんだし。こんなに簡単な仕事を逃す手はない」

「あの〈はやて〉の時も、君はそう言った」七尾は強く主張する。業界では「Ｅ２」と新幹線の形式名で呼ばれる事件のことだ。死体が山ほどできあがり、七尾も紙一重でその山に加わるところだった。スーツケースを持って、次の駅で降りろ、というただそれだけの仕事だったのに、だ。

「今回は大丈夫だから。あまりに簡単。プレゼントを渡せばおしまい。できれば、お父さんの写真も撮ってあげるといいかも。仕事をちゃんとやった証拠にもなる」

真莉亜は早口でまくし立てるタイプではなく、むしろ淡々と話してくる。そこにコツがあるのかもしれないが、耳を貸していると、「確かにその通りかもしれない」と思いそうになる。七尾は洗脳を振り払うように通話を終えた。

そして今、七尾はウィントンパレスホテルの2010号室で、ベージュのチノパンに白シャツを着た、「仕事ができる人」とラベルをつけたくなるような男と向き合っている。

景気の良い企業の、良い役職についているのかもしれない、袖《そで》から見える腕時計は見るからに良いもので、高級そうであったし、置かれているバッグもブランドのロゴが目立った。

突然、七尾が部屋を訪問したものだから、はじめは彼も当惑していた。サプライズのために、依頼主は事前に連絡をしていなかったのだろうか。困るのはこちらのほうだ。ぴりぴりとした警戒心を隠そうともせず、ドアバーのかかったドアの隙間から探るような顔を見せた。

七尾はできるだけ胡散臭《うさんくさ》く聞こえないようにと気を配りながら、事情を説明した。娘さんからの誕生日プレゼントを持ってきただけです、渡したら帰ります、と伝えると、「ああ」と彼はとたんに表情を明るくし、室内に招いてくれた。重そうだから中に運んでほしいと向こうから言う。

七尾は自分が運び入れて置いたばかりの、梱包《こんぽう》された荷物に目をやった。厚みはないものの、片手で抱えるには大きすぎる物だった。

「何をプレゼントしてくれたんだろう」包まれた荷物に触れ、彼は目を輝かせている。ように見えた。

「何でしょうね」と言った後で、少々ぶっきらぼうだったかもしれないと七尾は慌て、「絵かもしれません」と言った。「絵の修業」という情報からの安直な推察だ。

「なるほどね。確かに」と彼は梱包を解《ほど》く。

プレゼントの中身を確認する必要もなく、七尾はそのまま帰ろうと思ったが、するとどこに挟まれていたのかポストカードが滑り出て、七尾の足元に落ちた。拾い上げると文面が見える。

「少し前にビデオ通話した時のお父さんをもとに描いてみました。似てるでしょ」とあった。

中身はやはり、額に入った絵だった。油絵だろうか、優しいタッチで塗られた人物画で、正面を向く、優しい眼差《まなざ》しの男性が微笑んでいる。肌や髪の毛の先、首筋まで、かなりリアルに見えた。上手いな、と七尾は感心した。芸術性については判断がつかないものの、気持ちが込められているのは明らかで、七尾は会ったこともない依頼主に好感を抱いた。

良かった、何事もなく仕事が終わる。そう思おうとした。このまま何事もなく済ませるべきだ。何しろこれは、「簡単で安全な仕事」なのだから、問題などどこにもない。気がかりなど無視し、部屋から立ち去ればそれでいい。


「ちょっと待って。どういうこと」携帯端末の向こうから真莉亜が言った。「何かあったの？あんなに簡単な仕事なのに？」

「簡単で安全」そのキャッチコピーは忘れていない、と七尾は言い足す。

「今どこにいるの」

「まだホテルだ。ウィントンパレス。立派なホテルだよ。部屋もシックな高級感にあふれていて、家柄のいい貴族も満足しそうだ」ベージュがかったフローリングに、黒い木目のアクセントクロスが合っている。

「家柄のいい貴族の趣味なんて知らないけど」彼女の溜《た》め息が聞こえる。「すぐ終わる仕事じゃなかったの？　プレゼントを渡して」

「いい絵だったよ。お父さんのことを描いたらしい」

「何が問題なの」不穏な言葉は受け入れたくないという思いが伝わってくる。

「顔が違ったんだ」

「顔？」

「その絵に描かれている男と、ホテルにいた男性と。スタイルも違う」絵に描かれているのはふっくらとした体型で、丸顔だったが、２０１０号室にいた男は細面だった。体重の増減や顔のむくみといったものでは説明がつかないほど、共通点が少なかった。

「何それ。でも、芸術ってそういうものでしょ？　実物をそのまま描いても仕方がないし、モディリアーニだって、岸田劉生《きしだりゅうせい》だって」

「俺もそう思った。どう見ても、リアリズムの絵だったけれど、デフォルメされていたのかもしれない。いちがいには言えない。俺は芸術をよく知らないし」「そうね」「だからほんとは一応、君に相談しようと思ったんだ。絵と顔が違う。これがどういうことなのか、芸術ということでいいのかどうか、どうすればいいのか、アドバイスをもらいたくて」

「それがこの電話？」「いや、これは、さらにその後の電話」

「どういうこと」

「部屋の外にいったん出て、君に電話をかけようと思ったんだ」

七尾は、２０１０号室の男に、「少し電話をさせてもらってもいいですか」と頼んだ。

「電話？」彼が首を傾げる。

「大したことではないんですが、手続き上の問題で」と曖昧《あいまい》に返事をした。真莉亜と仕事をするようになってから手続きなど一度も必要ではなかったが、大まかに言えばどのような行動も「手続き」にあたるはずだ。

「それなら、部屋の外で喋《しゃべ》ってもらってもいいかな。私が話を聞いてしまうのも申し訳ないから」

「ああ、はい」

部屋を出たらオートロックがかかるため、締め出されてしまう恐れはあった。その時はまた、チャイムを押せばいいだろう。やるべきことはやったのだから、帰ってもいいかもしれない。絵と実物が違うくらい何だと言うのだ。芸術は、対象の真の姿を表出させる。そういったたぐいの何かに違いない。

自らに言い聞かせ、七尾はドアに向かったが、すると思わぬところにソファがあったため、ぶつかりそうになった。慌てて身体を捻《ひね》り、避《よ》けた。

「それが良くなかった」携帯端末の向こうが静かなものだから、真莉亜が聞いているかどうか少し心配になったが、「どういうこと？」と声がした。

「彼が驚いたんだよ。後ろから俺の首に手をかけようとしていたんだろう。そこで俺が急に、予想外の動きを見せたから、慌てた」

「首に手を？　待って、どういうこと」

「結論から言うと、彼はたぶん偽者だ。実物が偽で、絵が本物だった。絵を描いた娘の父親なんかではなかった」

状況が分からない、もっと分かりやすく説明しろ、結論から話しなさい、と追及してくる真莉亜に従い、七尾は早口で自分の推理を話す。

突然、部屋に俺がやって来て、絵のプレゼントを渡したものだから、あの男は怪しんだのかもしれない。部屋に招き入れた時に、殺害することを決めたのか、それとも話しているうちに俺の反応を見た上でそうすることにしたのかは分からないけれど、とにかく、部屋から出ていくために背中を向けた俺の首を絞めようとしたんだろう。

「どうして普通の人がそんなことをするの」

「普通の人じゃなかったからだ。俺たちと同じような、法律を気にせずに物騒なことをする男だったんじゃないか」

「後ろめたい仕事でもしていたのかな」

「どうだろうね。今となっては本人の口からも聞けないし」

真莉亜が黙った。その後でまた、溜め息が聞こえる。七尾は自分の目の前、ソファに座らされる恰好《かっこう》で息絶えた状態の男性に目をやった。

「死んだの？」

「その言い方はちょっと怖いな」「言い方なんてどうでもいいよ。じゃあ、来世送りにした、とでも言う？」

「いいね。とにかく、俺がやったわけじゃない。さっきも言っただろ、あっちが俺の首に手をかけようとして、体勢を崩した。足元に落ちていた紙を踏んで、滑ったのかもしれない。ひっくり返ったんだ」部屋に置かれていた大理石テーブルの角に額を打ち付けたのだ。七尾が目を丸くしていると、彼は床に倒れ、痙攣《けいれん》したのち動かなくなった。

真莉亜は少しの間、「うーん」と間延びした声を発していた。考えを巡らしているのか、思いもしない展開に苛立《いらだ》っているのかはっきりしなかったが、やがて、「関わるわけにはいかないから。そこを後にするしかないよね。オートロックで、鍵《かぎ》はかかるだろうし」と言った。

「ベッドメイキングのスタッフとかが来たら、ばれる。ああいう係はマスターキーを使って、開けられるんだろ？　ちなみにカードキーにもマスターキーってあるのか？」

「そりゃあ、あるんじゃないの。じゃないといざという時、困るでしょ。ただ、普通はチェックアウトした後に清掃するだろうからね。すぐに来るとは思えない。清掃は不要です、とか報《しら》せるスイッチもあるでしょ」

「彼は、何泊の予定だったのかな」

「わたしが知っていると思う？」「君なら」と七尾は嫌みを隠さずに言う。

「今、十七時。ということは少なくとも、チェックアウトは明日の昼以降でしょ。それまではベッドメイキングには来ないはず。あとは、その死体をどうにかできないか、知り合いに訊《き》いてみるから。それまでトイレとか浴室に隠しておいて」

「なるほど」七尾は納得していなかったが答えた。「ちなみに確認するけど、そもそも、この依頼をしてきた人はまともなのか？」父親に絵のプレゼントをしたい、という娘が存在するのかどうかも怪しく感じた。「君に依頼してくるくらいだから、ごく普通の一般人、というわけではないだろうね」

「業界に関係はしているけれど」

「やっぱり」

「だけど、物騒なことをするタイプじゃないんだよ。海外との行き来の際に物を運んだり、情報をこっそり伝達したり、その程度。わたしも時々、仕事を頼んでいるし」

「どうして俺を襲ってきたんだろう」と七尾は言ってから、「あ、そうだった」と気づく。絵に描かれていた男とこの部屋の男は別人なのだ。

「とりあえず、その男の顔を写真に撮って、送ってくれる？　誰か分かるかもしれない。あとで見るから」

「あとで？　今、チェックしてくれないかな」

「手が離せないの。言ってなかったけれど、運転中なんだよね。ハンズフリー通話。高速走ってるから。写真はチェックできない」

「君は旅行中か」こっちは仕事なのに。

「人聞きの悪いこと言わないで。旅行から帰ってるところなんだから。仕事をしっかりやる人間には、息抜きが必要なんだよ」

「俺はどうすればいいかな」

「その部屋を一通り片付けたら、そのまま帰っていい。わたしもこの後、出かけるし」

「出かける？」今もすでに、出かけていたところなのでは？

「いったん帰ってから、その後、舞台を観に行く予定。十八時半開場、十九時開演」真莉亜は言ってから、演劇団体の名前を口にした。七尾が訊《たず》ねていないにもかかわらず、劇場や日時について話し、どれほどその舞台公演が人気なのか、チケットがたまたま手に入った自分はどれほど幸運に恵まれているのか、その説明も続けた。

「そんなに、息抜きばかりで大丈夫かな」

「あ、言っておくけれど」真莉亜の声が少し強くなる。「気を付けて帰るようにね」

「気を付けて？　この部屋から出て、エレベーターに乗って、一階まで降りる。ホテルを出て、地下鉄駅に向かう。それだけのことだ」真莉亜にではなく、どこかで自分を見ているかもしれない、偶然や運命を司《つかさど》る存在に強く訴えるような気持ちで七尾は言った。「何も難しいことではない」

そのはずだよね？

「自分が一番よく知っているでしょ。その、『それだけのこと』をやるのに、君はなぜかトラブルに巻き込まれちゃう」

「それが俺だ。もちろん、分かっている」七尾も否定しなかった。それから息を吐く。「分からないのは君のほうだろ。簡単な仕事と言ってやらせておいて、今になって気を付けてねと心配してくるなんて矛盾している」

「死体ができあがるような仕事じゃなかったんだから、わたしだって怖くなるよ。君の不運に」

七尾はもう一度、ソファの白シャツ男の死体を見た。「人の死とはなるべく関わりたくないんだけどな」

「一つだけ覚えておいてほしいんだけれど」

「何を」

「君が誰の命も奪いたくないのは分かってる。なるべく尊重したい。だけど、君の命を狙ってくる相手に関しては別だと思って」

「別とは？」

「君を殺そうとする相手には、手を抜いたら駄目だから。相手がその気なら、君もその気でいかないと。サッカーのＰＫもそうでしょ。蹴る側と守る側を交互にやるんだから」

「ぴんと来ない譬《たと》えだ。でも、分かるよ。ホテルから出て、一段落したら報告を入れる」

「観劇中はメッセージのチェックはできないけれど」

「後で確認してくれればいい」

通話を終えた七尾は、男の死体を引き摺《ず》るように移動させ、浴室の浴槽内に入れた。その後で床の絨毯《じゅうたん》についた血の痕《あと》を、水で濡《ぬ》らしたタオルでこすり取る。タオルはまた浴槽に投げ入れる。

自分の痕跡《こんせき》が残っていないかを確認した後で、肝心のプレゼント、額入りの絵をどうすべきか悩んだ。そもそも、この部屋にどうして別の男がいたのか。そこで、はっとした。

持ってきた際のラッピング紙をひっくり返す。ホテルの部屋番号と名前が書かれた紙が貼られている。「２０１０」という手書きの数字が滲《にじ》み、「２０１６」とも読めることに気づいた。反対では？　七尾の頭にその疑念が湧くのにさほど時間はかからない。「２０１６」が、「２０１０」に読めたのではないか。

部屋を間違えた可能性はある。間違えたのだ。誰が？　俺だ。

そうだとすると、この２０１０号室の男は、自分とは違う名前宛てであったにもかかわらず、否定せずに七尾を部屋に入れた。

普通の人間ならば、「部屋が違うのでは？」と対応するところを、物騒な仕事に関わる男は、

「何か意味があるのでは？」と先回りをし、七尾を招き入れたのかもしれない。充分ありえる。細かいことに気を配ったのが裏目に出たわけか。世の中は皮肉な出来事で溢《あふ》れている。本来の届け先、２０１６号室に持っていったほうがいいだろうか。

「このウィントンパレス、立派なホテルだよね。建物自体は大きくないけど、中は立派だし。部屋の中で歩くのも少し緊張しちゃう」

　そう言ってくるココを見ながら紙野結花《ゆか》は、ずっと前に亡くなった母を思い出した。人当たりがよく、馴《な》れ馴れしいものの嫌みはなく、どこか親しみが持てるタイプだ。六十代だとは思うが、五十代と言っても通用するかもしれない。

　紙野結花は昨日から宿泊しており、そこにココが来たところだった。

「部屋数はそんなに多くなくて、こぢんまりしたホテルだけれど、高級感があって贅沢《ぜいたく》だよね」

「今までの人生で貯めてきたお金、全部使うつもりで予約を取ったんです」

　あらあ、とココが感嘆と呆《あき》れの入りまじった声を出した。

「知ってる？　このホテル、『死にたくても死ねないホテル』って言われてるの」

「え」物騒な表現だったものだから、紙野結花はびくっとしてしまう。

「怖い意味じゃなくてね、ここに来ると幸せな気持ちになるから、死にたかった人も死にたくなくなる、って意味らしいんだよね。人生に嫌気が差した時は、死んだと思って泊まってみるといいってことかも」

「ああ、そういう意味ですか」

ココはリュックサックからタブレット端末を取り出し、目の前の丸テーブルの上に置いた。簡易キーボードも広げ、何やら操作をはじめる。

「あの、本当に、できるんですか」

「できるって、あなたを逃がすこと？　もちろんそのために来たんじゃないの。あなただって、そのつもりで依頼してきたんでしょ。もしかすると、わたしがこんな年寄りだと知らなくて、後悔しているの？」

とんでもないです、と紙野結花は首を左右に振る。「乾さんが前に言ってました。人生をリセットするならココさんに頼るのが一番いい、って」

紙野結花に対して喋ったのではなく、別の人間との電話での会話の中でそう言っていたのだ。

「今の人生をやめたいなら、おまかせ」ココが芝居がかった言い方をした。「連絡先は乾から聞いたわけ？」

「乾さんの仕事関係の人の連絡先はすべて頭に入っているので」

「頭に全部？　記憶力いいの？」

質問ばかりしてくるココが、さらに母親に見えてくる。「はい」

「あら。ずいぶん、あっさり認めるのね。謙遜《けんそん》しそうなのに」

「記憶力がいいのは、否定できません。全部そのせいなんです」と続けた。胃がぎゅっと締まる。

自分の頭を右手でつかむようにした。つかんで、脳を取り外したい気持ちに駆られる。

「全部って、どの全部？」

「人生がこんなことになっているのが、です。乾さんのところで働くことになったのも。そこから逃げることになったのも」

たぶん、わたしが友達一人いない人生を生きてきたのも。

「記憶力がいいなんて、良いことじゃないの。トランプの神経衰弱とか強そうだし」

「強かったです」紙野結花の声が強くなってしまったのは、実感がこもっていたからだ。子供のころは無邪気に、トランプのカードをひっくり返し、「当たった」「また当たった」「どうしてみんな外れるの？」と優越感を覚えて気分が良かった。が、だんだんと他の人たちは自分ほど物事を記憶していないことを知るようになり、それと同時に、「忘れる」能力がいかに必要かに気づくことになった。

嫌なことなんて忘れればいいじゃないの。誰かが言えば、紙野結花が口にする答えは決まっている。

忘れるなんて、どうやって？

「どんなこともずっと、覚えているんです。何でもかんでも。見たものも聞いたことも。ぼんやり眺めている時はまだマシなんですけど、一回意識すると」

「記憶に刻まれちゃうわけ？」

紙野結花は強くうなずいた。「まさに、刻まれちゃう、という表現がぴったりです。こすっても、洗っても消えなくて」

「そんなに？」ココは目を見開く。歩き出したのでどうしたのかと思えば、ベッドサイドからファイルを持ってくる。「こんなのも見たら覚えられるってこと？」

開くと、ホテルの約款などが書かれていた。紙野結花はうなずくと、開かれたページに目を走らせる。三十秒も経たないうちに、「ここは覚えました」と答えた。

半信半疑の様子のココに対し、記憶したそのページの文章を口にしてみせる。

「あらあ、すごいね」ココは言ってから少しの間、茫然《ぼうぜん》としていた。「忘れっぽいわたしからすると、羨《うらや》ましい気がしちゃうけれど」

「子供のころ、周りの友達や親が、どうして物事を忘れちゃうのか分からなかったんです」

「テストは得意だったでしょ？　学校の勉強なんて、暗記すればいい点数取れるから」

はい、とこれも紙野結花は即座にうなずく。小学生の頃から学校の勉強で苦労したことはなかった。気づけば、「結花ちゃんは優等生」と言われるようになっていた。

「友達からの、ちょっとした言葉とか、嫌な態度とか、そういったことが全部、頭に残っちゃうんです」紙野結花は自分の頭を指で叩《たた》く。相手は悪気なく、もしくは深い意図もなく発した言葉も、頭の中で反芻《はんすう》するうち、「もしかするとあれは嫌みだったのかもしれない」「わたしの態度が良くなかったのではないか」とつらい想像を生み出すようになった。

人との付き合いは、つらい記憶を増やす。相手の言動だけではなく、自分自身がやってしまった失敗や失言、良くない言動をずっと覚えていることもつらかった。罪の意識、後ろめたさが薄まることなく、いつまでもくっきりとしたものとして、紙野結花を責めた。

十代になり思春期を迎えた時には、自分から他者に関わるのを避けるようになっていた。

「友達とか一人もいませんでした。学校で、必要最低限の会話はありましたけど、学校以外の場所で誰かと会ったり、遊んだりすることもなかったですし」

寂しいとは感じなかった。ただ、時折、ＳＮＳで華やかな男女が楽しそうにしている様子を観たり、もしくは容姿端麗な男女が、自分たちの子供の写真を誇らしげに載せているのを目にしたりすると、そのたびに、「わたしは何をやっているのだろう」と暗い気持ちになることも多かった。

そう話すとココは、「あんなの幸せじゃないよ。見せびらかさないと幸せを感じられないんだから」と手を大きく振った。「友達が多いなんていったところでね、嫉妬《しっと》とか不満が渦巻いちゃうだけだから」

「渦巻いちゃいますか」自分を励ますために言ってくれているのは分かったが、紙野結花は少し笑ってしまう。「だけど一人きりも孤独です。それで大学生の時、いろいろ考えたんです。どうやって生きていこう、って。自分に向いている仕事は何なのか、って」

「弁護士とか資格を持つ仕事はどうなの？　記憶力がいいなら、法律を覚えるのも得意だろうし」

「それは少し思ったんです」法学部に入学しておくべきだったか、と後悔はした。それに限らず、資格試験にはむいているだろうから、何らかの専門家を目指すことも考えた。「ただ、言い方は悪いですが、お医者さんや弁護士さんはみんな、困っている人を相手にするじゃないですか」

「まあ、困ってる人を助けてあげるんだろうね」

「その困った人たちの話を、ずっと記憶しているとなったら、たぶん耐えられない気がするんです」

「分かるかも」

「考えた末に閃《ひらめ》いたんです。お菓子作りとかはどうだろう、って」

「急に？」ココが笑う。

「料理のレシピ、分量とか手順とか、ああいったものはいくらでも覚えられますし、センスがあるかどうかは分からないですけど、言われた通りにやることはできる気がしたんです。しかも」

「食べた人が喜んでくれる」

紙野結花は大きくうなずいている。「大学を辞めて、専門学校に通うことにして」

誰かに喜ばれたい。誰かを喜ばせたい。友人がいないのは諦《あきら》めるが、それくらいの機会があってもいいではないか。

当時、紙野結花は、やっと自分の生きる道が見つかった、と興奮した。実際のところ、専門学校に通っていた時はこれまでの人生において、もっとも平穏だった。

「学校卒業後、都内の洋菓子屋さんに雇ってもらって、働いていたんです」

「どうだったの」

「あまり良くなかったです」紙野結花は正直に言った。

「あら」

「仕事自体は頑張れましたが」「まあ、人間関係はどこにでもあるからね」

紙野結花が説明するまでもなく、ココは何が起きたのかを理解している様子だった。オーナーであるパティシエの機嫌により、店の雰囲気は変わり、先輩社員からは理不尽に作業を押し付けられた上に、理不尽な叱責《しっせき》を受けた。商品の質やお客様の喜びよりもオーナーの顔色ばかり気にする店には、悲しみと苦痛しかなかった。「でも、よくある話なんですよね」

「だめだめだめ。よくある話なんて言ったって、紙野ちゃんにとっては重要なことなんだから。そんなこと言ったら、生き物はみんな死んじゃうから、死ぬのは仕方がないよね、とかなっちゃうよ。よくある話じゃ済まないでしょ」

「結局、お店をやめることになったんです。ただその後も、その時のつらさがずっと残っちゃって」

「時間が経てば、嫌なことも忘れられるから、と紙野ちゃんの場合は言えないわけね」さぞかしつらいだろう、とココが同情してくれる。

「精神的にまいってしまって、通院しつつ処方してもらった薬で、どうにかこうにか生きていたんですけど、お金もなくなってしまって」

身心ともに調子を崩し、預金を薄く削り取るように使いながらどうにか生活をしていたが、少しでも社会に関わりを持っておこうと参加したボランティア先で、手の込んだ詐欺に遭い、半年ほどで口座のお金をほとんど失った。

「あらら」とココが顔をしかめる。

「その頃、乾さんに会ったんです」

炎天下で一日立ったままのアルバイトをこなし、疲れ果てて家に帰る途中、新しく開店したばかりのタルト店に気づいた。窓ガラスのそばに置かれた、フルーツのたくさん載ったタルトが美しく、いったいどう飾り付けられているのかと顔を近づけ、まじまじと眺めていたのだが、そこに乾が、「お姉さん、そのケーキ、そんなに欲しいの？　買ってあげようか」と声をかけてきたのだ。慌てて、「いえ、見ていただけです」と説明したが、当然ながら言い訳としか受けとめてもらえず、「いいからいいから、一緒に食べようよ」と寄ってきた。

「フットワークが軽いというか、ノリがいいというか、乾らしいね。そうやって、ずるずると人を引き摺り込むんだよ」

紙野結花はどう反応していいのか分からず、愛想笑いを浮かべる。戸惑いを正直に口にした。

「わたしの前では、悪い人ではなかったんです」

「本当に悪い奴は、みんなにそう思わせるんだから」ココが同情するように言った。「何年、乾のところで働いていたんだっけ」

「二年です。事務仕事を。経理も」

「乾が怪しい仕事をしていることは知っていたの？」

「はじめはもちろん知りませんでした」嘘ではなかった。ほかの仕事がまともにできない状況だったため、乾のところで働けたのはありがたかったが、それでも法律を守らない、物騒な仕事に関わっていると知っていたら、働こうとはしなかったはずだ。

「乾のほうは、紙野ちゃんの何でも覚えちゃう力のこと知っていたのかな」

紙野結花はうなずく。働き始めた際に伝えた。雇ってもらうにあたり、自分の体質や事情を話しておかなくては迷惑がかかると思ったからだ。

「喜んだでしょ」

「え」

「乾は、自分では何もやらずに他人にやらせるのが大好きだから。紙野ちゃんの記憶力なんて、活用しがいがあるに決まってる。前に言ってたことあるからね、『俺、自分以外の人間のこと、こっそり、道具って呼んでるから』って。さすがに、身もふたもない言い方で、笑っちゃったけど」

確かに、と紙野結花はうなずいている。乾は利用できる相手がいれば、遠慮することなく頼り、仕事の大半はアウトソーシングでこなしてばかりだった。

思えば、紙野結花と外を歩いている時も、取引先の連絡先を暗唱させることはもちろん、自分のスケジュールを口頭で述べて、「紙野ちゃん覚えておいて」と気軽に覚えさせたりもした。時折、政治家との食事の場に紙野結花を連れて行ったかと思えば、「あの時、あの人、何て言ってたっけ」と議事録をめくるかのように確認することもあり、そういう意味では、乾は自分のことを、音声で操作する記憶装置のように捉《とら》えていたのかもしれない。

「何が可笑《おか》しいの？」ココに言われ、自分の表情が緩んでいることに気づいた。

「乾さんが時々、『今日、俺、お昼ご飯食べたっけ？』と訊《き》いてくることもあったんです」

ココが笑う。「記憶力がいいと言っても、そんなことまで知ってるわけじゃないよね。そこまで人任せだとは」

「どこまで本気だったのか」

「気持ち悪い噂を聞いたことがあるんだよね」ココの顔が急に苦いものを齧《かじ》ったようなものになった。

紙野結花は緊張する。「何でしょう」

「乾が解剖マニアだって。聞いたことない？」

「解剖？」

紙野結花の反応を見てココが、しまったな、という表情を見せた。知らないのならば、わざわざ話題にする必要はなかったと思ったのだろう。「行き場のない若者を見つけて、全身麻酔をかけた後で、下ろす。そういう噂をね」

「下ろす？」

「魚を下ろすみたいに」

紙野結花は口に手を当てたまま、しばらく言葉が出せない。もちろんそのような噂話は初めて耳にした。まな板に置かれた人の身体を思い浮かべそうになる。おぞましい場面を想像しかけ、慌てて頭を左右に振った。

「あくまでも噂だけれどね」

「そうですよね」と答えた途端、紙野結花の記憶が刺激された。

乾の事務所に置かれた人体模型や、人間の骨や筋肉を図解した本だ。乾はそれをよく、舐《な》めるように眺め、触れていた。あれはそういう意味だったのか。

ココがつらそうな顔をしている理由は、紙野結花にも分かった。あなたも捕まったらそうなる可能性はある、と心配してくれているのだ。全身の毛が逆立ち、腹に穴が空いたかのような寒さを覚える。痛みもなく皮膚が剝《は》ぎ取られる自分を想像しかけ、震える息が唇から洩れる。

六人　車道

六人組を乗せたＳＵＶが、ウィントンパレスホテルに向かっている。

「アスカ、あとどれくらいで着く?」

「ナビの到着予定時刻を信じるなら、あと十五分くらい」

「そこに乾が捜している女が宿泊しているのか」

「何て名前だっけ」

「紙野でしょ。紙野結花。それくらい覚えておいたほうがいいよ、カマクラ」

「待っててね、紙野さん」

「なんか、楽しいよね」「ヘイアン、何がだ」

「一生懸命隠れてる人を、追い詰めて捕まえるのって楽しいでしょ」

SUVには六人が乗っていた。運転しているのがアスカ、助手席にナラが座っている。二人はともに二十三歳で、六人の中では最年少だった。富裕層家庭で育ち、二人とも三人姉妹の三女、インターナショナルスクールに通っていた上に家庭から放逐された、と共通点が多かったが、異なる点も多い。アスカは痩《や》せ型で、「モデルみたいだね。美人だね」と近づいてきた男の目を爪楊枝《つまようじ》で突いた経験がある一方、ナラは身長百七十五センチメートルと、女性としては長身で、「奈良《ナラ》の大仏にしては縦に長すぎる」とからかわれた際に、その相手の耳にボールペンを刺したことがある。

二列目にいるカマクラは二十六歳の男、アスカ同様、外見が、「一般的に理想」とされる要素でできあがっており、男性ファッション誌のモデルとしてスカウトされた経験もあった。

カマクラの隣に座るヘイアンは二十八歳、小柄で、垂れ目と喋り方のためか、「おっとりとしている」「頭の回転が遅く、論理的な判断が苦手」と決めつけられることが多い、と自分でよく嘆く。実際の性質はその正反対、せっかちな上に頭の回転が速く、物事を合理的に決断し、最短距離で課題を処理したがる性格だった。

後ろの三列目、左側に座るセンゴクは三十歳、アメリカンフットボールの選手だと言ったほうが受け入れられるほどに身体が大きく、胸板の厚さや二の腕の太さには迫力がある。感情を露《あら》わにせず、言葉数は少ない。自分より身体の小さい相手に暴力を振るうことを何よりも好んだ。

センゴクと少し間を空けて座っているのが最年長者、三十五歳のエドだ。もともとはエドが、ほかの五人を集め、仕事を始めるようになった。グループを仕切る役割を担っている。

「エドさん、最近聞いたんだけれど、昔、業者殺しっていたの?」カマクラが振り返るようにし、三列目のエドに言った。

「あ、わたしも聞いたことある。だいぶ前でしょ」

「ヘイアンは意外に情報通だよね。わたしは知らない。何それ」

「ナラが、情報に疎いだけだよ。業者殺しっていうのがいて、めちゃくちゃ強かったんでしょ。一年弱で、二十人とか三十人とか殺されたとか」

「そういう数字って怪しい気がする。二十人と三十人じゃ全然違うし。しかも、一般人じゃなくて業者が、そんなにやられる?」運転席のアスカが声を上げる。

「十五年前だから、俺がこういう仕事をする少し前の話だ」エドが説明した。

「俺、小学生だ」「わたしも」「その人、今どうしてるの。男? 女?」

「ヘイアンは興味津々すぎる」

「だって聞いた噂だと、五人くらいの業者に囲まれて、全員、両腕使えなくしたって話だよ。興味深いでしょ」

「両腕を折ったってこと?」

「両肩を脱臼《だっきゅう》させる、と聞いた」エドが答える。

「わあ、何それ」ヘイアンが、スポーツ選手の新記録を聞いたかのような、喜びと好奇心のいりまじった声を発した。

「コツをつかんでいるのか、あっという間に肩の関節を外して、動けなくするらしい。腕が使えないようにして、殴り殺していたようだ」

ナラとカマクラが歓声がわりの、口笛にも似た声を上げる。「両腕動かせないのは、さぞやもどかしいだろうね。抵抗できない相手を、ひたすら痛めつけるとか、楽しそう」「俺もやってみたい」

「だけど、どれも伝聞ではっきりしない。押し屋って聞いたことがあるだろ」

「あの、電車とか車に轢《ひ》かせる業者？」

「あれも都市伝説だって話があるからな。事故死した人間が業者にやられたことになっているだけ、という。それと同じように、当時、何らかの事情で死んだ業者は、業者殺しにやられたと言われていただけかもしれない」

「もしくは、どこかの金持ちが自作の武器で、悪い奴らを懲らしめていたのかもよ。映画に出てきそうでしょ」アスカが言う。

「両肩を脱臼させてから殺す正義の味方、いいね。ダークヒーロー中のダークヒーロー。映画化しても、わたしたち以外、誰も応援しないかも」

「だけど、活動期間は一年くらいで、消えた」

「活動、って言い方が正しいのか？」センゴクがぼそっと洩らす。

「浮世絵師でいなかったっけ。一年弱しか活動していなかった、謎の絵師」

「写楽《しゃらく》ね。写楽の正体は誰か、ってたくさん説があるけど。その業者殺しも、それみたいなものかもね。なぜ一年でいなくなったのか」

「一年くらいで死んじゃったってことじゃないの？　だから一年で、活動が終わっちゃった、と」

「死んだと見せかけて、モンゴルに渡ったとかないのかな」ヘイアンが言う。「わたし、好きなんだよね、義経伝説」

「それがさ、最近また現われているらしいよ」カマクラが言った。そもそものことから、話題にしたのだ、と。

「最近現われてるって、誰が」

「業者が殺害されているんだって」

「どこの誰」「さあ」「まあ、大騒ぎになっていないってことは、そんなに大した業者じゃないのかもね。それに、業者が殺されることなんて珍しくないでしょ。危ない仕事が多いんだから」

「両肩の関節が外されていたらしいよ」

「あら」

「もしかすると、業者殺しがまた動き始めたんじゃないか、って言ってる人がいた」

「今の時点では何とも言えないな」エドが答えた。「本歌取りみたいなものかもしれない」

車が急停止する。二列目シートに腰かけていたカマクラの体がつんのめるようになり、運転席の背もたれにぶつかった。「何だよ、アスカ。運転下手だな」

「前の車が急に停まるから」

助手席のナラは特に気にした様子もなく、腕を組み、むすっとした顔をしたままだ。

また車が動き出す。

カマクラは身体を傾け、前に視線をやる。フロントガラス越しに、黒いセダンの後ろ姿が見えた。ブレーキランプがつき、停止した。アスカがブレーキを踏んだのだろう、またこちらの車が前に倒れ掛かるようにし、停まる。

右車線から追い抜こうと試みても、前の車は斜めに飛び出す形で妨害してくる。

「煽《あお》り運転のお手本みたいだね」

「エドさん、こんな運転に付き合っていたら、時間がかかって仕方がないんだけれど。ぶつけてもいい？」アスカが車内全体に聞こえるような声を出した。

「そうだな。さっさと」

そこからは、特に打ち合わせをしたわけでもないにもかかわらず、打ち合わせをしたかのように事が進んだ。

前方車両が先ほどまでと同様、急停止する。先ほどまでと違うのは、アスカがブレーキをすぐには踏まなかったことだ。当然の帰結としてＳＵＶは、車両にぶつかる。

前方の車は、どん、と弾《はじ》かれるように押し出された。しんとした間の後、ドアが開くと運転席と助手席から若い男が二人、降りてきた。

Ｔシャツに短いパンツを穿き、夏場の海辺で似合いそうな服装をしている。鍛えられた筋肉が袖からあからさまに覗《のぞ》いていた。

「俺が行ってくる」カマクラは右側ドアのスイッチを押し、スライドドアを開くとすぐに降車した。ほぼ同じタイミングで左側のヘイアンも降りた。

「ちょっと、ぶつけないでくださいよ。お兄さんたち、弁償してくださいね」

若者二人はへらへらと言った。カマクラは顔立ちの整った、恋愛映画に出演する二枚目俳優にしか見えなかっただろうし、ヘイアンにいたっては、小柄で可愛らしい女の子にしか思えなかったからか、子供を相手にするような、余裕のある態度を見せていた。

「いやあ、すみません。急に停まるから、ぶつかっちゃって」「でも、見方を変えるとそっちがぶつかってきたのかもね」

カマクラとヘイアンの態度が予想以上にのんきだったからだろう、若者二人は顔を強張《こわば》らせた。余裕綽々《しゃくしゃく》の態度は変わらなかったものの、攻撃的な、脅しに似た言葉を発してくる。

音がしたのはその直後だ。男たちが降りてきたその車のリアウィンドウが割れた。ガラスが粉々に砕け、道路に破片が落ちる。

え、と若者たちは口を開けた。何が起きたのか、と少し茫然としている。

「最近の車、迷惑運転すると、リアウィンドウが割れるようにできてるんだよね」カマクラは言う。

「ちょっと、何言ってんの？」車が壊れたことへの怒りから、若者が二人、向かってきた。

カマクラは特に慌てない。尻《しり》ポケットから筒を取り出す。胸ポケットに指を入れ、小さな矢の入ったカートリッジを取り出すと筒の後ろ側に押し込んだ。

筒を口に当てる。

先ほどリアウィンドウが割れたのも、ヘイアンが吹き矢を使ったからだ。車の窓を割るために用意された矢を、噴いた。

カマクラは胸が膨らむほどに息を吸い込むと、すぼめた唇から噴出させる。近い距離で外すわけがない。狙った通りに、男の首筋に針が刺さる。

痛い、と言ったかと思うと男は足を止めた。

隣の若者も、動物じみた悲鳴を上げ、静止していた。ヘイアンが噴いた矢が、左目に突き刺さっている。

横を見れば、ヘイアンが、狙い通りに命中した、と言わんばかりに親指を上に向け、誇らしげな表情をしていた。

若者二人はその後も、一歩二歩と近寄ってきたものの、すぐに動きが緩慢になり、ふらっと倒れた。カマクラはしゃがみ、若者の顔の近くに向けて説明する。

「麻痺《まひ》する神経毒が塗ってあるんだよ。回ってくると身体が動かない。聞こえてはいるでしょ。視力、聴力は残っているし、意識もある」

カマクラは男を引きずりはじめる。それを見たヘイアンは、後は任せたからね、力仕事をするつもりはないから、と言わんばかりにSUVの座席に戻っていく。

「はあ、重い。ほんと面倒臭い」と嘆きながらカマクラは男の体を、男の乗っていた車の助手席に押し込んだ。さらにもう一人の若者も同様に運び、運転席に詰め込むと、ハンドル下にあるレバーを引いた。給油口のカバーを開くためだ。

「この後、車、燃やすからね。じっくり熱さを味わって。煽り運転はよく炎上するって言うし」

若者二人の目がせわしなく動いた。涙が浮かんでいるのも見て取れ、カマクラは愉快な気持ちになる。ドアを閉め、給油口まで移動し、ガソリンタンクのキャップを開け、火をつけるための準備をはじめた。

２０階

本来の届け先と思《おぼ》しき２０１６号室に行くと、ちょうど室内から丸顔の男が出てくるところだった。見た瞬間、「絵の人物」だと分かる。

不慣れながらもどうにかラッピングした額を持ち直したが、するとそこでその男性が、「ああ、持ってきてくれたんだね」と笑みを浮かべた。

部屋を間違えなければ本来はこうなっていたのだ。正解を見せられるように、その後の流れもスムーズだった。

彼は、「今ちょうど出かけるところだったんだ」と言ったが、２０１６号室に七尾を入れてくれる。「娘から、プレゼントを送ったと聞いていたから楽しみにしていた」とうなずき、七尾が渡した絵を見れば、心底嬉《うれ》しそうに目を細めた。２０１０号室での出来事とは正反対だ。はじめからここに来ていたら良かった、と部屋番号を読み間違えた自分を責めずにはいられなかった。そうすれば、２０１０号室の男も命を失わずに済んだ。誰もが幸せだった。

礼を言われ、絵と彼の並んだ写真を撮ったところで七尾は、仕事をやり終えた満足感を覚えた。

丸顔の男が、再度出かけようとしたため、七尾も一緒に部屋を出ることにする。

「ああ、そうだった。言い忘れていた」と男が言ったのはエレベーターホールに着いた時だ。

「さっき、同業者から聞いた話なんだけれど」

「何だろう」

「ある仲介者に逆恨みをした業者が今晩、恨みを晴らそうとしているらしくて」

「逆恨み？　仲介者に危害を加えるってこと？」それが？

「恨まれているのは、君のところの真莉亜さんのような気がするんだ」

「彼女も仲介者ではあるね」真莉亜に限らず、仲介仕事をする人間は、実作業をする業者とトラブルを抱えることが少なくない。「ただ、仲介者もたくさんいるだろうけど」

「今日の夜、その仲介者が演劇を観に行くらしくて、隣の席に座って、隙を見て命を奪うつもりだとか」

「あ、真莉亜はチケットが手に入ったと言ってた」

「ああ、やっぱり。たぶん、罠《わな》だよ」残念そうに洩《も》らした男は、嘘をついているようには見えなかった。「娘が誕生日プレゼントの配達を、真莉亜さんに頼んだと聞いていたから、ちょうどいいタイミングだし、伝えようと思っていたんだ。危うく忘れるところだった。直接、真莉亜さんに伝えようにも連絡先が分からないし、娘を経由して伝えようとも思ったけれど、娘は電話に出ない。君から、真莉亜さんに教えてあげてくれないかな。その演劇を観に行かなければいいだけだと思う」

「ああ、なるほど」七尾はうなずいた。「確かに、事前に教えてあげれば」それで済む。

下へ向かうエレベーターが到着した。七尾は、真莉亜に電話することにして男だけが乗った。

「配達ありがとう」とお礼を言う丸顔の男に、七尾は片手を上げて応《こた》えた。

真莉亜は電話に出なかった。まったくこの大事な時に、と七尾は舌打ちしたくなる。メッセージを送っておくか、と操作をしかけたがそこでエレベーターが到着する。

宿泊客と思しき男女が降りてきて、疚《やま》しいところはなかったにもかかわらず、反射的に七尾は携帯端末をしまう。やるべきことは終えたのだから、早く現場から立ち去るべきだ。昔、仕事の関係で会った業界の男が、「やったら逃げろ」と口にしていたことを思い出した。ごく普通の言葉にもかかわらず、さも含蓄があるように言っていたため印象に残っている。仕事を終えたのなら、すぐ帰れ。そういう意味ならば理解できた。

このエレベーターを見送るのももったいないと感じ、七尾は閉まりかけたドアを押し開くように乗った。メッセージは一階に着いてから送ればいい。一階に辿《たど》り着かない、という珍事でも起きない限り、問題はない。

紙野 1914号室

「乾さんには、取引先のデータから経理情報、連絡先、とにかくいろんなものを暗記させられていました」

「へえ」ココは言った後で、「乾はやっぱり賢いね」と感心する。「デジタルデータは、わたしみたいな『かちゃかちゃ仕事』で侵入されたら、流出する可能性があるけれど、誰かの頭の中にある分には、簡単には奪われないもんね」

「かちゃかちゃ仕事?」

「ああ、ほら、キーボードをかちゃかちゃやる仕事だから。インターネット上の情報を操作するの」

「ハッキングですか」紙野結花はそう言いかけたが、ココが途中で止めた。「その呼び方は、ちょっと恥ずかしいよ。わたしみたいなおばちゃんには恰好《かっこう》良すぎちゃって。とにかく、デジタルデータって簡単に奪われちゃうし、改変されちゃう。手書きのほうがよっぽど安全、という時代になってくるよね。読みにくい下手な字のほうが。で、紙野ちゃん、パスワードは頭の中なの?」

「え」

「大事なパスワードを知っているから、乾に追われているんでしょ。そう言ってなかったっけ」

「はい。たぶん」「たぶん?」

「どれがパスワードなのか、わたし、分からないんです」

「分からない? そんなことある? 文字列が長いってこと?」

「たくさんあるんです」紙野結花も実際の、パスワード入力画面を見たわけではないため、想像を語るしかなかった。「あなたの好きな色は? とか、あなたの小学校の名前は? とか質問に答える形だと思うんですが」

「あるよね、そういうの。あなたの好きなパスワードは? という質問も出てきそう」

「手書きの一覧表みたいになっているのを覚えました。膨大な量で」

「手書きなのね」ココが納得するようにうなずく。

「その一覧表のうちのいくつかがランダムに質問されるんだと思います」

「ランダム？」

「さすがに何百個もある質問を全部、答えさせるわけにもいかないので、四つとか五つがランダムに出てくるらしいです。乾さんにはそう説明されました」

「どの質問が出るか分からないから、結局全部覚えてないといけないってことね」

「はじめは、わたしに覚えさせなくても撮影するなりして、写真や動画で保存しておけばいいのに、と思ったんですけど」

「それは危険。意味がないよね」

「やっぱりそう思いますか」

「そりゃそう。パスワードを保存すれば、今度はそれが狙われる。画像にしたら、その画像が洩れる可能性が出てくる。盗まれる危険も、流出する危険も永遠に付きまとう。記録するってことはそういうことだから。紙野ちゃんに暗記させた乾は頭がいい」

「乾さんに、『これ覚えて』と言われて。その紙は燃やされました」

「徹底してるね」

「全部書き出せと言われれば、時間はかかりますけど、できると思います」

やりましょうか？　とココを見ると彼女は手を振っていた。「いらないいらない。そんなのがあったら、狙われちゃう。紙野ちゃんの脳をみんなが欲しがっているのと同じ。あ、だけど、紙野ちゃんはどうして逃げてきたの」

「え」

「だって、そのまま乾のところにずっといるほうが安全だったかもしれないよ。紙野ちゃんの身に何かあったら、パスワードがおじゃんになっちゃうんだから」

「乾さん、誰かに情報を売る話を進めていたんです。で、それが終わったら、パスワードも全部削除しますから安心してくださいと喋《しゃべ》っているのが聞こえてきて」

「パスワードを全部削除、というのは」ココは言い、紙野結花の頭のあたりを指差した。

「話しぶりからすると、明らかにわたしの記憶を消すような雰囲気でした」

「記憶って消せないよね」

「生きているかぎりは」紙野結花は顔をしかめる。

「紙野ちゃんの覚えているパスワードを使った後で、変更できないの？　パスワードを変更すれば、紙野ちゃんの記憶を消さなくても済む」

「たぶん、パスワードを変えることもできないんだと思います」

乾は、「消すしかない」という言い方をしていた。ほかに方法がないからだろう。

「それで逃げることにしたわけね」

「わたしの前では乾さん、いつもと変わらない感じだったんですけれど、ただ、明らかにここ最近、変なところもあったんです」

「変な？」

「床をばんばん踏み鳴らして、情緒が不安定で」

「それを聞くと、逃げてきて正解だよ。さっきも言ったけど、乾は何をやるか分からないんだから」

先ほど聞いた、乾の「気持ち悪い噂」について思い出さずにはいられなかった。

横たわる全裸の人間の肌を、乾が刃物の背で、鱗《うろこ》をこそげ落とすかのようにこすっている様子を想像してしまう。その横になっている女性は自分だ。全身が総毛立ち、ぶるぶるっと震えてしまう。

「警察に駆け込もうとはしなかったの？」

「乾さん、警察関係者とも親しかったので。政治家の仕事もたくさん引き受けていますし」

「まあ、そうか。わたしも乾に仕事を頼んでいる人間、何人か知ってるよ。警察の上のほうにも。たぶん、乾に頼ったことのない議員なんていないのかもしれないね。大なり小なり、何かしら」

「本当に行き場がなくて。一週間、あちこち泊まり歩いていたんですが、乾さんに雇われた人がいつどこで現われるか、と思ったら生きた心地もしなくて。気づいた時には、ココさんに連絡をしていました。ココさん、助けてくれませんか」

「もちろん」ココの返事は心強い。「わたしを誰だと思っているの。あなたを逃がすために来たおばちゃんだよ。安心して暮らせるようにはしてあげるから」

ココが近づいてきて、紙野結花の身体をぽんぽんと叩《たた》いた。恐ろしい想像により広がっていた鳥肌を、払ってくれる。

それから彼女はタブレット端末をまた操作する。「昨日、電話でも確認したけれど、紙野ちゃんの荷物にGPSの装置とかはついていないんだよね？　念のため、わたしもチェックするから、一通り、持ち物を調べさせてもらうよ」

あ、はい、と紙野結花は自分がスーツケースを置いた場所へと向かった。

すると、「そうだそうだ、あのね」とココの声が追いかけてくるように聞こえた。

「何ですか？」

「この部屋に来る前、ホテル内をうろついて時間を潰《つぶ》していたんだけれど」

紙野結花はスーツケースを引いて戻りつつ、「早く来てもらっても良かったんですよ」と申し訳ない気持ちで言った。

「一応、ホテルの様子を観察しておきたかったしね。フロントスタッフの動きとか、宿泊客とか少しでも見ておきたいし。二階がレストランのフロアで、三階が宴会場で。好奇心溢《あふ》れるおばちゃんです、って顔で見て回ってきたんだよ」

「どうでしたか」

「特に変わったところはなくて、ただ、有名人がいたんだよね。レストランに入っていくのが見えた」

「有名人？」

「蓬長官。政治家だったけれど、今は、情報局の長官で」

「ああ、知ってます」紙野結花は大きくうなずいた。「もちろん」とも付け足したくなった。忘れるわけがない。「あの人がこのホテルに？」

「レストランね。やっぱり、情報局の長官ともなると、料理の美味《おい》しさも国にとっては重要な情報です、とか言っちゃうのかな」

「蓬さんがここに」紙野結花は自分の声が甲高くなるのが分かった。

「ファンなの？」

「いえ、そういうわけじゃないんです」紙野結花は否定してから、わざわざ話すことでもない、と口を閉じかけた。が、ココの目が、「抱え込まないように」と促してくるように感じ、「十五年前のことなんですけれど、快速列車の殺傷事件、ご存じですか」と話すことにする。

「そりゃあご存じよ。みんな知ってるでしょ。蓬の顔を見たらみんな思い出すんじゃないのかな」

「そうですよね」

「あの事件の後、わたし、小学生のなりたい職業に、政治家が飛び込んでくるんじゃないかって心配したからね。イメージアップで」

「良いことじゃないですか」紙野結花は笑ってしまう。「でも、あの時の蓬さんは本当にすごかったです。みんなが逃げ惑う中、秘書の人と立ちはだかってくれて」

「見てきたように話すね」「見ていたんです」

「え」「あの列車に」

「紙野ちゃん、いたの?」ココが目を見開く。

「はい、あの車両に。中学生でした」

「何とまあ」

暴れる犯人や刺された人の悲鳴、床に広がる絵具のような大量の血、その血に滑り顔面を打つ会社員、「殺さないで」と手を前に出す女性、子供を庇《かば》おうとする父親、そして何より犯人の顔、「こうでもしないと人生がどうにもならない」といった必死の形相で刃物を振り回す表情、それらが紙野結花の頭に鮮やかに蘇《よみがえ》る。忘れることはもちろん、薄らぐこともない。

忘れるなんて、どうやって?

背筋に冷たい風が通るかのような寒々しさで、身体が震える。

「大変だったね、紙野ちゃん。というか、今は今で大変だし、なんだか人生、偏ってる」

「そういう意味では、蓬さんもずいぶん、偏っています」紙野結花は言わずにはいられなかった。快速列車の殺傷事件後、蓬実篤が国会議員になったことには驚きつつも、応援する気持ちもあった。「三年前、奥さんとお子さんを亡くされた時は、関係ないわたしもショックでした」

「飲酒運転の車が突っ込んでね。あれもほんと最悪だよ。確かに、蓬もずいぶんひどい人生を割り振られてる。ほかにもいろいろあるらしいし」

「ほかにもいろいろ?」何の話なのかすぐには分からなかった。

「蓬長官を面白く思わない人間は多いんだよね。よく聞くよ、最近も蓬の命を狙って、雇われた人がいるとかいないとか」

「そんな」

「もしかすると蓬も、生きる活力が欲しくてこのホテルに来ていたりして。死にたくなくなる、贅沢《ぜいたく》なウィントンパレスに」

「そうかもしれないです」紙野結花は本心からそう思った。

「まあ、そんなことよりも今は、紙野ちゃんのことだね」

「あ、はい」紙野結花もはっとする。他人の心配をしている場合ではない。

手術台のような、素っ気ないベッドに寝かされ、乾を見上げている光景を思い浮かべそうになる。嬉々《きき》とした表情の乾がメスを持っている。慌てて頭を振り、その場面を崩す。

「そうそう」ココが、紙野結花の恐怖を察したかのように軽快に呼びかけた。「わたし、一応、ボディガードも雇っているの」

「ボディガード？」どこにいるのか、と紙野結花は室内を見回してしまう。

「おばちゃん一人じゃ不安でしょ。片端から知り合いの業者に声をかけたんだよ。紙野ちゃんからの依頼が急で、昨日の今日みたいな感じだったから、募集期間も短かったけれど」

「すみません」

「言ってみるもんだね、そこそこ頼れる二人が手を挙げてくれたの。やった」とココが可愛らしく手を叩く。

ボディガードが二人、と考えると少し心強くは感じるが、人件費ほど高くつくものはないことくらいは紙野結花も分かっている。ココへの報酬で間に合うのか、とその心配がよぎり、正直に口にした。

「大丈夫。ないところから毟《むし》ったりしないから。その二人の業者、あんまりお金にこだわっていないの」

お金にこだわらない業者などいるのか、と紙野結花は首をひねる。

「ちょっと気になるのは」

「何ですか」

「ボディガードを頼んだのに、その二人から、連絡が来ないんだよね」

アスカが車を走らせていると、後方からエドの声が聞こえた。「連絡が来た。乾からだ」

「遅いって怒られちゃうのかな」ヘイアンが笑う。

「スピーカー通話にするぞ」エドが言った直後、「今、どこ?」と乾の声が聞こえた。いつもと変わらない軽薄な物言いだ。

「ホテルに向かっているところだ。アスカ、どれくらいだ」「十分」「十分だ。十分後にはウィントンパレスホテルに着く。その紙野結花がいる部屋番号を教えてくれ」

「まだ分からない。そっちで調べてよ」

「相変わらず、馴《な》れ馴れしい喋り方だな」

「丁寧な言葉にするほど、日本語は長くなる。相手を敬うかどうかの判断も必要になっちゃう。効率的じゃないよ」

「ホテルは二十階建て、各階二十は部屋がある」

「六人いるんだから、手分けすれば早い」

「出入口は何ヵ所ある?」

「一階ロビーの正面。あとは一階の東西に、裏口が一ヵ所ずつ。地下駐車場はある。客室フロアから直通では行けない。一階でエレベーターを降りて、地下行きのエレベーターに乗る必要がある。大丈夫そうでしょ?」

注文してくる側は気楽でいいものだな、とカマクラがうんざりした声を洩らした。「何をもって大丈夫だと判断するのか」

「虱潰《しらみつぶ》しのローラー作戦なんて、効率が悪いよ」

「エレベーターで、泊まる階のボタンしか押せないホテルではない？」ナラが質問する。

「ウィントンパレスは大丈夫だ。どの階にも行けるよ」乾が答えた。

「じゃあ、こっそりただで誰かが泊まったりもできちゃいそう」

「ケチくさいことを言って、窮屈に思われるよりも、また来てもらえるほうがいいと考えているのかもしれない」

「そもそも、どうしてその女が、ウィントンパレスホテルにいると分かったんだ」

「俺が、尋ね人の触書をあちこちに撒《ま》いていたのが効いたんだよ。やっぱり頼るべきは、そういう昔ながらのやり方だね。『見かけたら連絡ください』と言って回っていたら、連絡があった。タクシー運転手とピザの配達人、複数からね。彼女がホテルに入るところを見かけたみたい」

「その子、ついてないね」

「ウィントンパレスホテルに出入りしている業者の中に、協力してくれる人間も見つけた」

「協力？」

「都内のホテルのシステムメンテナンスをやっている男だ。借金に困って、小銭稼ぎのために手伝ってくれるから、よく頼むんだ。交渉したら、簡単に引き受けてくれたよ。防犯カメラのシステムを使わせてくれることになった」

「さすが、他人を道具のように使う男、乾」アスカが呟《つぶや》くように言った。

「そのイメージを定着させるために、俺がどんなに苦労したか」と乾が笑う。「紙野ちゃんを捕まえたら、連絡してよ。通話でもメッセージでもどちらでも構わないから。もし、すぐに返事できなかったとしても折り返すから。それと」

「それと？」

「紙野結花は無傷で連れてきてくれ」

「あら」アスカが笑う。「生温《なまぬる》いことを言うんだね」「らしくない」とカマクラも茶化した。

「ようするに、頭と口が使える状態ってことだろ」エドは推察した。ようするに、その女から大事な情報を吐かせたいのだろう、と。

「まあ、そんなところだよ」乾が曖昧に答えた。「宿泊客を巻き込むような形も避けてほしい。騒ぎになると取引が難しくなるし、警察が来たら、みんな大変でしょ」

「何の取引だ」エドが訊《たず》ねても、乾はそれには答えない。「頭と口が使えればいいんだな」

「ほかの身体もないと駄目だよ。頭と口だけじゃ、動かない」

乾の言葉を聞きながら、アスカは以前、エドが話していたことを思い出している。

「あいつは人を、魚を下ろすみたいに、解体するのが趣味らしい。前に、嬉《うれ》しそうに話してきた。俺ならその楽しさを共有できると思ったのかもしれないが、分かるわけがない。俺たちは他人が苦しんでいるのが好きなだけだ。麻酔をかけて、意識のない人間を解体して何が楽しいのか」

ほんと気持ち悪い趣味だ、とアスカもげんなりした。

20階

エレベーターに乗り込んだ七尾は一階のボタンを押す。

このままこのまま。階数表示に目をやりながら、七尾は内心で唱える。声が少し出ていたかもしれない。一階に到着したらまず真莉亜に危険を知らせるメッセージを送り、その後で回転式ドアを通過し、建物の外に出て、地下鉄駅を目指す、それでいいのだ。技術的に難しい作業は一つもない。おそらく世界中の大半の人間が、難なくやり遂げられる。

エレベーターの降下が遅く感じられてならない。

「好事魔多しだからな、気をつけろ」と言われた時のことが頭を過《よ》ぎる。複数の業者が集められた仕事の際だ。

「好事魔多し？　俺の場合は、別に物事がうまく行っていない時、好事じゃない時にも落とし穴がある。どうすればいいんだ」

暗い洞窟《どうくつ》の中を、比喩《ひゆ》ではなく正真正銘本物の、山にできた長大な横穴を進んでいく必要がある仕事だったのだが、即席でコンビを組んだ業者、兜《かぶと》と呼ばれる男は、「それだけ運に見放されているなら、警戒しても仕方がない。逆に、余裕のあるふりをしたらどうだ。『ああ、どうせこうなると思っていたよ』と。そうすれば、相手も張り合いがなくて、考えを改めるかもしれない」と言った。

「張り合いがない、とか、考えを改める、とかそいつは誰なんだ」

「人に幸運と不運を配る誰かだろうな」兜は自分で口にしてから、くだらないことを言ってしまった、と顔をしかめた。「月に叢雲《むらくも》、花に風」

「それはいったい」

「月が綺麗《きれい》だな、と思っていると雲がかかってくるし、桜を楽しんでいれば風がそれを飛ばす。

ようするに、好事魔多しと同じ意味だ。天道虫、君の場合は、いつも雲がかかっていて、いつも風が吹いてる。そうだろ?」「まさに」

「考え方は二つある。今は駄目でも、いつかは、美しい月や桜が現われると信じて、それを楽しみにするか、もしくは、雲と風も悪くない、と思うか」

どちらも嫌だ、つらい、と七尾は答え、「幸運を配っているやつの配り方を確認しにいきたい」と続けると兜は笑った。

有能な業者だったが、まったく名前を耳にしなくなった、と七尾はふと思う。結婚したという噂は耳にしたことがあった。真偽不明ながら、もしそうだとすれば、どういう夫になり、どういう父親になったのだろうかと想像したくなった。

エレベーターが停止する音がした。一階でありますように、と祈るように表示を見れば、十一階だ。

まだ? と七尾は溜《た》め息を吐く。これほど高級なホテルなのだから、エレベーターもそれなりに新型で、遅くはないに違いない。自分の内面により時間の感覚が変化しているのだろう。

扉が開くと前から、すらっとした体型の男がやってきた。

あ、と思った時には七尾は、その男と入れ違いにエレベーターを降りている。男がエレベーターに乗ってくる瞬間、見覚えがあることに気づいたのだ。背が高く、細身の身体で、髪は先天的なものなのか、人工的なものなのか、パーマがかかっており、七尾の凝り固まったイメージでは、音楽家のような外見に見えた。青のスーツ姿で、ネクタイはない。

誰だ?

記憶を辿《たど》る。仕事で遭遇した相手、依頼人や真莉亜の知り合い、近所の住人、記憶のカタログを頭の中で開いていく。少しして、「奏田《そうだ》」と呼ばれる男だと思い出した。三年ほど前、仕事で行動を共にしたことがある。

爆発物の取り扱いが得意な業者だったはずだ。

「高良《コーラ》と奏田《ソーダ》の二人組。コーラとソーダね」真莉亜からそう説明を受けた。

「炭酸飲料は弾《はじ》けるから、爆発物の仕事にちなんでいるのかな」七尾が思い付きを口にすると真莉亜は興味なさそうに、「どうだろう」と答えた。「噂によると、業界では変わった経歴なんだよね」

「どんな」この業界は変わった経歴の持ち主ばかりで、むしろ変わった経歴ではない人物のほうが変わって見えることすらある。

「もともとは、海外で、爆発物を処理するサービスの会社を立ち上げたんだって。ベンチャー企業というのかな。それが妙に重宝されて、大手ＩＴ企業が買収したらしいの」

「爆発物の処理と大手ＩＴ企業がどうして結びつくのか、俺には理解できないけれど」

「数百億だったかな。売却益」「そんなに?」

「びっくりでしょ。羨《うらや》ましい。その頃、高良はまだ四十代半ば、奏田は三十歳になったばかりくらいで。急に大金が手に入ったもんだから、二人とも豪遊三昧《ざんまい》、高価な腕時計、何本も買ったり、高級車をずらっと並べたり。成金ここに極まれり、って感じだったらしいよ。でも、やっぱり人って働きたくなるのかな。いつからか、こっちの業界で仕事を引き受けるようになったんだって」

「ふうん」

「ほんと人生って、人それぞれ」

「優秀なのかな、その炭酸二人組は」

「高良は、会社の上司みたいに、きっちりとして見えるけど、奏田は、素朴というか、世間知らずというか、何でも鵜呑《うの》みにしちゃう性格らしいよ。芸術家みたいな見た目だから、深いこと考えているに違いない、とまわりが勝手に想像するけど、実際は、まったく深くないんだって。しっかりしている高良と、その弟分の単純な奏田」

「単純？」

「詳しくは知らないけど、困ってる人がいたらすぐお金を貸しちゃったり、難病の子とか大変そうな動物を救う寄付とかね、すぐしちゃうんだって」

「悪いことじゃないけれど」

「見るからに胡散臭《うさんくさ》いやつにも騙《だま》されるらしいよ。花粉症のカブトムシを救いたい！　とか」

「まあ、真偽は何とも」

その奏田と七尾は、三年ほど前に一緒に仕事をした。「高良のほうは、別件で来られないらしいから、奏田と組んで」と真莉亜に言われたのだ。

「騙されやすい人間なんだろ。不安だな」

「大丈夫、簡単で安全な仕事だから」真莉亜はいつもの如くそう言ったが、珍しく、本当に簡単で安全な仕事ではあった。

難しくて危なくなったのは、ほとんど仕事が終わった後だ。奏田が爆発物を仕掛けに行く間、七尾は時間をつぶす必要があったのだが、その際にたまたま近くで開催されていた小さな祭りの出店で、焼き鳥を何串か購入した。車内で食べていると、奏田が戻ってきて、「仕事終わりの焼き鳥は最高だよね」と目を輝かせるため、気は進まなかったものの、何本かを渡した。

問題は、その焼き鳥が生焼けだったことだ。店の手違いで、火がよく通っていなかったのだろう。言うまでもなく鶏《とり》の生肉はよろしくない。カンピロバクター菌がいる。潜伏期間は意外に長く、七尾に症状が出たのが五日後のことだった。

典型的な食中毒の症状に悩まされ、数日、寝込んだ。

奏田も同様に、食中毒症状でひどいことになっていたことは、少し経ち、真莉亜から、「業界の噂話」として知らされた。

「食中毒だというのに仕事はやらなくちゃいけなかったらしく、大変だったみたいよ。爆発物の扱いには繊細さが必要なのに」

一日の半分をトイレで過ごした実体験を考えると、仕事をやり遂げようとした奏田が偉大にも感じられた。

「結局、うまくいかなかったんだって。意図しない爆発が起きて、奏田は重体。依頼人は怒ってるし、高良も大慌て。かなり噂になってる」

「それは申し訳ないことをした」自分があげた焼き鳥がまさか、そのような不幸に結びつくとは思っていなかった。「彼が、俺を恨んでいなければいいけれど」「祈るしかないね」

まさか、その奏田がエレベーターに乗ってくるとは。

あまりに不運だと嘆きたくなるが、これくらいの不運には慣れているではないか、と自らに言い聞かせる。もっと言えば、乗ってくる奏田に気づき、エレベーターからとっさに降りたのは、ファインプレイだ。

奏田の乗ったエレベーターが下に行くのを待てばいい。少し時間を潰したのちに、またエレベーターを呼べばいいのだ。もしくは非常階段を使う手もある。

廊下を西方向に向かい、進みかけた。ふと背後を振り返れば、とっくに閉まったと思っていたエレベーターの扉が開いている。

奏田が立ったまま、視線を向けてきていた。ボタンを押し、ドアを開いたままにしているのだ。空を飛ぶ物体を、「まさかＵＦＯではないよな」と思いつつじっくり観察するかのような顔付きで、七尾と目が合った瞬間、「やっぱりそうだ！」と言わんばかりに、勢いよく飛び出してきた。

走って逃げようとしたものの、騒ぎが大きくなると余計に事態は面倒になる。「ちょっと待ってくれ」と手を前に出し、近づく奏田を止めようと試みるが、うまくいかない。

「待ってくれ、あまりうるさくしないほうがいい」と七尾は声を落とした。「暴力反対。話せば分かる」

七尾より背の高い奏田は、長い両腕を伸ばし、首をつかもうとしてきた。先ほどの２０１０号室でも同じように襲われかけた。今まで他人の首を折ってきた報いがある日なのか。

七尾は跳躍し、横の壁を蹴《け》るようにして、奏田の向こう側に回り込む。眼鏡が落ちたが気にかける余裕もない。背後から身体を押さえ、腕を相手の首に巻き付ける。首を折ることを選ばなかったのは、死体が増えたら余計に面倒なことになるととっさに判断したからだ。

時間はかけられなかった。いつ客室から宿泊客が出てくるかもしれない。とにかく必死で、ぎゅうぎゅうと力を込めていると、奏田が気を失う。

直後、エレベーターの到着する音が鳴った。慌てて奏田の体勢を整え、肩を組む。降りてきたのは、五人の集団だった。二十代と思しき男たちで和気藹々《あいあい》と活発に喋りながら通り過ぎ、「じゃあまた後で」「夕食の時に」と楽しげに言い合ったのち、手前の二部屋に分かれて入っていった。

都内でも有数の高級なホテルに宿泊できるとは、裕福な若者たちだなとぼんやりと思った。息を吐き、体を動かす。足元に嫌な感触があった。携帯端末を踏みつけて壊したような音がした。足元に自分の携帯端末が落ちており、踏みつけていた。画面が割れているのは、拾う前から分かった。

紙野　1914号室

「わたしは、どうすればいいですか」紙野結花は訊ねた。「何をやれば」

ココは、演奏するかのようにタブレット端末を操作している。「とりあえず、お茶でも飲んでいて」

暢気《のんき》な言い方をするものだから、つまらない冗談なのかと思ったが、どうやら本気だったらしく、「わたしのリュックの中に、インスタントのハーブティーがあるから、お湯を入れて飲んでね。カモミールでもラベンダーでも」とさらに言われた。「紙野ちゃんがやらなくちゃいけないのは、まずは気持ちを落ち着かせること」

お茶を飲んだところでどうにもならないですよ、と紙野結花が言い返すのを先回りしたかのようにココが、「アロマオイルの小瓶もあるから、それを嗅《か》いでもいいし。まあ、リラックスなんてできないだろうけど」と続けた。「このままぴりぴりしていても状況は変わらないからね。心配事や不安を頭から取り除くことはできないし、温かいものを飲んだり、お風呂《ふろ》に入ったり、体のほうから騙してみるのも一つの手。何もなければ、深呼吸してもいいし」

「深呼吸ですか」

「深呼吸とかストレッチとか、意外に効果あるんだから」

紙野結花は腰を上げ、ココのリュックサックからハーブティーのティーバッグを取り出す。ケトルでお湯は沸かしてあった。

ハーブティーを淹《い》れたカップに、立ったまま口を付ける。

「わたしはまず、ここのホテルの防犯カメラシステムに接続して、紙野ちゃんの映っている映像をチェックするね。できる限り、紙野ちゃんの痕跡《こんせき》は消しておいたほうが安全だし。乾はあちこちに繋《つな》がりを持っているでしょ。ちょっとしたきっかけで、居場所がばれることもある」

ココはテーブルに置いたタブレット端末を使い、「かちゃかちゃ仕事」をし、十分も経たないうちに、「繋がった」とぼそりと言った。「このホテルの防犯システム、流石《さすが》に最新で手強かったけれど何とか。ええと、管理用の画面、こっちに映すね」

ココがタブレット端末を紙野結花のほうに向ける。いくつもに分割され、その一つ一つに違った映像が映っていた。小売店の盗難場面を把握するための画面として、よく見るものだ。時間が経つと、分割画面の中身が切り替わる。

「各階の廊下、エレベーターホールの天井、エレベーター内、ロビーとフロント。正面出入り口の周辺、地下駐車場」ココがカメラの設置された場所を、都内名所を列挙するかのように言っていく。「ここを押すと切り替わるんだね。映りっぱなしにしたい画面は固定できる」と機能を確認している。

「これは今、この時の映像なんですか」

「リアルタイムのやつだけど、同時に録画ファイルも作られているみたい。それを探って、紙野ちゃんの到着した時の映像を見つけたいんだよね」とタブレット端末をまた自分の前に置くと、操作を続ける。「ええと、昨日、チェックインしたのは何時だっけ」

「十五時過ぎです」

ホテルがチェックインを開始した直後に手続きをした。フロント脇にある端末を使えば、ホテルスタッフの応対も必要がなかった。

「それなら昨日の、十五時前後の防犯カメラデータをチェックすればいいかな。一時間ごとにファイルが分割保存されているみたい。録画映像を再生しながら確認するから、少し時間かかるけれど、待っていて。で、紙野ちゃんは数日、このホテルにいたほうがいいね。その間に、紙野ちゃんが住む場所と差し当たっての生活費を用意しておく。キャッシュレス決済で使えるポイントもたくさん足しておくから、それで少しは暮らせるはず」

「そんなこともできちゃうんですか」

「データをいじれれば、たいがいのことはどうにかなるから。たとえば紙野ちゃんが、有名な洋菓子屋で働きたいと言うなら、経歴をでっち上げることもできる」

「経歴も？」

「紙野ちゃんを採用しないともったいない、と思えるような経歴をインターネット上に作るの。採用する側が、ネット検索して調べてくれればこっちのもの」

そんなにうまくいくものなのか、と紙野結花は疑問に思うが、一方で、世の中はそんなものかもしれないとも感じた。「あの、顔は変えなくてもいいんですか」

「顔？　整形ってこと？」

「人生をリセットするというのは、そういうことも」

顔の皮膚を乾に剝《は》がされる自分を想像しそうになった。慌てて、掻《か》き消す。恐ろしいことを考えたらいけない。一度、頭に描いた絵は記憶から消そうにも消せない。

「メイクとかウィッグとかで印象は変えられるし、防犯カメラの映像もだいぶ誤魔化せる。だから急いで変えることはないと思う。もちろん、誰かにばれるのが怖いとか、顔を知っている人に会う可能性が高いとかなら、整形手術をしたほうが手っ取り早いけどね。そこはもう、それぞれの判断。やるなら、クリニックも紹介するから、どっちでも。ただ、優先度は低いかも」

タブレット端末を操作し、接続した簡易キーボードを触るココは、家で洗濯物を畳む母を思い出すほど穏やかな雰囲気で、紙野結花はこの半月ほどの緊張感が少しずつほどけていくのを感じる。肩から力が抜け、はじめてずっと体が強張《こわば》っていたことを知った。自分の肩を、片方ずつ揉《も》む。

紙野ちゃん、肩凝ってるんじゃないの。

乾が急に肩を揉んできた時のことを思い出した。触れられたことにぎょっとしたが、もともと乾がさばさばとしているからか不快感はなく、実際、マッサージは上手に感じた。

礼を言うと、「俺、整体とかマッサージの勉強しているんだよね。年寄りの政治家とか実業家に効果あるから。マッサージでスキンシップ」と乾は冗談とも本当ともつかないことを口にし、楽しげに笑った。

あれは、と想像してしまう。乾は人を解剖する、という噂が本当だとするならば、人の身体の構造についても詳しいのではないか。

少ししてココが、「紙野ちゃん、映っているよ」と言った。「防犯カメラの録画映像に。昨日の十五時十八分。この階のエレベーターホールのカメラの録画映像だね。チェックインしたあと、エレベーターで到着した場面だと思う」

紙野結花は立ち上がり、ココの横に行く。テーブルに置かれているタブレット端末を覗《のぞ》くと、天井に設置されたと思しきカメラからの映像が映っていた。ニュースで観るような、白黒映像を想像していたが、カラーではっきりと見えた。

そこには自分がいた。いつも鏡を前に、正面からしか見たことがなかったため、斜め上の角度からの姿は新鮮で、かつ違和感がある。

何でこの人はこんなことになってしまったんだろう。

第三者の人生を眺めるような感覚で、紙野結花は自分を見ている。

真面目に生活を送っていたはずが、とにかく、「覚えていること」「忘れられないこと」に囚《とら》われて、体調を崩し、人生をまっすぐに歩けず、真っ当とは言い難い仕事をこなす乾のもとで働くしかなくなり、結果、こうなっている。

悪いことをしたかったわけでも、怠けたかったわけでもないのに。

友達一人作ることもできず、今日も明日も変わらない。いいことがほとんどない人生は受け入れる。ただ、怖い目に遭うのは勘弁してほしい。

映像の中の自分を見ながら、同情を覚えずにはいられず、その後で、「がんばれ」と声をかけている。

ココが操作すると、映像が再生され、そこに映る紙野結花は廊下のほうへと歩き、消えた。

「この後、この部屋に入った、と。その後は部屋を出ていないんだよね？」

「はい」

「じゃあ、今のファイルを削除しておこうね」かちゃかちゃと指を動かしたココがそこで、「あ」と言う。

「どうかしましたか」

「これ」再生中の防犯カメラ映像を指差した。エレベーターホールにホテルの制服を着た男が映っている。

「このスタッフ、廊下のほうからやってきたんだけれど。紙野ちゃん、この人とすれ違っている？」

もちろん覚えています、と紙野結花はうなずいた。忘れるなんて、どうやって？

「エレベーターを降りて、部屋のほうに進んだ時、このポーターさんとすれ違ったんです。何かに躓《つまず》いたのかよろめいて転んだので、『大丈夫ですか』と声をかけました。田邊《たなべ》、という名札も胸に」

ココが画面の映像を巻き戻し、再生させる。もちろん映っている画面では、その廊下でのやり取りは把握できないが、ココはその見えない場所で何が起きているのかも見えるかのように、じっと眺めている。エレベーター前に来たポーターは、転んだ際に痛めた部分なのか腰をさすっている。

「それ以外に何か話をした?」

もちろん忘れてはいない。「『1914号室はどっちですか?』と訊《き》きました。廊下の壁の案内表示をちゃんと確認していなかったので自信がなくて」と言ってから、「それ」と声を洩らす。

「まずかったですか?」

くらくらと眩暈《めまい》を覚える。恐怖もあったが、それ以上に、どうして悪いことばかり重なるのだ、と愕然《がくぜん》としたからだ。誰にも迷惑をかけないように、真面目にやってきただけなのに。

ココは一瞬、黙った。「まあ、大丈夫だとは思うけどね」と紙野結花の肩をぽんぽんと叩く。「そんなに心配そうな顔をしていると、疫病神みたいなのが来ちゃうよ。『呼びましたか?』とか言ってね。笑ったほうがいいよ」

無理やり笑顔を作ろうとするが、うまくいかない。

蓬 2階レストラン

「サーモンのミキュイ、フランス産キャビアでございます。アンティーブのブレゼと一緒にお召し上がりください」白のシャツに黒の蝶《ちょう》ネクタイをし、黒のベストを着たウェイターが、池尾充《いけおみつる》の前に皿を置いた。

ウィントンパレスホテルの二階、フランス料理店だ。「素材へのこだわり。和の心とフランス料理の調理法とが出逢《であ》い」云々《うんぬん》と店の説明には書いてあった。記者という仕事柄、取材相手と食事をすることは少なくなかったものの、こうしたいかにも高級感の漂うフランス料理店はやはり緊張感が拭《ぬぐ》えない。ましてや前にする相手が相手だ。

「池尾さんは、三ヵ月前から政治部でしたっけ？　見かけたことがなかったけれど」前に座る蓬長官が言ってくる。

「あ、はい。それまではスポーツ畑をうろうろ」

「〈ニュースネット〉は影響力が凄いから、ひと昔前の全国紙よりも読まれていますよね」

「どうなんでしょう」池尾は語尾を濁すように言った。

実際のところ、自分の勤めるウェブサイト〈ニュースネット〉の影響力が年々、大きくなってきている感触はあった。前の会社の同僚や旧友と話す際の反応が明らかに違っている。

「ネットニュースで事足りるみたいに言われて、紙の新聞の部数が減っていったけれど、ネットの情報はフェイクがつきものだから。やっぱり、しっかり丁寧に取材した記事がないと怖いけど、今さら紙媒体がメインになる世界は想像できないし。スピードが圧倒的に違うんだから。そういう意味では、池尾さんのところみたいな、しっかりしたネットニュースサイトが出てきたのは、実は国民全員にとってありがたいことですよ。政治家はもっと、池尾さんに取材してもらったほうがいいと僕は思います」

蓬長官が、「僕は」と語る様子や気さくな話し方があまりに爽《さわ》やかで、池尾は自分が一対一で、情報機関の長官と向き合っていることを忘れそうになる。いまだに筋力トレーニングを欠かさないというだけあり、ラグビー経験者の池尾にもひけをとらないほど、がっしりとした体格をしていた。ころころと変わる表情は、あどけなさの残る青年のようだ。

「いやあ、実は蓬さんが初当選した時、私も投票したんですよ」池尾は用意していた、最初の話題を口に出した。「当時、実家があの選挙区だったんです。十八歳で初めての投票でした」

懐に入るにはいい話題だと池尾は計算していた。

「え、本当ですか?」

こちらの投げた餌に期待通りに吸い寄せられてくれた。

「あの時は驚きましたよ。あの事件の列車も、私の同級生が利用している路線だったので」

都内の列車内で、男が刃物を振り回す事件が起きた。主婦の一人が死亡し、小さな子供を連れていた男性も亡くなり、負傷者は十数人に及んだ。そこに乗り合わせていたのが、四十歳の蓬実篤と一回り年下の秘書、佐藤《さとう》だった。

蓬実篤と佐藤は犯人を取り押さえたが、刃物により傷も負った。

「蓬さんがいなければ、もっと被害者は多かったはずです」

「あの時、佐藤は意識不明になったから、出馬を取りやめるつもりだったんですが」蓬長官は言うと、横に目を向けた。すぐ隣のテーブルで、秘書の佐藤が同じコース料理を食べている。

三人でテーブルを囲めばいいのでは、と池尾は言ったのだが、眼鏡をかけ、真面目一辺倒の優等生といった趣の佐藤秘書は、「二人で囲むと、池尾さんを圧迫するような気がしますし、私は年がら年中、蓬と顔を突き合わせていますから、飽きちゃっています」と冗談まじりに言い、「議員を辞めたら、私もお役御免だと思っていたのに」と笑った。

十五年前の事件の際、重体の佐藤が意識を取り戻したという連絡を受けた時、涙を流した蓬の姿が目撃された。二人の関係を勝手に想像し、ストーリーを作り、そのことがインターネットミームとして浸透し、それもまた国民に親しみを与えていた。

「政治家になった後も、蓬さんは期待を裏切らなかったですよね。ほんと、投票して良かったと思いましたし、あれのおかげで、私はその後も選挙に行ってるんですよ」

実際には、池尾は気がむけば投票に行くものの、たいがいは行かなかった。選挙前後は記者の仕事が忙しいこともあったが、それ以上に、「投票しない奴もいるのに、自分が行くのは馬鹿らしい」という気持ちからだ。

「池尾さん、今日は僕の気分を良くするために取材に来てくれたんですか？　うちの佐藤に頼まれましたか？」と目を細める蓬長官は、高校生のようでもある。

「そういうわけじゃないです」池尾は手を大きく振って否定する。が、おだてられて嬉しくない人間はいないのは事実で、政治家はさらに、おだてられることが大好物だと知っている。「ほら、蓬さん、高齢者にばかり目を向ける政治を変えようとしていたじゃないですか。あれも心強く感じました」

「四十代までしか選挙権が持てない仕組みになったらどうなるか、と言ったら、とてつもなく怒られました」

「でしたね」

蓬長官は目尻《めじり》に皺《しわ》を作る。「試しに想像してみてください、と言っただけなんですよね。五十歳になったら選挙権を失う制度のことを。憲法を何だと思ってるんだ、普通選挙、平等選挙の意味を知らないのか、世代間分断を煽《あお》るのか、と怒られました。ただ、『そんな制度があったら、老人が切り捨てられるじゃないか』と怒った高齢者がいたのは不思議で。そう言う人こそ、若者と高齢者が敵対していると思い込んでいるのかもしれない。若者だって、高齢者が幸せに暮らしてほしいと思っているはずなんですから。そもそも僕はただ、思考実験として、政治家に考えてもらいたかっただけなんですよ、四十代までしか投票しない社会になったら、自分がどういった政策を考えるのか。そしていかに自分が選挙のために行動していたのかに気づくんじゃないか、そう思ったんですか、反発されただけでした」

「少子高齢化が進めば、若者全員が投票に行っても、高齢者の票に敵《かな》わないという事実はありますよね」

蓬長官は少し声を落とし、「こういうことを話しているから、厄介者に思われるんでしょうね。人間に限らず、ありとあらゆる生き物の太古からの特性は、『既得権益を奪われそうな時は必死に抗う』という点かもしれません」と苦笑いをした。「議員を辞めて、良かったです」

「違う方向から、日本を変えようと考えたわけですか？」池尾が訊ねると、蓬長官は、手の内は見せられません、と言うように両手を広げた。

ウェイターがやってきて、池尾の食べ終えた皿を器用に持ち、運んでいく。

ウィントンパレスホテルの地下駐車場に停めた車から降りると、まずカマクラがフロントへ向かった。宅配業者の制服を羽織り、似合わない眼鏡もかけた。小脇に抱えた段ボールには伝票を貼っている。大手通販会社の社名と住所が印字されており、届け先は、ウィントンパレスホテルの住所で、「紙野結花様」と書いてある。

ほかの五人はそれぞれ離れた場所で待機しており、耳にひっかけたイアフォンで全員がやり取りできる。マイクが内蔵され、携帯端末などに接続することなく、音声の送受信が可能だ。

「カマクラ、いざ鎌倉《かまくら》」とふざけたことを暢気に言うヘイアンは、ロビーの壁近くに、ナラと一緒に立っている。二人とも色の違うパンツスーツを着ていた。不信感を与えず、不審がらせないために背広は有効だった。さらにはポケットも多く、吹き矢の筒や矢を忍ばせるのも難しくない。

フロントには、スーツ姿の男性スタッフが立っており、近づくカマクラに気づくと、「にっこり」の表現がぴったりの笑みを浮かべ、挨拶《あいさつ》をしてくれた。「ご用件は何でしょうか」と上品に言う。

カマクラは人と会えば、すぐに相手を値踏みする。外見が自分より優れているかどうか、自分にとってメリットのある人物かどうか、強気に出るべきか下手《したて》に出るべきかを自覚するより先に、頭の中で行っている。相手が女性であれば、口説けるかどうかの可能性も探る。

見た目が良くてほんとラッキー、とはカマクラやアスカたちがよく口にする言葉だった。冗談交じりではあるが、心からの実感だった。というよりも、カマクラは実のところ、整った顔立ちや身長、運動能力の高さに関しては、「ラッキー」というよりも、自分の実力だと受けとめていた。

「そんなに練習しなくてもスポーツはできちゃうし、昔から女の子がうっとり見てくるし。結局、見た目もいまいち、身体も凡庸な人が必死に頑張ったところで、俺よりも幸せにはなれないんだから、その優越感が美味しくて美味しくて」「あっちは徒歩で人生を行ってるところを、こっちはハイヤーで進んでいるようなもんでしょ。なんかもう、申し訳なくなっちゃうよね」

「本当に申し訳ないと思ってるの？」

「思ってない。わたしが選ばれちゃったんだから、しょうがないでしょ。前世で頑張ったご褒美じゃないの」

カマクラとアスカでのそういったやり取りはよくあった。

「この方にお届けに来たんですけど、宿泊されていますか？」カマクラは持ってきた段ボールを、フロントカウンターに載せた。

「少々お待ちください」二十代だろう、そのスタッフはまた、にっこりし、その後で手元のシステムを操作しはじめた。

すでにカマクラは、スタッフを見下している。自分にとって脅威にはならない。どうにでもなる人間だ。さらに言えば、この身なり、顔立ちからすれば、人生のあらゆる面で自分のほうが勝っているに違いなく、自分が体験できるあれやこれやを経験することなく、この男は死んでいくのだな、と思うと脳から快楽が滲《にじ》み出るのが分かった。

ほどなくスタッフが顔を上げた。

「申し訳ありません。紙野さんはいらっしゃらないようですね」

「ええと、いらっしゃらないというのは、今いない、ということ？　それとも、宿泊自体をしていないということ？」

「ご宿泊されていないようです」

「ああ、そうなんですか」

偽名で宿泊しているのだろう。

礼を言い、段ボールを持ち直すとそのままフロントから離れた。今のやり取りは、イアフォンマイクを通じ、ほかのメンバーにも聞こえている。

「カマクラ、車に戻って着替えてこい」エドの声がした。了解、と答え、地下駐車場に行くため、エレベーターを目指した。


「じゃあ、次はわたしが」アスカも背広姿だ。素顔が相手の記憶に残るのも喜ばしくないため、眼鏡をかけていた。フロントの端に立つポーターに目を付ける。大きなカートに入った複数のスーツケースを奥に運び、戻ってきたところだ。足早に近づき、「あの、お忙しいところ申し訳ありません」と声をかけた。

ポーターは背筋を伸ばし、礼儀正しく、「はい」と答えた。

「実は、ここに宿泊している妹を捜しているんです」

アスカもまたカマクラ同様、他者を値踏みする。外見が自分より優れているかどうか、自分にとってメリットのある人物かどうか、こちらの外見に相手がどういった印象を抱いているか、強気に出るべきか、優しく応じるべきかを計算する。

円柱状の帽子をかぶり、ショートジャケットを着た細身のポーターは姿勢も良く、二十代ではあるのだろうが、教師の言いつけを守る小学生のように生真面目な顔だ。

「身内のことで申し訳ありません。妹が家を出てしまって。ただ、ここに宿泊していると、妹の友人に聞いたんですね。ですが連絡がつかなくて。このままではホテルにもご迷惑をかけてしまうかもしれませんし、お金だけでも渡そうかと思いまして。部屋を教えてもらうか、呼び出してもらうことはできないでしょうか」

これが妹です、とアスカは携帯端末で、紙野結花の画像を見せた。

「大変な状況ですね。少々お待ちいただけますでしょうか。確認をしてきますので」

ポーターはこちらに同情したのか、頭を下げ、フロントの向こう側へと消えた。

「何だか真面目な男」アスカはマイクに向かい、呟く。

「アスカ、おまえと比べたらみんな真面目だろうが」センゴクの声が聞こえたが、アスカは答えない。

果たして、あのポーターはどういう対応をしてくるのか。お手並み拝見、といった気持ちで待っていると、ポーターは、ネクタイを締めた女性を連れて戻ってきた。

名札を見れば、「支配人　原《はら》あかね」と書かれている。

「支配人、原あかねさん」とアスカが声に出したのは、マイク越しに仲間に情報を与えるためだ。

「妹さんを捜されているとのことですが。お話聞かせていただけますでしょうか」こちらを安心させる笑みを浮かべながらも、きびきびとした態度で、しっかりしたホテルの支配人はしっかりしているものだな、とアスカは感心した。それから自分と比較する。顔立ち、スタイルといった「見えるもの」では圧倒的にこちらの勝ちだ。おそらく、この支配人は、異性から言い寄られたことはないだろう、可哀想に、と内心で笑う。

携帯端末の画像を支配人にも見せる。先ほどでっち上げた偽名を口にした。「妹がこのホテルにいるという情報があって、やって来たんだけれど、部屋番号が分からなくて。こんな立派なホテルの宿泊代を支払えるほどのお金は持っていないはずなんです。宿泊しているかどうか、どの部屋にいるのかを教えていただくことはできないですか」

さすがと言うべきか原支配人は、「それは大変な事態ですね」と心配を共有する表情を浮かべた。アスカはその顔が気に入らず、叩きたくなるのを必死に抑えた。

「宿泊情報についてはお話しすることが難しいところもありまして」原支配人が申し訳なさそうに続ける。「妹の名前と私の電話番号をお伝えしておきますので、もし何かあったら連絡していただけますか」

原支配人は、「かしこまりました」と大きくうなずき、どこからか紙とペンを取り出し、渡してきた。

でっち上げた妹の氏名に即席で漢字を当てはめ、紙に書く。電話番号も記した。それから携帯端末を向け、紙野結花の画像を念を押すように見せる。

かしこまりました、ともう一度、原支配人は言った。果たしてどこまで本気で受け止めているのか。失敗した、と少し後悔した。せっかくならば、「妹は金をそれほど持っていない」といった話ではなく、「妹の持病」や「他の宿泊客に迷惑をかける恐れ」といった危険性の高い嘘をついたほうが、ホテルも緊張感を持ち、積極的に対応してきた可能性はあった。

今からその要素を付け足すのは不自然だ。礼を言い、その場を後にした。

「すみません」と声をかけられたのは、エドたちと合流するためにラウンジに向かっている時だった。振り向くと先ほどのポーターが立っている。

怪しまれたかと身構えたが、イギリスの近衛兵《このえ》さながらにぴしっと背筋の伸びた彼は、「妹さん、泊まっていると思います」と少し声を落として言った。周囲を少し気にしている。名札に、「田邊」とあった。

表情で先を促す。

「昨日、十九階のお客様の荷物を運びまして、戻ってくる際に、廊下で私、転んでしまったんです」ポーターが大変な失態を演じてしまったかのように言う。恥ずかしさからか耳が赤い。「その時、ちょうどエレベーターのほうからやってきたのが、先ほど写真を見せてもらいましたが、まさに妹さんでした。親切に声をかけてくれたので覚えています」

「本当ですか！」アスカは口元に手をやり、すごい奇跡に遭遇した、と感動する素振りを見せた。その顔を見たからか、ポーターは少し頬を赤らめる。アスカからすれば、相手が自分の顔を見て、特に男性が、うっとりし、ぼうっとするのはよくある事象だった。

ポーターは取り繕うように、「ホテルとしては、個人情報の管理は厳しくしないといけませんので、融通が利かない部分があるのですが」と話す。「ただ、お客様は悪い方には見えませんし、あくまでも私個人からの情報提供だと思っていただけましたら」

「助かります」嬉しさのあまりその場で飛び上がる人間が実在するのかどうかは定かではないが、アスカはそうしてみせた。両手を合わせ、拝むようにする。あなたこそ、救いの天使、守護神、白馬の王子様、と内心で唱えることで、表情を作った。

目論見《もくろみ》通り、さらなる感謝が欲しくなったかのようにポーターが、「1914号室です」と目を輝かせた。「妹さんが、通路のどちら側かと訊ねてきたんです。第一次世界大戦の始まった西暦と同じだったので、妙に覚えてまして」

アスカはさらに目を潤ませようと努力する。あまりに芝居がかって怪しまれないかと気になったが、杞憂《きゆう》だった。

「お役に立てたのなら良かったです」

親切心でわざわざ教えてくれたポーターの、「馬鹿正直」とも言える素朴さ、善良さにアスカは笑いをこらえる。

人助けを終えた勇者よろしく、勇ましく立ち去っていくポーターの背中を見ながら、「聞いてた?」とマイクに向かって言う。

「1914号室」「ポーターの鑑《かがみ》」「じゃあ、エドさん、どうする? 分担決めよう」「第一次世界大戦とはな」

二日前の別のホテル

良い子《415》号室で仕事を終えたマクラとモウフは、ホテルビバルディ東京内の掃除スタッフ用エレベーターで地下一階まで辿り着くと駐車場に出た。押してきたワゴンを運び、奥に駐車した大型バンに中の死体を詰め込む。車体には、存在しない清掃会社の名前とロゴが描かれている。

彼女たちがこの仕事をするようになるまでの、せざるを得なくなる経緯について振り返れば、以下のようになる。

マクラもモウフも、高校時代はバスケットボールの練習に打ち込む日々だった。一年生の時に彼女たちが嘆いた通り、二人で散々練習をし、ディフェンスとスリーポイントシュートを必死に磨いたものの、なかなか試合に出るチャンスはもらえず、マクラはそのたびに愚痴り、モウフは「確かにね」と応じてばかりだったが、それでも投げ出すことなく最終学年までやり切り、気づけば卒業となっていた。

マクラはホテル従業員となるため、モウフはシステムエンジニアになるため、それぞれの専門学校に進んだことで関係は疎遠になったのだが、お互いが就職した後、たまたま地下鉄のロングシートで隣同士になった。

久しぶりの再会に幸せを感じ、そのまま地下鉄を降り、近くの居酒屋に入ったところではじめてお互いが飲酒できない下戸同士だとも分かり、「だったら喫茶店に入れば良かったじゃないか」と言い合いながらも、これもまた意味のある共通点と思えた。時期は違えど両親が亡くなっており、遠い親族以外に家族がいない境遇も一緒だと判明すると、より繋がりを強く感じた。

「聞いてよ。納得がいかないこと」と嘆くマクラは、高校時代から変わっていなかった。

「嫌だけど聞いてあげる」

「この間、うちのビジネスホテルで働いている先輩が、今まで恋人がいたことがないってことを、別の社員にからかわれていたんだけれど」

「ありそう」

「何で馬鹿にされなきゃいけないの？　わたしだって、ずっといないけど、別に悪いことをしたわけでもないし、ただ普通に生きてきただけだよ。何で、罪を犯したように言われなくちゃいけないんだろうね。今までアイスクリームを食べたことがない、みたいな目で見られるわけ」

「あんな美味しいもの、食べたことないの？　って感じなのかな。わたしだって、恋人なんてできたことないけど。だから何？　って思うよね。異性に認めてもらえる魅力がない人、って思われるってこと？」

「魅力がないから恋人ができなかったのか、分からないよね。というよりも、恋人がいる奴には魅力があるのかどうかすら、疑問。単に、調子がいいだけかもしれないし。結局、恋愛のスキルがある人がうまくいくだけでしょ。でね、その、交際経験ゼロの先輩も恥ずかしそうにしちゃっていて、ほんと意味不明。わたしも今まで恋人とかいなかったですけど、と言ったら、からかっていた社員がまた、好奇の目で見てくるわけ」

「わたしも似たようなことあった」

「高校時代も、そういう同級生いたよね。大学生の恋人がいて、肩で風切って歩いていた子とか」「風は切ってなかったかも」「でもさ、何で恋人がいることが充実した人生、みたいなイメージがあるんだろ。DV彼氏とかの可能性もあるわけでしょ。モテる人間が一番、みたいな風潮があるのは何で？」

「何で、と訊かれても困るけど」

「よく考えると、年上の男からすると都合がいいよね」「何が？」

「恋愛経験がないと馬鹿にされちゃうんだったら、早くそこから脱却したいと若い子は思ってるわけでしょ。そこにつけこめるというか。ほら早く経験しておいたほうがいいよ、なんて誘惑するわけ。あ、分かった。動物として子孫を残すことが大事だから、本能が関係しているのかな。どんどん恋愛して、子供を産みやすくなるような仕組みというか、洗脳というか」

「資本主義だよ、たぶん」

「え」予想もしていなかった言葉が返ってきたからか、マクラがきょとんとした。

「人間って、他人よりも上位に行くために頑張る生き物だと思うんだよね。それを利用しているというか、助長させているのが、資本主義だよ。おしゃれな服も、立派な家も、うっとりされる外見とか、背の高さ、胸の大きさ、とにかく優越感と劣等感のための商品とかサービスばかりでしょ。だから、『恋人がいないなんて！』とからかわれちゃうのも、もとを辿れば、資本主義が目を光らせてるせいかも。あいつを急《せ》き立てて、早く、金を使わせないと、って」

「資本主義って、目とかあるの？」マクラは真顔で聞き返した後で、「でもまあ、わたしは一生このままでいい、とみんなが言い出したら、必要最低限の物しか売れないかもしれないね」と言う。

「わたしは別に、欲しい物ないけど」「わたしも」

「まあ、それも変わってきているか。誰かにモテるため以外に、人はお金を使うようになってきたから。アニメのグッズとか、ゲームとか」

居酒屋を出て駅に戻ったところで、それが起きた。

ホームを歩いていたところ、後ろからやってきた男に、マクラがぶつかられたのだ。マクラはバランスを崩し、吹き飛ばされるように転んだが、男は気にすることもなく、遠ざかっていく。

「ちょっと何あれ」モウフは腹が立ち、マクラに怪我がないと分かると男の後を追った。マクラもついてくる。

男は年齢不詳だったが体格が良く、夜遅い時間帯ながらそれなりに混雑するホームを、ずんずんと突き進み、何人かとぶつかっていた。

「自分より小柄な人間を狙ってるように見えるよね」小走りのマクラが言ってくる。

「しかも、たまたまぶつかったのか、わざとなのか分からない、ずるい感じ」

衝突された人間は驚いた後で、むっとし、咎《とが》めようとしているが、何事もなかったように男が行ってしまうため、憤懣《ふんまん》やるかたないといった様子で立ち尽くしている。

結局、マクラとモウフは男に追いつくことができず、姿を見失うことになった。

数日後、ネットニュースを見て、モウフははっとした。駅の階段で、ある女性が死亡したことが報じられていたからだ。何者かが妊婦にぶつかり、その妊婦が転びそうになったのを近くにいた中年女性が支えようとしたところ、バランスを崩し、結果的にひっくり返ったとのことだった。

すぐにマクラから連絡があった。「あのタックル男だよね。防犯カメラ映像は、ぼかしが入ってるけど、絶対そうだよ。この間の駅と近いし」

「確かにね」

「これって、どれくらいの罪になるの」

「え」

「仮に男が捕まっても、男がぶつかったのは妊婦さんに対してでしょ。ドミノみたいに連鎖したとはいっても、別の女が死んだことには直接関係がないとか言い出したらどうしよう」

「言い出しかねない」「でしょ」「その男が捕まるかどうかも怪しい」「ああ、最悪」

次に、タックル男の話が二人の間で浮上したのはそこからさらに日が経ってからだ。まさに二人の人生の進行方向を、強引に切り替える、運命の日となった。

まず、マクラから携帯端末に連絡があった。二十二時を回ったころで、モウフは家にいたのだが、マクラは自分の職場、ホテルにいた。

「見つけた。許せなくて、やっちゃった」

マクラの言葉の意味がはじめは分からず、モウフはまず、紀元前の将軍カエサルが自軍の勝利を伝えた時の簡潔な手紙、「来た。見た。勝った」を思い出した。

勤務先のホテルの宿泊客として、タックル男がやってきたのだ。マクラがそう説明する。

「だけど、あの時、後ろからぶつかられただけだったから、顔とかよく分からないよね」モウフが言うとマクラが、「自分で言ってたから。自慢げに」と暗い声を出す。

「自分で？　喋ったの？」

「廊下でばったり会ったから、思わず話しかけちゃったんだよね」

「あの、タックル男さんですか、って？」

「そうしたら、否定するどころか認めたんだよ。自分のせいで人が死んでるのを自慢げに話して。警察に通報する、と言ったら、捕まったところで困らないとか笑ってるの」

「困らないわけはないだろうけど」

「わたし、もうかっと来ちゃって、許せなくて、許せなくて」

許せなくて、やっちゃった。最初にそう言っていた、とモウフは気づく。「何をやったの」

「夜、マスターキーを使ってそいつの部屋に入って」

「危ないよ」

「気づいたら、寝ている男の顔に枕を思い切り、押し付けてた」

モウフは一瞬息を呑む。ぎゅっと胸が締め付けられた。マクラがやったことに対する恐怖、というよりは、そのような恐ろしいことをせずにはいられなかった彼女への同情心のためだ。

マクラにそんなことをさせないでほしい。「危ないよ」とモウフは言った。

「暴れて、一回跳ね返されて、殴られた」「そんな。大丈夫?」

「うん。わたしがどれだけ、自分よりバカでかい相手のディフェンスをして、ドリブルで抜いてきたのか、あっちは知らないからね。油断大敵」「今どこ」「そいつの部屋」

その時点でモウフは状況を理解した。タックル男の部屋で悠長に、自分と会話ができているのだから、すなわちそれは、男の脅威がなくなったこと、つまり襲い掛かってくる恐れがゼロということを意味する。

「今から行くね」モウフは、家を飛び出した。

それから、だ。それからマクラとモウフはもとの日常には戻れない、物騒な人生に足を踏み入れることになった。


清掃会社名の書かれたバンに乗り、モウフがエンジンをかけたところで、マクラの携帯端末に着信があった。「乾から。さっき噂話をしていたからかな」

モウフはうなずく。４１５号室の仕事をやる前に、乾について話題にした。

マクラが操作をし、スピーカー通話になると、「あのさ、仕事をお願いしたいんだけど」と爽やかさと軽薄さのいりまじった声が聞こえた。

「わたしたちはもう下請けじゃないのは、知っているよね」

「もちろん。俺が、二人の恩人なのも知っているよね」乾が笑った。

「恩の分の仕事はやったということで、納得してもらったはず」

以前、マクラとモウフは乾からの依頼をずいぶんこなしたが、いずれもそれほど物騒なものではなく、難しいものでもなかった。

不満は少なかった。ただ、ある噂を耳にして距離を取りたくなった。

乾は人を解体する趣味がある、という噂だ。

どこからか手に入れた何者かに麻酔をかけ、意識を奪った上で、解剖を行う。何らかの目的のためではなく、「愉《たの》しいから」だ、と。魚を下ろすように人間を下ろす、という表現も耳にしたことがある。モウフとマクラは、「解剖されたら後悔してもしきれない」「君子危うきに近寄らず」「触らぬ神に祟《たた》りなし」「泥棒に入られる前に縄を綯《な》う」と言い合い、乾から離れることにしたのだ。

「下請けじゃなくて、これは正式な依頼だよ。急な仕事ではあるんだけれど」

「女を捜してほしいの？」とモウフは先回りをして言う。

「ウィントンパレスホテルに行ってくれ」乾の声がした。

１１２１号室

天道虫、勘違いをするなって。恨んでいる？ そんなわけがない。その逆だって。

ソファに座る奏田《ソーダ》は溜め息をつきながら言った。七尾はその前で、彼が飛びかかってこないかと神経の網を細かくし、構えている。

廊下で気絶した奏田をどうしたものか、と七尾は悩んだが、幸いなことに奏田のポケットにはカードキーが入っていた。試しに片端からドアに翳《かざ》していくと、二部屋目、１１２１号室で反応があった。

室内に入り、奏田の体を引きずりながら移動し、ソファに寝かした。

放って逃げるつもりだったが、念のため縛り付けておいたほうがいいかもしれない、と紐《ひも》状のものを探していたところ、奏田が目を覚ました。七尾は舌打ちと同時に飛びかかりかけた。

すると奏田が、「ストップ、ストップ。どうしたんだ。ずいぶん荒っぽいな」と手を前に出して制した。顔を歪《ゆが》め、自らの右脚を左手でつかむようにすると、「痛て」と呻《うめ》く。七尾は気づかなかったが、どこかのタイミングで足をひねったらしい。

「大丈夫か？　骨は」と訊ねると彼は、「どうだろう」と眉《まゆ》をひそめた。「サッカーだったら、PKがもらえていたかもしれない」

「エリアに入っていれば」「入っていたんじゃないかな。でも、本当にびっくりだ。天道虫があんなに乱暴だなんて」

「襲ってきたからだよ。殺すつもりだっただろ」

「俺が？　どうして？　恨むわけがない。その逆だ」

窮地に陥った際、相手を油断させ、一気に事態をひっくり返すのは、七尾をはじめとする業者たちのまず考えることであったから、奏田のその、憑《つ》き物が落ちたかのような顔も、ずいぶん芝居がかっているものだと思うだけだった。「逆？　カンピロバクターの？」

「もちろんはじめは恨んだよ」

「わざとじゃなかったんだ。まさか焼き鳥が生だなんて。仕事中に大変なことになったという噂を聞いた」

「腹が爆発しそうで困っていたら、爆弾のほうが暴発したんだ」奏田は首を少し傾ける。背中側にかけて、火傷の痕《あと》があった。「高良《コーラ》さんにも怒られたよ。入院することにもなった」

カンピロバクターの食中毒は、二度目以降、ギラン・バレー症候群になる可能性があるとインターネットの記事で読んだのを、七尾は思い出した。

「療養して、回復したんだけれど、ただ、そのおかげで、いろいろ考えることができたんだ。高良さんの言葉を借りれば、自らを省みたんだよ」

「それは、誰の言葉でもないけれど」

「療養中に、はじめてちゃんと本を読んだ。自己啓発系という分類の、そういうのを何冊も読んだ。『我が道を行け』ってタイトルの本と、『他人のために生きろ』ってタイトルの本、両方あるから悩んじゃったけれど、読んだら納得したよ。我が道を行きながら、他人のために生きればいいんだよな」

「それができるなら」

「俺と高良さん、お金持ちなのは知ってる？」

「真莉亜に聞いたことがあるよ。自分で自分のことをお金持ちだという人間も珍しい気がする」

「そりゃあ、俺も高良さんも成金だからね。ちゃんとしたお金持ちは決して、ひけらかさないし、そもそも自分たちをお金持ちだとも思っていないんじゃないかな。俺たちは急にお金が入ってきたから」

「自分を客観視できている」

「お金はある程度以上になるともう、使い道がないよ。それが分かった」

「早くその台詞《せりふ》を口にしたいな、と思って、練習しているんだけれど」

「高い時計いくつも買って、スニーカーの高いのも何足も買って、高級車も揃えてみた。でも、そんなに満足できなかったんだよ。知ってる？　出かけるにしても、時計はせいぜい右と左に一つずつ、スニーカーは一足、車も一度に乗るのは一台なんだよ。たくさん持っていても、意味ないんだ。金があって、好きなものを買ったというのに使う機会がない」

「右と左に腕時計をつけているのか？」

奏田は笑って、「もうやめた。二倍の時間が過ぎちゃいそうだし」と袖《そで》をめくってみせた。左腕に縦に長い四角形をした時計が巻かれている。この数字のデザインがいいんだ、と奏田は嬉しそうに説明した。

「値段は訊《き》かない」

「特別注文だから、値段も特別だよ」

「『高い時計は誰かにあげろ』という本は読まなかったのかな」

「たぶん、読んでいないと思う」奏田は真顔で答える。「とにかく他人のために役立ちたい、と思ったら急に、仕事もやる気が出てきてさ。だから、そのきっかけを与えてくれた鶏の生焼けと、それをくれた天道虫には、むしろ感謝しているんだ」

「さっきは俺の首を絞めに来たじゃないか。他人のために生きるはずじゃなかったのか」

「お礼を言いたかっただけだよ」奏田は心外だ、という表情を浮かべている。

「そうは見えなかったけれど」

「こんなところで天道虫に会えて、興奮したからかもしれない。子供がはしゃぎすぎて、変な行動するのと一緒かも。高良さんにもよく、子供みたいだな、と言われるしね。仕事の件もあって、急いでいたから、早くお礼を言わなくちゃと焦ったところもあったし」

「仕事？　ここで仕事があるのか」

そう言ったところで七尾は、大事なことを思い出した。

真莉亜のことだ。

劇場の指定席で待ち伏せをされている、と彼女に伝えなくてはいけない。もちろん彼女も、業界での仕事は長く、「仲介だけの楽な役回り」をしているとはいえ、危険に対する心構えは一般人よりは優れているはずだから、何らかの攻撃に遭遇したとしても、回避する可能性はある。ただ、七尾はそこまで、真莉亜の実力を評価してもいなかった。実働部隊に任せきりで、自分は「息抜き」に忙しい人間が、とっさのトラブルに適切に対応できるとも思えない。

危険が迫っていることを伝えなくては。

が、携帯端末は壊れている。焦燥感が、貧乏揺すりめいた動きをさせてきた。

「まずいな。高良さんに怒られる」奏田は顔をしかめるが、すぐに、「あ、そうだ」と声を上げた。「天道虫、頼みを聞いてくれないかな」

「頼み？」

「高良さんのいる部屋に行きたかったんだ。本当は、高良さんから連絡来るまでここで待っている予定だったけれど、一向に連絡がなくて。こっちからメッセージを送っても、電話をかけても音沙汰《おとさた》ない。だから、どうなっているのかと思って。代わりに行ってよ」

「自分で行けばいいじゃないか」

すると奏田は残念そうに、自分の足首を指差した。「痛くて、すぐに動けない」

「本当に？」

「高良さんに怒られそうな予感があるんだ。いつも時間にきっちりしている高良さんが連絡してこないということは何かあったのかもしれない。何かあると、俺にも厳しくなるんだよ。足の痛みでうまく動けなかったら、きっと怒られる」

「俺だって怒られたくない。怪我させたのは悪かった。ただ、俺も忙しくて」

「それに、最近、業者殺しの話も聞くだろ。高良さんの身に何かあったんじゃないかと気にもなっちゃうんだよ」

「業者殺し？」

「天道虫はもう少し業界のことに関心を持ったほうがいいかもしれないね」

「意識してみる」

「業者が何人か殺されてるんだよ。両肩の関節を外されて」

七尾は自分の右肩と左肩を交互に眺める。

「昔もいたんだってさ。高良さんが言ってた。両腕を使えなくしてから、痛めつけるらしい。趣味が悪い。無抵抗の相手をいたぶるんだから」

「昔の業者殺しが活動再開した、ということか」

「同一人物なのか、後継者なのかも分からないけれど」

「服装も定期的にブームが来るらしいからね」七尾はお茶を濁すようにそう言うと、立ち去ることにした。ソファに背を向け、部屋の出口へと歩を進めた。

横に置かれたスーツケースが目に入る。衣類が乱雑に飛び出しているのだろうと思ったが、色とりどりの小物がたくさん入っている。いったいこれは何だ、と視線を背けた後ですぐさま見直した。

「お守りだよ」奏田が言ってくる。七尾が何に気を取られているのか、後ろから把握できたのだろう。「自己啓発の本を読んでいたら、神仏に興味を持つのもいい、と書いてあったんだ。神仏に頼るな、という本もあったけれど」

「勉強になる」

「神社や寺を巡るのが好きになってね。行く先々でお守りやお札を集めたんだ。これはお金だけじゃ買えない。実際、自分の足でそこまで行って、手に入れたものなんだからね」

大小さまざまの、とはいえ、ほとんどは似たサイズ、似た形状だったが、お守りがいくつもあった。神社や寺院のものだろうか。確かに、お札もある。「買って集めたのか」

「天道虫、お守りは売ったり買ったりするものじゃないんだよ。授ける、受ける、と言うんだ」

「ええと、ぶつかり合ったりしないのかな」

「ぶつかる？」

「いろんなところのお守りを持っていると、喧嘩《けんか》するというか、干渉し合わないものなのかと思って」

「神仏が喧嘩するわけがないだろ。お守りはいい。文字通り、守られている気持ちになる。しかも時計やスニーカーと違って、一度のお出かけにたくさん持ち歩けるだろ」

「なるほど」納得はしていなかったが、七尾はそう答える。

「天道虫、ココを知ってるかい」

「ココ？」ここはどこ？

「逃がし屋と呼ばれたり、ハッキングのおばちゃんと呼ばれたりしているんだよ」

チャーリー・パーカーのオリジナル曲に、「ココ」があったな、と七尾は思い出していた。それなら、ドナ・リーもいるのか。ソニー・ロリンズのオリジナル曲からオレオがいてもおかしくない。

「ココが今、このホテルにいる。誰かを逃がすために。そのボディガードとして、高良さんと俺が雇われたんだ」

「ボディガード？　爆発物の専門ではなかったっけ？」七尾は、奏田を指差した。

「ココから依頼があったのは、昨日。おまけに、報酬はそんなに高くない。急な、安い報酬の仕事をやる業者は限られているだろ。俺たちはたまたま、別の仕事がキャンセルになって、空いていたし、お金にはこだわらない。ボディガードくらいなら、もちろんできる。一般人よりはよっぽど動けるし。自分たちで言うのは恥ずかしいけれど、業者の中でも有能だ。だったら、困っているココの手伝いをしようかという話になったんだ」

「履けないくらいのスニーカーを持っているし」

「その通り」奏田は真面目な顔でうなずくと、自分のスニーカーを指差した。スーツ姿にハイカットのスニーカーは違和感があったが、動きやすさを優先しているのだろう。見たことがないデザインだ。高級な、レアアイテムなのだろうとは想像がつく。「限定だよ。まあ、それはさておきね、昨日のうちから高良さんと、このホテルに泊まっていたんだ」

「わざわざ前泊を？」

「現場のチェックもできるし、何かあった時に、自由にできる部屋があったほうがいい。荷物も置いておける」

「お金が余っているなら、俺の携帯端末も買ってほしい」

「持っていないんだっけ」

「さっき壊れたんだ」七尾は言い、もはや電源が入る気配のない携帯端末をポケットから取り出し、見せる。

「ひどいな。物は大事にしたほうがいいよ」

誰のせいでこんなことになったと思っているのだ、と七尾は言いたくなったが我慢する。責め立てたところで得られるものはない。「まあ、いつも使い捨てだから、重要な情報が入っているわけではないんだけれど、ただ真莉亜と連絡が取れない」

時刻を確認すれば、あと一時間ほどで、真莉亜が観に行く舞台が始まる。客席に座る彼女が、隣に座る人物から何らかの武器により、呆気なく命を奪われる場面が頭に浮かび、七尾は嫌な気持ちになった。

「俺の携帯端末を貸そうか?」

「いや、連絡先が分からないんだ」通話用の番号もメールアドレスも、壊れた携帯端末の中に入っているだけだ。暗記してもいない。ネット検索をしたところで見つからないのも間違いなかった。

現実的な対処としては、劇場前で彼女を捕まえることだろう。つまり、早くホテルから出なくてはいけない。

焦りでいても立ってもいられなくなるが、一方で、落ち着けば大丈夫だ、と宥《なだ》めるように語りかけてくる内なる自分もいた。ホテルから出ることは難しくない。宿泊客なら、誰もがやっていることだ。下手に物事を複雑にせず、奏田とは表面上、うまくやり取りをし、立ち去ればいい。

過去、新幹線の駅で降りることすらできなかった自分のことを考えるのはよそう。

「で、何の話だっけ。高良さんから連絡が来ないわけか」まずは話を元に戻した。

「ココとやり取りしているのも高良さんだしね、俺だけじゃどうにもならない。連絡がつかないから、高良さんのいる2010号室に行こうと思った。そうしたら、天道虫、おまえに会えた」

「ええと、何号室?」七尾が聞き返したのは、聞き間違いであってほしいという願望からだったため、「2010号室だよ」と言い直された時も、それほど驚きはしなかった。

　2010号室にはすでに行っている。が、言えなかった。もちろん、2016号室と間違え、そこにいる人物が命を落とすのを目の当たりにしてしまったことも言えない。

　七尾の首に手をかけようとしてきたことから一般人ではないと思っていたが、やはり、業者の一人だったのか。言われてみれば、奏田がつけているものと似た、やはり高級そうな腕時計をしていた。

「ちょっと俺の代わりに、行ってくれないかな」奏田がまた言ってくる。

　七尾は首を左右に振った。

「あ、間違った」「何を間違えたんだ?」

「自己啓発の本に書いてあったんだ。他人の動かし方、という内容でね。やってくれ、と言うよりも、やるな、と言うほうが効果的らしいんだ」

「へえ」

「だから、天道虫、2010号室には行かないでくれ。頼むから」

「ああ、そうだね。分かったよ。行かない」

　おかしいな、と奏田が不思議そうに首を傾げている。

「まあ、いいよ。行くよ」

「本当か」奏田が目を輝かせた。

「うん、俺が代わりに2010号室に行ってくる。その後は、そこにいる高良の指示に従えばいいんだな」

もちろん2010号室に行くつもりなどなかった。むくむくと頭をもたげてくる罪悪感に、心のうちで「嘘も方便」と何度も呟くことで封をする。

さっさとここから出たい。部屋から出て、ホテルから立ち去りたい。七尾はその一心だった。

真莉亜が劇場で襲われるのを阻止したい、という思いもあったが、それ以上に、このホテル自体に不吉なものを感じはじめており、一刻も早く抜け出さないといけない、という思いが強くなっていた。

「助かるよ。高良さんには俺の代打だと説明してくれればいいから。随時、連絡して、状況を教えてくれるとありがたいな」

こちらの携帯端末が壊れていることを奏田は忘れている様子だった。好都合だ。「余裕がある時は、なるべくそうするよ」

「ありがとう。天道虫は本当にいい奴だ」

「それほどでも」

「前にね、お寺の住職が教えてくれたんだ。世の中に運とか不運とかあるけれど」

「不運のほうしかないかと思っていた」

「幸運をつかむのは大変。ただ、失うのは簡単。恩知らずになればいい。人から受けた恩を忘れちゃうような人間は、運から見放されるらしい」

「肝に銘じておくよ」

七尾は走り出したいのを我慢し、ゆったりと見えるように、と意識しながら、部屋を出た。出てから足早になる。

紙野
1914号室

ココは丸テーブルに置いたタブレット端末を指先で叩《たた》き、紙野結花がこのホテルに来てからの、防犯カメラのデータを削除する作業を続けていた。「全部消すとさすがに怪しまれるから」とファイルの取捨選択をしている。時間はあるからゆっくりやるよ、と。紙野結花はそれを眺めていた。

しばらくすると、「あら」とココが声を出した。紙野結花は釣られて、どうかしたのかと立ち上がる。

「どうかしましたか」

「ちょっと嫌な展開。かもしれない」「嫌な？」「知った顔がいる」「お知り合いが？」

「偶然ならいいんだけれど」

ココがタブレット端末の画面を、紙野結花のほうに向けた。「防犯カメラの映像をチェックしてみたのね。ほら、これはロビーのところの、天井に設置されている防犯カメラの映像。録画じゃなくて、リアルタイムの映像なんだけれど」

ロビー近くの壁にスーツ姿の女性が二人、立っていた。一人は小柄で、もう一人はそれよりもだいぶ背が高く、身体が大きい。

「この二人、知っているんですか」

「ここにいるのは二人。ただ、別のところに仲間がいる可能性が高いかも。この子たち、グループだから。六人組なんだよ。今、見えているのが、ナラとヘイアンね。大きいほうがナラ。奈良の大仏って大きいでしょ、そうやって覚えて」

どんなことでも覚えてしまう紙野結花からすれば、不要な情報だった。「何のグループなんですか」

「噴くんだよね」

「噴く？　管楽器ですか？」

「吹き矢。こうやって」ココは言うと、右手を筒状にし、口に当てて、ふっと息を吐く音を発した。「筒の中に、矢を入れて、矢といっても針みたいなものかもしれないけれど、こっちから噴いて飛ばすの。自分たちで作った、特別な筒なんだろうね。怖いよお、ほんと一瞬で刺さってるから。首とか顔とかに」

紙野結花は反射的に自分の首を隠すように、手で触れている。

「相手を眠らせるやつとか、死なせちゃうやつとか、矢にもいろいろあるらしくて。さまざまなフレーバーが楽しめます、と言いたいのかも」

「死なせちゃう、って」ずいぶん恐ろしいことをずいぶん軽く口にする。

「うまいこと考えたものだよね」「何がですか」

「日本だと銃は持ち歩きにくいし、刃物だと近づかないといけない。それに比べたら、吹き矢なんてそんなに大きくなくてね、隠しやすいし、捨てやすい」

「ココさん、会ったことがあるんですか？　知り合いだと言ってましたし」

「一緒に仕事をしたことがあってね。一度だけ。一度だけなのに、あれはもう、気分が悪くて仕方がなかった。やだやだ」

「体調を崩したんですか？」

ココがかぶりを振る。「嫌悪感。罪悪感もあるね。あの六人、外見が整っていて、いわゆる、美男美女なわけ。今どき、外見で判断したら怒られちゃうけれど。見た目がいいことで、特権階級にいるような気分なんじゃないのかな。実際ね、なんだかんだ言って、外見がいいのはアドバンテージだよ。しかも、あの六人組は他人を見下してる。ほかの人間のことを虫とでも思っているんじゃないかな」

「そんな」冗談かと思い、笑いたかったが、ココは真面目な口ぶりだった。

「虫《むし》の羽を毟ったり、肢《あし》を引きちぎったり、そんな風に、他人を痛めつけても躊躇《ちゅうちょ》がないどころか、楽しそうだからね」

吹き矢集団といったものを、紙野結花は想像するが、うまくいかない。

「一緒になった現場、あれは最低の思い出だよ。大学生の飲み会みたいな、はしゃぎ方で、人に矢を刺して。わざと苦痛が長引くようにしてたよ。気分が悪くて、一緒にいたらこっちまで天罰を受ける気がして、わたし、急いで帰ってきたんだ。ああいう人間がいるってことが、つらかったね。しかも六人集まってるんだから」

「そんなに」

紙野結花は頭を両手で押さえていた。人の苦痛に歓《よろこ》びを感じる人間がいることが、受け入れがたく、同時に、乾の恐ろしい話のことも考えずにはいられなかった。どちらも、「他者の不幸」が自分の人生とは関係がなく、それればかりか、快楽の源として確信している点では共通していた。

「その、その人たちがここに、ロビーに来ているのは、わたしと関係があるんですか」

「どうだろうね。紙野ちゃんを探している乾が、六人組に仕事を頼んだ可能性は否定できない。乾の人脈も広いから、どこからか情報が入ったとしてもおかしくないし。紙野ちゃん、そんなに怖い顔をしないで。とにかく、ここからすぐに出よう」

「え」

「しばらく泊まって、なんて言ったけれど、こうなったらのんびりしていられないから。あの六人組がもし、紙野ちゃんを狙ってやってきたのなら、最悪だよ。先手、先手で動かないと。今、唯一、わたしたちが有利な点は分かる?」

「何ですか」

「六人組が来ていることにすでに気づいている、という点。あっちはそれを知らないでしょ。紙野ちゃんがホテルでのんびりしている、と向こうは思い込んでる」

紙野結花は真剣な面持ちで、うなずいた。吹き矢という武器は、宿泊客やスタッフの多いホテル内で使うのにも適しているのだろう、とそんなことを考えた。

紙野結花は1914号室に宿泊している。その情報を得て、六人で打ち合わせをした。全員で集まるのは目立つため、それぞれ離れた場所で、イアフォンマイクを使って会話をする。カマクラは地下駐車場のSUVに戻り、宅配業者の制服からスーツに着替えたところだった。

六人全員でその部屋に行く必要はない、とエドはまず判断した。ぞろぞろと移動するのは目立つ。

「紙野結花は一般人なんでしょ？　しかもわたしたちが来るなんて思ってもいないんだから、わたし一人でも余裕だろうね」アスカが言った。「チャイムを鳴らせばたぶん、『何でしょうか？』なんて、顔を出すだろうし」

「逃げている自覚はあるでしょ。警戒して出てこないこともあるかもしれない」

「ヘイアンは心配性だねえ」「先々のことを考えるのが得意というだけだよ」

「というか、エドさん、あれ持ってきているよね？」アスカが訊《たず》ねる。「ドア壊すやつ」

何のことを言っているのかは、カマクラも分かった。カードキーに対応したドアを開くための道具だ。特定の磁気を発生させ、カードキーのセンサー部を破壊する。国内の、カードキーを使うホテルの八割はそれで無効化できた。

「この後で渡す」

「よし、じゃあ、行こう。さっさと仕事終わらせて帰りたいんだから」カマクラからすればエレベーターで十九階に向かえばそれで済む話に思えた。

「だけど、同じタイミングで紙野結花が降りてきたら、どうするの。エレベーターは真ん中に四つある。すれ違うかもしれないよ」

「それを言うなら非常階段で降りてくる可能性だってあるだろ」センゴクが言ってくる。

「じゃあ、非常階段を登っていけばいいのでは？　もし、相手が降りてきたらそこで捕まえられる」「ナラ、本気で言ってるの？　やだよ、わたし、十九階まで登るのなんて」「全員で、いろんな経路使って、上まで行くか？　女がどこを使って降りてこようと、誰かが見つけられる」

「十九階に行くのは、アスカとカマクラ。そうしよう」エドが決定した。

「どうしてその人選」とナラが不服そうに言う。自分が行きたかったのだろう。

「ナラとセンゴクは身体が大きいから少し目立つ」「見た目で判断しないでほしいけれど」「見た目で判断すべきポイントなんだよ。とにかく、アスカとカマクラの二人がエレベーターで行ってくれ」

「わたしは？」

「ヘイアンは一階のエレベーターホールを見張れ。紙野結花が降りてこないかを見ていてほしい。ナラとセンゴクは、一階の廊下の非常階段のドアを見張る。東と西に分かれて。もし、紙野結花が非常階段で降りてきても、そこで押さえられるだろう。俺はフロントに行って、乾の言っていた協力者を捜す。建物内の防犯カメラシステムを使わせてくれるらしいからな。何か異論はあるか」

「フロントにはわたしが行ったほうがいいかも」ヘイアンの声がする。「エドさんよりも、わたしのほうが警戒されない気がする」

「確かにな。ヘイアン、頼む」


エレベーターで十九階に到着し、カマクラはアスカと一緒に降りた。

「ホテルの中って、どうして少し薄暗いんだろうね」アスカが言う。「雰囲気づくり？」

「煌々《こうこう》と明るいのも疲れるよ。宿泊施設なんだから、大半は眠りに来るんだし、これくらいでいいだろ」

「おまけにしんとしてる」

「そういうもんだよ」カマクラは言いながら、スーツの内ポケットに手をやり、中から道具を取り出す。吹き矢のための筒だ。「さっさと終わらせよう」

「この後、デートだっけ？　まあ、焦らなくてもすぐ終わるって。１９１４号室に行って、女を捕まえるだけなんだから。だけど、それにしても、気持ちいいよね」「何が」

「わたしに、部屋番号を教えてくれたポーター、絶対、善人だよ。妹を捜している姉の役に立ちたい、と思って、情報をくれたんだから。たぶん、人には親切にしなさいと親から言われて育ったんじゃないかな。その親切心が結果的に、紙野結花をひどい目に遭わせちゃうなんて、楽しいよね。真面目な人のせいで、真面目な人が捕まる。馬鹿みたい。しかも不真面目なわたしたちみたいな人間に、やられちゃうんだから」

「そんなこと言ったら可哀想だ。真面目な善人でやっていくくらいしか、人生を攻略できない奴らは多いんだから」

「ええと、1914号室、こっちだね」廊下に掲げられた案内の矢印を確認し、アスカは左に人差し指を向ける。

「あ、そうだ、その子が部屋にいたら、どうすればいいかな」カマクラがイアフォンマイクに向かい、訊ねる。

「部屋の中で大人しくさせて、逃げられないようにしてくれ」エドの声がする。「その間に、俺たちもその部屋に向かう。抵抗するようなら、痛めつけてもいい。乾から言われているのは、紙野結花を捕まえることと、頭と口は使える状態にしておくことだ」

「頭と口ね。何か情報を吐かせたいのかな」アスカがうなずく。「あと、警察が出てくるような事態は避けるんだよね」

「ホテルに警察がやってくると、俺たちも大変だ。目立たないように。随時、状況を話してくれ」

カマクラはアスカと並び、廊下を進むことにした。天井の等間隔に並ぶ明かりが、薄暗い廊下を照らしている。両脇にドア、左に五部屋分、右に六部屋分が並んでいた。しんとしており、物音をカーペットや壁が吸い込むかのようだ。

「何使う？」アスカが抑えた声で言う。

使用する矢の種類のことだった。全身麻酔さながらに相手の意識を失わせるものもあれば、激痛を引き起こすもの、嘔吐《おうと》を伴った死を与えるものなどもあった。

「眠らせるのが無難だろうけど、ただ、頭と口の機能は必要となると、ちょっとためらうね」

「矢を使わなくても取り押さえちゃえばいいか」

これまで数えきれないほどの、正確には数える気がないのだが、多数の女性と懇ろになってきたカマクラは、相手の女性が、「どうして、わたしにそんなことをするの？」と絶望的な顔になるのを目の当たりにするのが何より好きだった。裏切られた人間の反応は、裏切った側からすれば最高の娯楽だ。紙野結花と面識はないが、「期待を裏切られた顔」を愉《たの》しむことはできるだろう。

ドアの部屋番号を確認していく。

紙野

１９１４号室

１９１４号室の丸テーブルに置いた簡易キーボードを触り、ココがかちゃかちゃ仕事を続けているため、紙野結花はその様子をじっと見つめていたが、その表情があまりに深刻だったからか、ココは表情を緩めると、「わたし、かちゃかちゃ仕事が得意、とか言ってるけど、十年前までパソコンの使い方も知らなかったんだからね」と明るい声を出した。

「え」

「五十の手習いで始めたの。パソコンの勉強」

パソコンの勉強と一口に言っても、そこからハッキング技術まではずいぶん距離があるに違いない。

「わたしの息子がピッチャーでね」

「ピッチャー？　野球の？」急に何の話なのか。

「投手、投手。プロ野球の」

「プロ？　誰なんですか」

「守秘義務があるから」

冗談だと受けとめたもののココが一向に打ち明けないため、紙野結花は、「本当に？」と思わずにはいられなくなる。

「で、野球ゲームってあるでしょ。家庭用ゲーム機とか携帯端末で遊べるやつ」

「ああ、はい」

「当然、わたし、息子のチームでそのゲームをやってみたわけ。先発はもちろん、息子。そうしたらあいうのって、選手ごとのデータみたいなのが設定されているんだけれど、驚いちゃった。息子のコントロールが、Eとかなっているの。Aが一番良くて、Eが最低だったんじゃないかな。とにかく、ノーコンピッチャー扱いで」

「実際は違ったんですか?」

「Eってことはないよ。まあ、コントロールがいいとは言えなかったし、四球も多かったけれど、せいぜいD」

主観の問題ではないか、と紙野結花は言いたくなる。「それで」

「少しゲームに詳しい人に話を聞いたら、ああいうのは選手ごとの設定をデータベースに登録してあって、それを参照しているらしいの。当時はデータベースとは何ぞや、という状況だったけれど、とにかく、息子のコントロールをEとする値がどこかに入っているってことは分かったわけ」

「あの、まさか」

「だったら、データベースを書き換えたらいいんじゃないの？　と思ったのが最初のきっかけね。近所に、『パソコン教室』と看板出してるお店があって、わたしみたいなおばさん相手に講習会やってくれていたの。そこで初歩的なことを教わって、あとは教本買ってきて。まあ、息子のためと思ったら頑張れるもので、もともと向いている部分もあったのか、プログラミングにどんどんハマっちゃって。執念だね、執念。時間もあったし。インターネットの情報をどんどん調べて、夜なべで、ネットのディープな世界に入っていったんだから。やっぱり勉強を始めるのに遅すぎるってことはないね」

いったいどこまでが真実なのか分からなかった。緊張感をほぐすために、でっちあげた過去話を喋《しゃべ》っただけかもしれない。息子さんの投手設定値を変更できたのかどうかも訊《き》けなかった。

「その後も、せっかくこういう技術があるなら人の役に立ちたいな、と思って引き受けていくうちに、どんどん当てにされちゃって。おまけに夫が借金作っちゃったから、それを返すために、危ない仕事も手伝うようになってね。怖いもので、一度足を踏み入れると抜け出せないの。びっくりするくらいひどい場面も経験してね。ほんと、人生って恐ろしい」

子供の名誉のために、というのならばまだ微笑ましくも感じるが、そこからどうして、人生のリセットを手伝うような、逃走コンサルタントじみた仕事をはじめることになったのかは見当がつかない。

「紙野ちゃんも、尋常じゃない記憶力があるなら、コンピューター関係の仕事も得意そうだけどね。暗号とか解くのに向いているんじゃないの？」

どうでしょうか、と紙野結花は弱々しく答える。「いろんな暗号を解くパターンを記憶することはできると思うんですが、それを使うのにも閃《ひらめ》きが必要でしょうし、そういう能力はわたし、ないんです」

「そんなものなのね」

「乾さんにもがっかりされました。暗号といっても、縦読みを解読するくらいしかできないので」

「縦読み？　ああ、あいうえお作文みたいな感じの、頭文字を並べたら文章になるやつね」

「宝の持ち腐れだと乾さんに笑われました。何だよ使えないなあ、と言われて」

「嫌な感じだねえ。使えるとか使えないとか、人を道具だと思っているから、そういう言葉が出るんだよ」

確かに、と紙野結花は答えつつも、自分に対してはそれほど不快な態度を見せなかった、とも思った。

そう話すとココは同情する表情になり、肩をすくめた。

あなたも結局、重要なパスワードを暗記させられた上、始末される予定だったんだからね。暴力夫について、あの人も悪人ではないんです、と話す被害者みたいなものだ。

そう言いたいのだろう。

「人の裏表なんて、本当に分からないんだよね」ココはさらに続けた。「たとえば、ある男が可愛い猫ちゃんの写真を撮っていたの。何度もシャッターを押して。そこだけ見れば、猫好きのいい人に見えるでしょ」

「違うんですか？」

「近づいて話を聞いたら、目を輝かせて言うわけ。『フラッシュ焚《た》いたら、目が潰《つぶ》れたりしないのかな』って」

紙野結花は自分の顔が歪《ゆが》むのが分かった。「どういうことですか」

「カメラのフラッシュで、誰かを攻撃できるぞ、と閃いたみたい」

「そんな」

「でしょ。にこにこしながら猫の写真を撮ってる男も、その内側を覗《のぞ》くと、おぞましかったりするし。ちなみにね」

「何ですか」

「その男が乾なんだよ」「え」「猫の写真を撮っていたの。話しかけたらそう答えた。その時は冗談かと思って聞き流していたけれど、例の、恐ろしい噂を耳にするとね。あながち冗談とも思えない」

紙野結花は言葉がなかなか出なかった。

乾のもとで働く日々は、幸せというほどではなかったものの、これまでの人生の中ではかなり穏やかで、乾とのやり取りでくすっと笑うような瞬間もあった。法に触れる仕事をしているとは知っていたものの、悪い人ではないのだろうと感じることも少なくなかった。が、それもひっくり返った。

こんなことばかりだ。紙野結花は内心で呟《つぶや》いている。消えてしまいたい、と感じるが一方で、もう一人の自分が諦《あきら》め気味に嘆くのも聞こえる。このまま消えてしまうのは悔しいな。

六人

19階

カマクラとアスカの立つ廊下の壁はベージュなのか茶色なのか、とにかく重厚感のある色をしていた。左右に客室のドアが並んでいる。照明が薄ぼんやりと光っていた。

声はもちろん呼吸音すら反響するのではないか、と思えるほどしんとしていた。

「乾からメッセージが来た」エドの声がイアフォンから聞こえてきた。

カマクラはアスカと顔を見合わせ、足を止めた。

「何だって?」

「状況はどうだ、という確認だ」

「指くわえて待ってろ、って返事してあげて」

「こっちから連絡していないってことは、まだ仕事は終えてないってことなのに。何を焦ってるんだろ」

「取引の時間が迫っているのかもしれないな」エドは言う。

確かに乾は前回の電話では、「取引」という言葉を口にしていた、とカマクラは思う。

「アスカ、カマクラ、じゃあ、紙野結花を捕まえてくれ」

「終わったら連絡するから」

「くれぐれも殺すなよ」

カマクラはアスカとまた視線で会話をすると、廊下を先に進んだ。1914号室のドアの前に立ったところで、尻《しり》ポケットから、少し厚めのカードを取り出す。表面に小さな穴が開いており、それをドアのセンサー部に翳《かざ》す。親指で、カード側面部のスイッチを弾《はじ》く。数秒すると音が聞こえた。必死に自分を守ろうとする人間の弱点を突き、屈辱と敗北感を味わわせて陥落させる時のような快感をカマクラは覚える。カードから発せられた磁気により、センサーが破壊された。

カードを尻ポケットに戻すと、スーツの内ポケットから筒を取り出す。中にはすでに、矢が入れてある。刺さった相手の意識活動を低下させ、睡眠に近い状態にさせる薬物が塗られたものだ。アスカも同様に筒を握っている。

レバーを下げ、ドアをゆっくりと押す。人影が見えた瞬間、すぐさま噴く心づもりではいた。アスカが先に進む。危険を買って出たのではないだろう。単に、いち早く自分が獲物を仕留めたいのだ。

部屋は広く、二部屋が繋《つな》がっている。

手前のリビングエリアには丸テーブルとソファがあった。筒を口に当て、息を溜《た》め、先へ進む。ソファの裏、カーテンの後ろ、目に見えない場所に人がいないか神経を尖《とが》らせ、寝室エリアに入る。

人の隠れられるスペースを探し、アスカは洗面台のある場所に、口から筒を突き出す恰好《かっこう》のまま進んでいく。カマクラはさっと寝そべるようにし、ベッドの下を確認した。一通り、室内を見て回るが、紙野結花の姿はない。

筒を口から離し、ベッドの脇に置かれたスーツケースをベッドに放り投げる。「女はいない。

荷物はある」とマイクに向かい、報告する。

スーツケースには鍵《かぎ》がかかっておらず、アスカが中身を調べていた。

「外出したのか」エドが訊いてくる。「一歩遅かったか」

「どうしようか」

「カマクラとアスカはしばらくそこに残っていてくれないか。紙野結花が部屋に戻ってきたら、捕まえろ」

「了解」

「ホテルのカメラを確認したい。ヘイアン、カメラの映像はチェックできそうか」

紙野 1914号室

「まずいね」ココが嘆きを洩《も》らした。野球ゲームの話の時とはうってかわり、声に陰ができている。

「まずい？」紙野結花は胃がきゅっと締まる感覚に襲われる。「何がですか」

「例の六人組。一階のエレベーターホールに二人いる。たぶん、カマクラとアスカだね。見栄えのいい男女」

「まさか、ここに来るんでしょうか」

「ポーターの話があるからね」

「わたしが言った部屋番号、あのホテルの人が他人に喋っちゃったってことですか？」個人情報の扱いが厳しい時代に、ホテルマンが宿泊者の部屋を他人に教えるような迂闊《うかつ》なことをするとは思えなかった。

ココは残念そうにかぶりを振る。「やりようはあるよ。見るからに怪しげな相手には教えられないけれど、理由をいろいろこじつけて、警戒心を解く方法はある。聞き出せる可能性はゼロではないんだから。わたしだったら、孫を捜しておろおろしているふりをするだろうね。本当に困っているように見えたら、親切心で教える人もいる。サーバーに侵入するみたいに、人間相手の場合も、何かしら方法はある」

「ですけど」

「念には念を入れたほうがいいね」

「あの、ボディガードの方はどうしたんでしょうか」ココが雇ったという男のことだ。逃げるためにも、早く合流したほうがいいのでは、と気になった。

ココが顔をしかめるため、紙野結花は少し胃が痛くなる。

「別の部屋で待機しているはずなんだよ。だいぶ前に、合流するようにメッセージを送ったんだけれど、読んだ形跡もなくて」ココが携帯端末を操作した。通話発信しているようだが、繋がる気配がないのか、少しすると、「駄目、やっぱり出ない」と洩らした。

「眠っているんでしょうか？」

「信頼できる業者なんだよ。２０１０号室にいるはず。何かあったのか」

どうしましょう、と紙野結花は聞き返すことしかできない。

「今のうちにホテルを出たほうがいいかもしれない。あいつらが来ちゃう前に。紙野ちゃん、部屋、すぐ出られる?」

紙野結花は、「あ、はい」とうなずく。緊急事態なのだと頭が理解するよりも先に、身体が反応し、脈拍が明らかに速くなり、その脈動と共振するかのように脚も震え出している。

「あの」気づくと言っていた。「あの、無事に逃げられますか」

ココの仕事に不安を抱いていたわけではない。「死」が唐突に、現実味を持ったものとして、体の内側を這《は》い上がってくるように感じ、恐怖を覚えたのだ。このホテルで人生が終わる可能性について、考えたくなかった。

「大丈夫」ココが笑みを浮かべる。「大丈夫、紙野ちゃんはここから出て、ちゃんとこれからも人生を楽しめるから。逃げるというよりは、やり直せる。それこそ、洋菓子店で働いてもいいし、今から弁護士を目指してもいい。わたしはそのためにいるんだよ」

単純な反応かもしれないが、喉元《のどもと》までやってきていた「死」が、すっと気配を消し、「安心」が胸に広がる。「あの、わたし」

「何?」

「もし無事に逃げることができたら」「うん」

「友達が欲しいです」自分の口からそんな言葉が出たことに、紙野結花自身が驚いていた。自分は友達が欲しかったのかどうかもはっきりしない。おそらく、「友達が欲しい」と言いたかっただけ、という気もする。

ココは目を細めた。「いいね」

廊下に出る。紙野結花の荷物は小さなリュックサック一つだ。

「走ることもあるかもしれない。スーツケースは置いていくから、必要最低限のものだけ持って」

ココもリュックサックを背負い、廊下を早足で進みながら、タブレット端末を眺めている。

事情を知らない者からは、親子の二人旅に見えるだろうか。

ココはとんとんと先を行く。

エレベーターホールに辿《たど》り着くと、下方向のボタンを押した。すぐに奥の一つが音を立て、扉上のランプを点灯させた。その位置のエレベーターが到着する、という合図だ。

端末をじっと見つめるココの横で、紙野結花はエレベーターが到着してくれるのを待つ。が、なかなか到着しない。気づけば、その場で足踏みをしている。早く早く、と祈り、エレベーターが扉を開くのを待っていた。

お願い、これまでもそんなに恵まれた人生ではなかったんだから、今くらい幸運を差し出してくれてもいいのではないですか。そう訴えている。

早くエレベーターが到着しますように。

「紙野ちゃん、駄目だね」

「え」見れば、タブレット端末を見つめたココが肩をすくめていた。

「二人がエレベーターに乗ったのが見えた。向こうのほうが早い。上に来るよ」ココはタブレット端末を見ながら、言った。「非常階段を使おう」

廊下に戻り、東側に向かって歩いていく。紙野結花も見えない綱に引っ張られるかのように、後を追う。廊下の端、非常階段用ドアのところに辿り着いた。

ココは、「中に入ったら静かにね」とドアノブに手をかけ、ゆっくりと押した。「音が反響するかもしれないから」

中は廊下以上に、ひんやりとしている。非常階段は、ホテルを支える骨みたいだった。ココは足音が立つのを恐れているのだろう、慎重にゆっくりと足を動かし、下る方向へと歩きはじめた。足を上げ、着地させるたび小さく音が鳴り、自分がいることを建物の壁や床がよってたかって通報しようとしている。

焦るな。ゆっくり。だけど急がないと。紙野結花は内心で言いながら、一歩ずつ降りていく。

「とにかく降りていこう」

一階に着いたら？　そこから裏口のようなところがあるんでしょうか？　訊ねたいが、声を出すのも憚《はばか》られる。

前を行くココが、おそらくタブレット端末を見ながらだったこともあるのだろう、四階分を過ぎたあたりで小さく躓《つまず》いた。靴と金属がぶつかる音がし、声が出そうになる。

手を口に当て、ココと目が合った。彼女も驚いた顔をしている。問題がないことを訴えるためにか、小さくうなずいた。

ココが足を止めた。端末をじっと眺めている。「やっぱり、あの二人、十九階で降りたね。十九階のエレベーターホールのカメラに映ってる」

「わたしを捜しに来たんですね」足元が抜け、落ちるような気持ちになった。自分とは無関係であってほしい、と願っていたが、たまたま十九階に来たとも思いにくい。「部屋、ばれていたんですか」

「とにかく今のうちに早く下に行っちゃおう」

はい、と答えたつもりだったが声は出ない。紙野結花は、「今のうちに今のうちに」と念じながら先を急ぐ。

階段を降りながら、何度も転びそうになった。靴の音が自分をせっついてくるため、つんのめりそうになる。

四階の踊り場付近で、ココが一度止まった。疲れたのかと思ったが、「一応、下の様子をチェックしないと」と端末に目をやっている。

少し息が上がっていた。紙野結花は腰に手をやり、呼吸を整える。

「あ、一人、こっちに来る」

「え」

「一階のカメラに映ってる男がいるんだけれど、ドアを開けた」

「ドア？」

「この階段の下」ココが囁《ささや》き声になった。指を下に向けている。「センゴクだね。六人組の一人」

紙野結花は自分の足音をつかまれたかのような恐怖を覚え、しゃがみ込みそうになった。

「階段で昇ってくるってことですか？」紙野結花も声を落とす。

「かもしれない。センゴクは格闘家みたいな感じで、身体が大きい。ほら」と画面をこちらに見せようとしてくれた。「六人の中でもほんとたちが悪い。何でもかんでも壊す」

「壊す？」「人の身体もね」

紙野結花は大袈裟《おおげさ》ではなく、その場で卒倒しそうになった。正確に言えば、恐怖から逃げるために意識を失いたかった。

一階のドアが開き、あっという間に男が非常階段を、一足飛びどころか何段も跳び越えながら駆け昇ってくる場面が頭に浮かぶ。竜巻よろしく紙野結花の頭部をつかみ、連れ去り、手足を引きちぎられるところまでも、だ。

ココは顔を上げて紙野結花に向かい、人差し指で上を突くような仕草をし、「下も危険。困ったね。一度、上に戻ろう」と息を吹きかけるような囁き声で言ってきた。

でも、と答えたくなる。十九階にもいますよ。上も下も危険で、八方ふさがりではないか。

「すぐ上の、五階の廊下に、いったん退避」

紙野結花は首を縦に振り、階段を引き返す。緊張と焦りで、脚が震え、ほんの少し戻るだけであるのに何度もつんのめりそうになる。音を鳴らした途端、下から伸びてきた男の顔に嚙《か》みつかれるのではないか、と鼓動が速くなり、その早鐘のせいでより脚が絡まりそうになる。

五階に戻り、音に気をつけながらドアを開閉する。廊下に出たところで、息苦しさから解放される。深く息を吐き出した。

これからどうしましょう。

訊ねたつもりが声が出ない。ココはどんどん先へ進む。エレベーターホールの近くで立ち止まり、振り返る彼女は紙野結花の顔を見て、「大丈夫。十九階にいるアスカとカマクラ、非常階段を昇ってくるセンゴク、どっちもわたしたちがこの五階にいることには気づいていないんだから。その分、わたしたちのほうが優位に立ってる。すぐにこの五階に来るようなことはないから」

恐怖と怯《おび》えで、よほどひどい顔色をしているのかもしれない。自分を安心させようとしてくれているのだと紙野結花は分かった。はい、と答える。

「従業員用エレベーターを使う手もあるよね」ココは、廊下の壁にある、スタッフ専用と記されたドアを指差す。ドアの奥に、従業員用エレベーターがあるのだろう。

「使えるんですか」

「従業員のＩＣカードがいるはず」

それなら駄目ですね、と紙野結花は肩を落とす。

「ボディガードが用意してくれていたはずなんだけれどね」

「ＩＣカードをですか？」「準備万端の予定だったのに」

ココはその場でしゃがむと、タブレット端末を操作しはじめた。

エレベーターが到着する音が鳴ったのはその直後だ。突如出現した銃口を額に突きつけられたようで、悲鳴が出かかった。ココもタブレット端末を脇に抱え、立ち上がり、廊下の壁に背を付ける。

子供たちの声が聞こえたかと思うと宿泊客と思《おぼ》しき家族が姿を現わした。若い両親と幼い子供が二人、紙野結花たちの横を通り過ぎていく。すれ違いざま、「こんにちは」と挨拶《あいさつ》をしてくれたが、ココのように自然とは返せなかった。

「部屋に入って、落ち着いて作業したほうがいいね」

「それはそうですが」１９１４号室に引き返すのは困難だ。

ココは、「どこにしようかな」と口ずさみながら、しゃがんだ姿勢でタブレット端末を、少し窮屈そうに操作していたが、ほどなくして、「よし、525にしよう」と言う。

何のことかすぐには理解できない。ホテルの管理システムを覗いているのだと遅れて気づいた。

「525号室が空いてるから、予約情報を入れちゃう」

「え」一瞬何のことを言っているのかと思った。

「昨日から、二人で二泊三日で泊まってることにするから」「するから?」「あくまでも、データ上ね。実際に予約したわけでもなければ、お金も払ってないのに、データベースに数字を入れれば、宿泊していることになっちゃう」

「確かに」と答えたものの、いくらデータ上で525号室の宿泊客に成りすませたとしても、部屋の鍵がない、と気づく。鍵がなければ中に入れないのは自明だ。

「鍵の心配なら、大丈夫。フロントに電話して、カードキーがなくなったと言って、もってきてもらう。データ上は、宿泊客だし、問題ないよ。こういった立派なホテルのスタッフはね、困った宿泊客には優しくしてくれるんだから」

慌てふためくだけで何もできず、立っているだけの自分をよそに、次々と打てる手を探すココを眺める。

六人 フロント裏

「ええと、今やっとディスプレイの前に来たところ。フロントのバックヤード」ヘイアンは画面

を見ながら、言う。思った以上に広々としている。テーブルが置かれ、備品を補充するためと思しき収容棚が並んでいる。

ディスプレイの隅に「27」とあるから、二十七インチなのだろう。その画面は九つに分割され、一つずつにホテル内の防犯カメラ映像と思しきものが映っている。

横に気配を感じ、危うく矢を噴くための筒を取り出しかけたが、すぐに、乾に協力する男だと分かる。

ヘイアンの手元にあるタッチパッドに指を当て、画面上のカーソルを操作し、「ここを押すたび、表示が変わるから」と説明した。

「あ、そうなんですね。すごい！」とヘイアンが手を叩《たた》き、顔を明るくして礼を言うと、男は鼻の穴を膨らませ、「ほかに手伝えることがあったら言って。あっちで待っているから」と言い残し、去った。

今のやり取りが聞こえたからだろう、エドが、「今の声が、乾が言っていた、協力してくれる、出入り業者か」と言った。

「そう。ほんと簡単」ヘイアンは少し声を落とす。

乾からの小遣い目当てでやってきた男は、慣れた調子でホテルスタッフに声をかけ、具体的な説明はせず、あたかもメンテナンスの一環という素振りで、フロントの裏スペースにヘイアンを連れて行ってくれた。防犯カメラ映像の前で、「自由に使って」と、まるで食事でも奢《おご》るかのように誇らしげに言った。

「どうだ、どこかに紙野結花は映っているか」エドが訊ねてくる。

「ちょっと待って、まだいまいち使い方がつかめてなくて。一度に九ヵ所、表示されていて、切り替わっていくんだよね。ええと」ヘイアンは言いながら、指でパッドをこするようにし、画面表示を変更する。「各階のエレベーターホールにカメラがあるんだと思う。あと、廊下にも設置されている。レストラン前とロビー、ああ、エドさんも見えるよ」

画面上のエドがカメラを探し、宙に視線を走らせている姿が見える。

「ちなみに、紙野結花はチェックアウトしていないんだろ」まだ十九階の部屋に居残っているカマクラが言った。

「調べてもらったら、チェックアウトはしていないみたい。部屋にいないということは、エレベーターで降りている最中か、それとも非常階段？」

「非常階段のほうは今、センゴクとナラが行ってる」エドが言えば、当の二人の声も続く。「今、階段を昇りはじめたところだ」「こっちも。十九階まで行くの面倒だけれど、一応昇ったほうがいいの？」

「行ってくれ」

「チェックアウトせずに、出かけている可能性はあるよね？　わたしたちが来る前に」ナラの声がする。

「それだと面倒だな」階段を昇りはじめているセンゴクの声は、歩くリズムに合わせてなのか、揺れた。

「だとしても、いずれこの一九一四号室に戻ってくるってことでしょ」アスカが言う。

直後、ヘイアンは、切り替わる直前の映像に人の姿を見つけた。「あ」

「ヘイアン、どうした」

今映ったカメラの映像を再び表示させるために、ああでもないこうでもない、とパッドを触る。

「非常階段のカメラに人が映ったんだよね。女だったような気がする。すぐ切り替わっちゃって。なかなか見つけ出せないんだけど。何これ、使い勝手悪い」

「階段のどこかで映ったってことは、そのまま降りていってるんだろうから、非常階段のカメラ、一階からチェックしていけばどこかに映るんじゃないの？　巻き戻しとかしながら」

「実際にやらない人にかぎって簡単に言うんだよね」ヘイアンは嘆きながら、表示条件を絞り込むメニューを発見し、非常階段エリアで抽出を行うことにした。一階から九階までの東西、似たような構図の映像が画面を埋めた。

「だが」階段を歩く靴音を発しながら、センゴクが言う。「非常階段を使って降りている、ということは、エレベーターを使うのは危険だと判断したってことだろ。ようするに、あっちは、俺たちが来たことに気づいたってことか？」

「そうなるかも」

「俺たちの情報を手に入れたのか、それとも第六感的な予感が去来したのか」

「部屋にスーツケース置いていってるくらいだから、突然、逃げることにしたのかもね」カマクラが言う。

「紙野結花は油断していない、というわけか」

だからといって難易度はさほど変わらない。ヘイアンはそう思った。不意打ちを狙えなくなったとはいえ、自分たち六人で追い込めば、捕まえるのは難しくないだろう。むしろ、すでに危険を察知し、警戒しているにもかかわらず無力感を味わうことになるのだから、それはそれで狩りの愉しみが増す。

「センゴク、ナラ、一回止まって、耳を澄ませてみろ。非常階段を使っているなら、足音が聞こえるかもしれない」

「了解」「そうだね」

仮に、警戒して非常階段を降りてきているのだとしても、センゴクかナラと鉢合わせになる。

「いつでも噴けるようにしておけ」

エドが指示を出した矢先、ヘイアンは目の前の画面にぐっと顔を近づけた。獲物を見つけた本能が、脳に歓喜を与える。「あったよ。録画情報を洗っていたら、少し前に非常階段を降りるところが映っていた。二人で」

「二人？」

「そうだね。もう一人いる」紙野結花の前に小柄な女性が映っていた。「ああ、ほら、あのおばちゃんだ。ミントおばちゃん」

「ミント？」アスカが怪訝《けげん》そうに言ってくる。

「ハッカーおばちゃんだからでしょ。ミントの種類に薄荷《はっか》ってあるから」ナラが、ヘイアンが答える前に、駄洒落《だじゃれ》の種明かしをした。

「ココか。あのおばちゃん、仕事続けてるんだな」エドが言う。「歳も歳だからすぐ辞めると思っていたんだが。紙野結花が雇ったのか」

「逃がし屋に逃がしてもらうつもりとはな」

「おばちゃん、優秀だけれどね」ヘイアンは画面の中でタブレット端末を持つココを見ながら、同情を覚える。「この状況では、あまり役に立たないかも」

現代社会では、情報戦が繰り広げられ、情報操作やフェイクニュースにより、他者より優位に立つことができる。そういった意味で、ココの持つ技術はさまざまな場面で効力を発揮できるが、いざ、現実に敵と向き合った場合には、身体的な争いでしか決着がつかない。高度なハッキング技術があろうと、殴られたり、手足を縛られたりしたら、意味がない。ミントおばちゃんは、ただのおばちゃんでしかない。

１１階

七尾は、奏田《ソーダ》を残した１１２１号室のドアを閉め、オートロックによる施錠の音を確認すると早足で廊下を進み、一目散と言ってもいいほどまっすぐにエレベーターに向かった。

真莉亜に連絡をしなくてはいけない。

携帯端末は壊れている。直接、劇場に行くしかないのか。それで間に合うのか。いくつもの思いが過《よ》ぎる。

とにかく早くこの建物から出たい。

エレベーターホールに到着すれば、四基のエレベーターは黙秘を貫く覚悟を決めたかのように、しんとしており、扉を開く様子はなかった。下に向かうボタンを押す。

奏田には申し訳ないが、上階に行くことなど考えていなかった。

北東側の一基が音を立て、ライトを点灯させる。その前に立つと、ほどなくして扉が開く。中にまたしても厄介な何者かが乗っていることを警戒したが、幸いにも無人だった。飛び乗り、一階へ行くためのボタンを押す。それから扉を閉じるためのボタンを、「分かって、いる、だろ？このまま、スムーズに、降りて、帰らせて、くれ」と思いを刻むように連打した。

降下をはじめ、七尾はまず一息をつく。階数表示がカウントダウンよろしく、数を減らしていくのをじっと見つめた。

そのままそのまま、何事もありませんように。

エレベーターの降りる速度が弱まりはじめ、一階に到着するには少々タイミングが早いのでは、と感じたものの、七尾はそれを錯覚だと思い込もうとした。

途中階で止まるわけがない。

思い込もうとすればするほど、明らかに速度が落ちた。

先ほどの奏田と同じく、ここでばったりと因縁のある人間と遭遇するのではないか。そんな馬鹿なことがあるか、という思いよりも、おそらくそうなる、という諦めのほうが強い。

七尾はウェストバッグに手をやった。不測の事態に備えるためだ。近接格闘となるなら、道具に頼るよりも、素手で戦うほうがスムーズにも感じたが、無用な争いは避けたいため、唐辛子スプレーをつかみ出す。

扉が開く。スプレーを右手の中に隠しながら、すぐに相手に噴きかける心の準備を整えていた。知っている相手か、もしくは危険な素振りを見せる人物ならば、ためらいなく、スプレーを噴射するつもりだった。

が、予想に反し、開いた扉の向こう側に立っていたのは、見知らぬ女性だった。もちろん性別にかかわらず、危険な人物はいる。油断せず、身のこなしを確認するが、物騒な気配はなかった。取り立てて特徴のない、真面目そうな顔立ちだった。

彼女はエレベーターの操作盤の前に立った。知らない人物であることに安堵《あんど》する。途中で乗り物が止まるたび、毎度、知り合いが乗ってくるわけがないのだ。

ホテルから出られる。早く真莉亜に危険を知らせなければいけない。どう知らせるのか、方法は見つかっていないが、まずはホテルを出なくては話がはじまらない。

エレベーターがなかなか動き出さないことに気づいた。

今乗ってきたばかりの女性が、「開く」ボタンを押したままなのだ。

「ええと」七尾は声をかける。閉めてくれますか？　と伝えるべきだろうか。その後で、人を待っているのだろうかと気づいた。遅れてやってくる誰かのために、エレベーターを確保し、止めているのかもしれない。

それならば自分はここで降りたほうがいい。足を踏み出すが、すると彼女が、「すみません。天道虫さん、ですか？」と言ってきた。

身体全体が舌打ちするような気持ちになった。やっぱりこうなるのか。いや、これはどうなっているのだ。混乱している七尾をよそに女性は続けた。

「あの、わたし、紙野といいます。逃げていて。捕まってしまいそうで。助けてくれませんか」

七尾はまじまじと彼女を見る。不可解なことが多すぎる。

どうして自分のことを知っているのか。なぜ助けないといけないのか。

「申し訳ないが、急いでいるんだ。ここから出ないといけない。とりあえずボタンから手を離してくれ」下に向かう間に話せばいいだろう、と七尾は言いたかったが、彼女は、「下に着く前に話を聞いてほしくて」と先回りするように口にした。「お願いします」

「俺と一緒にいると、ろくなことがない。別の人に頼んだほうがいい」早口で必死に説明した。

「今まで、別の方に逃げるのを手伝ってもらっていたんです。逃がしてくれる人に」こちらの言葉がまったく届いていない。彼女の目に涙が浮かんでいる。「あの、ココさんってご存じですか?」

「ココさん?」どこかで聞いた、と思ったもののすぐには分からない。

「わたしを逃がしてくれようとしたんですけれど」彼女は言葉を探している様子だったが、ほかの適切な表現が見つからなかったのか、「さっき、殺されてしまって」と洩らした。

七尾は顔をゆがめる。殺す、とはよろしくない言葉だ。一般人が軽々しく口に出してはいけない。さっき転んでしまって、と言うかのような口ぶりではないか。

「助けてほしいんです」彼女はもう一度、訴えるように七尾を見た。

ボタンにぎゅっと押し付けられている指を、そこに命を託すかのような切実さが滲《にじ》む指先を見つめるほかない。

エレベーターの外に、別の人間の気配を感じた。

「フォアグラのテリーヌ、オレンジのソースでございます」とウェイターが皿を置き、その後で、産地について説明した。

目の前の蓬長官はフォークを器用に使い、ソースをつけたテリーヌを口に入れる。池尾もナイフとフォークを使い、皿を鳴らす。

「池尾さん、これからの若い世代のために国の仕組みを変えていくのは本当に大変ですよ」

「実感こもっていますね」

蓬長官は少年の笑みを浮かべる。「理由はシンプルです」

「何でしょう」

「誰だって、損をしたくないからです」

池尾は自分の表情が緩むのが分かった。それはそうでしょうね、と言いたくなった。

「若い人間もいつか高齢者になります。ということは、高齢者が損をする仕組みを作れば、自分もいつかは損をすることになる。長生きできれば。それに比べて、若返ることは絶対にないんですから、若者が苦労するルールを作る分には、自分は絶対に安全圏です。誰だって、自分が損することには賛成したくないでしょう」

「なるほど」

分かったような分からないような話ではあったが、池尾は分かったふりをし、うなずいた。

「国の法律や仕組みを変えようとしても、国民全員が得をして、納得できることなんてほとんどありません。誰かは損をします」

「でしょうね」

「面倒臭いから変えたくない、という人間もたくさんいます。気持ちは分かりますよね。どうしても、これはやらなくちゃいけない、という改革でも、誰かが反対するわけです。そして、『説明しろ』と言ってきます」

「説明、ですか」

「何かといえば、説明しろ！　説明が足りない！　と言ってきます。ただそこで、『あなたたちは損するけれど、国の未来には必要なんだ』と説明しても納得はしてもらえません。メディアは怒るし、野党がさらに声を上げます。そして、怒られないための説明を考える必要が出てくる。これが不毛だとずっと思っているんですよ。損する人の損を少しでも減らすために、もしくは減ったように見せるために、ああだこうだと変更を加えれば、結局、ルールや手続きが煩雑になって、コストが増えます。救済措置を入れると、仕組みは複雑になりますからね。せっかく変えようとしたのに、変えるためにあちこちに配慮して、結果的に骨抜きの仕組みと負債だけが残る。がっくり来ますよ。僕が議員だった時は、この、がっくりばかりでした」

　蓬長官の喋り方に深刻さがなく、さらには感情もこもっていないように見えるため、どこまで本気で話しているのかは把握できなかった。

「ただね」蓬長官は続けた。「絶望的なことばかりではないんです。この問題も最近は改善されてきています」

「どの問題ですか」

「説明についてですよ。ＡＩが説明をしてくれるようになったじゃないですか」

確かに、挨拶文や説明書、結婚式の祝辞や面接における質問においても、ＡＩが作成することが増えてきていた。数年前までは、文章がぎこちなく、人の常識からすると失笑したくなる内容も散見されたが、今では、叩き台どころか、本番の題材としてそのまま使用できる品質を確保している。

「人間が考えるよりも、過不足なく説明ができます。そのおかげで、省庁の優秀な人材がほかの仕事に時間をかけられるようになるわけです」

「なるほど」

「間違いなく、無意味な質問や説明が減ってきています」

「人間がやれるのは野次を飛ばすことくらいですかね」

「それすら、ＡＩのほうが優れている可能性すらありますよ」蓬長官は微笑んだ。「政策についてもＡＩが考えたほうが間違いがないと僕は思うんです。そうなれば政治家も減るかもしれません。コスト削減につながります」

「人工知能が政治を行うようになったら、映画のように人間が支配されるかもしれないですね」

「通販サイトで、自分へのおすすめ商品が表示された時点で、すでに支配されているのかもしれませんが」蓬長官は平然と言う。「あとは、その人工知能をいかにうまく活用するか、です。ＡＩに仕事が奪われる、と嘆くのではなく、仕事はＡＩにやってもらい、人間が働かなくても暮らしていける仕組みを作ることを考えるほうがいいです。それもあって僕は、情報局に行くことにしました。ＡＩの判断を確かなものにするためには、できるだけたくさんの情報があったほうがいい。ＡＩにとっての食事、ガソリンなんですから。偏った情報は、偏った栄養で、ＡＩの健康を害します。僕たちが整備しなくちゃいけないのは、そこだと気づいたんですよ。ちょうどその時が、情報局設立のタイミングでした」

「議員のまま長官になっても良かったのでは」

「池尾さん、国会議員は民意で落選させられちゃいますよ」

「え」冗談なのか本気なのか分からない答えだったために、池尾は戸惑った。

「情報局の仕事は、国民の恨みを買うこともあるかもしれません。もちろん、実際には国や国民に必要なものだと僕は信じていますが、その過程で嫌われることもありえます。選挙で志半ばで下ろされるのは避けたかったんです」

「なるほど」

「あとは、選挙活動に飽きちゃったんですよ」とこれは明らかに冗談だと分かる口調で、蓬長官が言った。

取材時間は有限だった。レストランの料理も進んでいる。そろそろ、本題に入らなくてはいけない。

池尾はフォアグラを口に入れる。濃厚な味わいが口の中ですっと溶け、それだけで頭の中が癒《いや》されていくのが分かった。

「池尾さんは」そう言われたのは少ししてからだ。「池尾さんは、あの事故のこと、僕の家族が巻き込まれたあの交通事故について調べてくれているんですよね？」

ばれていたのか、と池尾はびくっとなった。すぐに返事ができない。

「ずいぶん熱心に取材を申し込んでくれていたから、僕のほうも下調べをさせてもらったんです。秘書の佐藤も頑張って調査をしてくれて」

池尾がちらと視線をずらすと、横のテーブルにいる佐藤が眼鏡を触りながら、申し訳なさそうに頭を下げた。首が長く、にゅっと伸びる。キリンのような、という言葉が頭に浮かぶが、さすがにそこまで長くはないか、と冷静に思い直す自分もいる。

「妻と息子が奪われたあの事故のことは一度も、一瞬たりとも頭から離れたことがありません」

蓬長官の表情が強張《こわば》る。「ただ、誰とこのつらさを共有したらいいのか、分からなくて。だから、いつもそのことを切り離して、生きているんです。池尾さんが興味を持ってくれているのなら、これほど嬉《うれ》しいことはないし、頼もしい。だからこうして話をしているんです」

「ありがとうございます」

「本当だったらもう少し、じっくり喋りやすい場所が良かったんですが、この後、ここで用事があるから、このレストランに来てもらうことになってしまって。申し訳なかったです」

「いえ、こちらこそ、こんな高級なものを」

「あと実はね」蓬長官は頭を掻《か》く。「こうして少し周りが見渡せるお店のほうが安心できるんですよ。いつどこから誰が来るかも分からないですから」

はじめは何のことを言っているのか理解できなかったが、自身が命を狙われる可能性について話しているのか、と池尾は察し、あたりを見渡した。

「議員だったころから物騒な予告はたくさん届きました。もちろん大半は、鬱憤《うっぷん》晴らしや、何らかの思い込み、信念に基づくものでしょうし、それはまだいいんですが」

「良くはないですよ」

「許せないのは、国会議員やそれに関わる人が、邪魔なあいつを排除しよう、と動いていることなんですよ。そんなことは、国にとって一つも良くない。さっきの話に戻るけれど、これがＡＩなら、もっとまともな判断をします。国にとって大事なのは、口うるさい男を消すことではないんですから。むしろ、保身のことだけを考えている人間をどうにかしないと」

「狙われているんですか」池尾は言ってから、「やっぱり」と口にしそうになるのを我慢した。

「彼らは自身ではやらないですよ。誰かに依頼して、もしくは誘導して、僕を狙わせるはずです。そういうものです。今このホテルにそういう人間がいても驚きません」

布

405号室

マクラとモウフはウィントンパレスホテル405号室の前に到着し、ワゴンを止める。ドアレバーの近くに、赤色の小さな点灯が確認できた。「清掃不要」の合図だ。

乾からの依頼をこなすためにやってきている。

横のマクラと顔を見合わせた瞬間、モウフの頭を、昔の場面が過《よ》ぎる。乾と知り合った時のことだ。

マクラが、「見つけた。許せなくて、やっちゃった」と連絡してきた夜だ。

今から行くね、と約束したモウフは家を出た後、タクシーを使い、マクラが勤務するビジネスホテルに駆け付けた。

事前に聞いていた裏口から部屋に行けば、マクラが出迎えてくれた。言葉もなく泣き出すマクラを、モウフは抱き寄せるようにし、しばらく待った。気持ちが少し落ち着いたタイミングで、タックル男の死体をワゴンにつめると、こっそりと運び出すことにした。

タックル男の車のキーが見つかったのは幸いだった。隣のコインパーキングでリモートコントロール・キーを押しまくり、車を見つけ出した。

それからモウフはまず、マクラを仕事に戻らせることにエネルギーと時間を費やした。「それどころではない」と主張する彼女に、「シフト勤務中にいなくなったら、それだけで怪しまれる」と諭し、どうにかこうにか説得に成功した。

その後でモウフは一人、車を走らせた。

目指すべき場所に心当たりはなかった。

死体をどうしたらいいのか、山奥と海のどちらがいいのだろうかと悩み、夜道に車を停めると、インターネット情報を漁《あさ》った。検索し、リンクを辿《たど》り、怪しげなサイトに行き着く。頭は朦朧《もうろう》としており、とにかく水中で足掻《あが》くような感覚だった。気づけば、直接的な表現を避けつつ、死体処理についてのアドバイスを求めるメッセージを投稿していた。正常な判断ができなくなっていた。

その時、反応を示したのが乾だった。「インターネットをチェックしていると、違法なことに手を出しそうなやつとか、すでに何かしでかして困っているやつとか、見つかるんだよ。で、手を差し伸べてやるんだ。優しいだろ。溺《おぼ》れる者は藁《わら》をもつかむというけれど、俺の場合は藁じゃなくてちゃんとしたロープだから。つかめば、助けてあげられる」

実際、その通りだった。乾が登場したおかげでマクラとモウフは助かった。

タックル男の死体処理をゆだねることができた上に、いくつかの有益な助言もしてくれ、結果、事件は表に出なかった。

が、もちろん、無料のものほど恐ろしいものはない。

乾に弱みを握られたのは事実で、それからはモウフもマクラもそれまでの仕事を辞め、下請け業者よろしく、乾に言われるがままに作業をこなすことになった。

罪を犯した後ろめたさにより、精神のセンサーが壊れてしまったのは間違いなかったが、ホテルの客室からの死体の搬出や、殺人現場の清掃といった仕事をこなしていくうちに、さまざまな感覚が麻痺《まひ》していった。

下請けをやめたい、と乾に言ったのは二年ほど経ってからだ。恐ろしい噂を耳にし、乾のことが怖くなった。最初に受けた恩に見合う仕事はすでにやったのではないか、と。

乾は特に嫌な顔もせず、「ああ、そう」と簡単に了承した。

下請けじゃなくなったなら用はない、と思われ、魚のように下ろされるのでは、と警戒していたが、幸いなことにそうはならなかった。

もともとマクラとモウフに対して、特別な思い入れはなかったのだろう。下請け業者に困っていなかったのかもしれない。

「で、普通の仕事に戻るの？」と乾は、興味本位丸出しで訊《たず》ねた。できるわけないと分かっていたのだろう。

「やり返したくてもできない人のかわりに仕事をしようと思って」

「何それ。復讐《ふくしゅう》の手伝い？」

「まあ、そうとも言えるけど。パワハラとかセクハラとか、人の人生を台無しにしておいて平気な人を、どうにかする仕事をしたいの」

「それなら、罪悪感を感じずに済みそう？」

「期待したいけれど」「難しいかも」

「だけど、いいね」乾は肩をすくめた。

「何が？」

「楽しそうじゃないか。復讐の手伝いで、誰かを踏み潰《つぶ》せるなんて」

からかわれていると思い、モウフは、「おまえみたいなスイスイ人には、こちらの大変さは分からないだろう」と言い返したかったが、やめた。遠慮したのではなく、その時の乾の表情が、「誰かを踏み潰すこと」を想像しているのか、うっとりしているように見え、ぞっとしたからだ。サディスティックな悦《よろこ》びが滲《にじ》んでいたことよりも、普段はその表情を押し隠していることに恐怖を覚え、乾のもとを離れる判断は正しかったのだとモウフは実感した。

「ちなみに、もしやるならホテルを利用したほうがいいと思う」乾は思い付きを口にしただけだったのだろうが、それはモウフたちの仕事の方向性を決める、重要な言葉だった。

「ホテル？」

「もともとマクラが働いていたんだから、ホテルの裏方のことも知っているだろ。キーを手に入れれば、標的をホテルの部屋に呼んで、片付けられる。清掃スタッフのふりをして、死体を運べばいい。その後の処理は別の業者に頼めばいいんだ」

乾の提案を採用するのは不本意だったが、いいアイディアだとモウフは受け入れた。

「じゃあ、開けるね」声がし、モウフは、過去の回想から呼び戻される。カードキーが４０５号室のセンサー部に翳《かざ》され、解錠の音がする。

マクラはドアをゆっくりと押して中に入っていき、モウフもワゴンを引きながら続く。

今までに何度もやった作業であるから慣れてはいたが、もちろん気は抜かない。

ベッドの前に立ち、荷物を確認していたのか、背中を向けている男の姿が目に入る。シャツにスラックスという姿だが髪が明るい茶色、金髪に近かった。気配を察知したらしく、鋭く振り返り、マクラとモウフの姿に気づくと反射的に目を見開き、その後ですべてを受け入れるような表情を浮かべた。

「知らない顔」マクラが言う。「何この金髪」

「確かにね」

マクラが放ったシーツを受け取りながら、男に近づいた。いつもと同じように、コンビプレイを見せつけ、位置を変えながら動き、五分も経てば、梱包《こんぽう》された荷物のように、男をぐるぐる巻きにできていた。

二人で抱え、協力を得ながら、ワゴンに入れる。

「呆気《あっけ》ないくらいに簡単」モウフは肩をすくめた。

「これでヨモピーの命を狙うつもりだとは」マクラも呆《あき》れた声を出す。「心配になるくらい」

5階

七尾の乗っているエレベーターの向こう、廊下のほうから早足で男が近づいてきた。

ボタンを押しているこの女性の知り合いがやってきたのか？

七尾のその推測を打ち消すかのように、女性は扉を閉めるためのボタンを小刻みに押しはじめた。「早く、閉まって、お願い」と念じるかのように、強く何度も叩《たた》く。かなりの必死さだ。切迫している。

先ほどまで悠長にドアを開放していたくせに、と七尾は呆れたが、一方で、彼女が、「逃げている」と言っていたことも思い出した。逃げているとはすなわち、追っている人がいることでもある。男がやってきたのは予想外だったのかもしれない。

七尾は判断を迫られた。留《とど》まるか、去るか。「前門の虎、後門の狼」ならぬ、「前門には見知らぬ男、後門には見知らぬ女」だ。

その場にいることにした。

このまま扉を閉じたエレベーターで下に行けば、ホテルから出る、という目的は達せられるはずだ。今、この階で降りたところで、別の厄介事に巻き込まれる予感しかない。予感というより も、自信だ。

エレベーターの扉が閉まり始める。早く閉まれ、とボタンを必死に押す彼女の気持ちを嘲《あざけ》るように、左と右の扉は、再会の感動をスローモーションで味わうかの如く、ゆっくりと近づくように見えた。

男が駆けてくる。三十前後の細身の男でスーツ姿なのは分かったが、顔がよく見えない。なぜかと思えば、手を口に寄せているのだ。

咳払《せきばら》いをする仕草だ。そう思った直後、足元あたりに金属音がする。

え、と七尾が視線をやった時には、エレベーターの扉が音を立てて開いていた。左右の扉は、ようやく再会したにもかかわらず、すぐに大喧嘩《おおげんか》をし、同時に来た道を引き返した。そう思えるような、激しい開き方だ。

男が近づいてくる。筒状の物を口に当てていた。

扉がまた閉まりはじめたが、中央あたりで再び、拒絶反応にも似た動きで、開く。何かが当たる音がした。

扉のレール部分に何かが引っかかっている。気づいた途端、七尾は開放される扉の間から、廊下に飛び出した。

吹き矢だ。

男の持つ筒状のものと扉に当たる金属音から推理した。

おそらく、ドアが閉まらないように、レールに針を入り込ませた。狙って飛ばしたのだ。そのような曲芸まがいのことができるのだろうか、と疑問も浮かぶが、これまで曲芸まがいのことを難なくこなす人間に、散々遭遇してきた。やれる人間には、やれる。

飛び道具を使われる時には、その場に留まっていることが一番危険だ。

突進してきた七尾に、男は驚いたに違いないが、それでもすぐに筒の先を向けてくる。七尾はぞっとして床を蹴《け》り、横に跳ぶ。どこかで金属音がした。開いたエレベーターの奥側の壁に当たったようだ。

方向転換し、姿勢を低くしたままラグビーのタックルよろしく男に向かってぶつかった。

脚を両手でつかむようにし、そのまま男を後ろにひっくり返す。想像よりも、というほど想像していなかったが、相手の体は重くなかった。エレベーターホールの床に相手の背中を叩きつける形になる。男の耳あたりからイアフォンが後方に飛び、転がった。

七尾の頭の中、その思考は、遠心分離機にかけられたかのように高速で回転する。選択肢が挙がる。

この相手にもっと接近すべきか。離れるべきか。

格闘技の寝技のように相手に絡みつき、何しろ体格的には自分のほうが有利に感じられたものだから、首を絞めるなどして動きを止める。そうしようとしたものの、急遽《きゅうきょ》、取りやめ、体を慌てて離した。

とっさに蘇《よみがえ》ったのは、以前、東北新幹線で体験したあの忌々《いまいま》しい場面だ。毒の付いた針を使う業者と格闘する羽目になり、危うく死にかけた。

この男が使っているのは、あの毒針と同じようなものではないか。針が刺さったらどうなるのか。血行が良くなり、肩凝りが治る。とはいかないだろう。

近づくのはリスクが高い。少し刺されただけで大変なことになる。床を這《は》う形で、男からばたと離れた。

低い姿勢のまま、さっと振り返れば、七尾のタックルでひっくり返った男がようやく身体を起こすところだった。またただ。また手を、筒状にした形で口に寄せている。

頭をひっこめるような形で姿勢をさらに低くした。

自分の上を、矢が通過していく気配を感じながら七尾は、屈《かが》むというよりも、サッカーや野球におけるスライディングさながらに、男の脚めがけて滑り込み、再度、激突した。背後で矢が壁に当たる音がする。相手の手から飛んだ筒が床を滑った。同時に何かが落ち、滑るような音がしたがそれを確認している余裕はない。

七尾は必死に立ち上がる。命がけのビーチフラッグをやっているような感覚だ。相手より早く、体勢を整えなくては負ける。

男も焦っていたのだろうが、七尾が勝った。背後に回り、何を考えるよりも先に首を両腕で抱えるようにし、捩《ね》じった。男の体から力が抜ける。

溜《た》め息を吐くが、茫然《ぼうぜん》としている余裕もない。廊下やエレベーターから宿泊客がいつやってくるかも分からなかった。息を整える。

何てことだ。

深呼吸をしたほうがいいよ、とどこからか真莉亜の声が聞こえてくる気がし、七尾は息を吸っては吐き、吸っては吐く。

５２５号室

「状況を説明してほしい」５２５号室のベッドに、運んできた男の体を寝かせると、七尾はソファに腰を下ろし、立ったままの女性、紙野結花に訊ねた。

ちらっと目をやれば、亡くなっているその男は若々しく、顔立ちも整っているのが分かる。女性人気のある俳優のようにも見えたため、この男が自分を襲ってきたことに現実味を感じられなかった。

「どこから話したら」

「訊《き》きたいことはたくさんある」七尾の口調に怒りが滲んでしまうのは、あまりに分からないことばかりだったからだ。紙野結花という名前は教えてもらった。「まず」と言ったもののすぐに質問が出てこないのが、また、もどかしい。「どうして俺のことを知っているんだ。それに、あのエレベーターに乗り込んできたのは偶然？」

偶然のはずがない。五階に停止し、扉が開いた途端、彼女はそこに七尾がいることに驚くわけでもなく、むしろそのことを知っているかのような態度で乗り込んできた。

「これで、天道虫さんの姿を見つけていたんです」紙野結花が見せてきたのは、携帯端末の画面だった。防犯カメラ映像の一元管理画面のようなものが映っている。エレベーターホールや各階の廊下あたりが表示されていた。定期的に、その場面が切り替わる。「このホテルのカメラか」

「かちゃかちゃ仕事で」紙野結花は言ってから、はっと口を閉じ、「ココさんがシステムに繋《つな》いで、リアルタイムで確認できるようにしたんです」と言い直した。

「誰さん？」

何が起きているのか。

そもそも荷物を運ぶ仕事で来ただけなのだ。部屋を訪れ、渡しておしまい、そのはずだった。なのにいまだに、ホテルから出られないとは信じられない。

「ココさんはわたしを逃がそうとしてくれて」

そう言われたところで七尾は、「あ」と言っていた。つい先ほど、ココという名前を聞いた。奏田《ソーダ》の口から、だ。「逃がし屋？」

「そうです。ご存じなんですね」紙野結花が通じたと喜ぶかのように、声を大きくした。

「逃げたいのか」それならば、もう解決したじゃないか。あの男は動かないし、追ってこない。

そう言いかけたが紙野結花は、「六人組と呼ばれているらしいです」と七尾を落胆させる。

「あと五人いる、とか言わないでほしい」

「あと五人いるんです」「勘弁してほしい」

「ココさんは防犯カメラの映像を見ながら、わたしを脱出させようとしてくれたんです。ただ、うまくいかなくて」

どのようにうまくいかなかったのかは訊かなかった。首を突っ込むつもりはない。

「ココさん、カメラに映っている天道虫さんを見つけたらしいんです。で、自分に何かあったら、天道虫さんに助けてもらうように、と言ってくれました」

「どうして」七尾はさすがに訊ねた。「向こうはどうして俺を頼るように言ったんだ」

「頼りになるはず、と言ってました。ものすごい事件の生き残りだ、とも。何の事件かは教えてくれなかったんですが」

「ああ」七尾は自分の顔が引き攣《つ》るのを抑えられない。「忘れたい出来事だけれど」

「え」

「忘れたい過去に限って、忘れられない。不思議だ」

紙野結花は少しの間、動かなくなる。ぼんやりと七尾を眺めながら、少しすると目を潤ませる。

「ですよね」と言ったその声があまりにも神妙だった。

「ですよね？」

「どうして記憶って、忘れられないんですかね。忘れられないから、わたしはこんな人生になっちゃっています。ちゃっています。そのせいでココさんがあんなことに」彼女が自分の頭を悲しげに指差す。こらえるつもりもないのだろう、涙を流していた。手で拭《ぬぐ》うが、それでは間に合わないからか服の袖《そで》を使う。

七尾は、紙野結花が落ち着くのを待ち、「とにかく、あとは自由に逃げればいい」と言った。「俺も帰るから。おのおのの帰路につこう」とソファから立つ。

「あの、本当は、ココさんがボディガードを雇ってくれていたんです」

知ってる、と答えそうになる。奏田が言っていた。

紙野結花がまた黙る。何か言いたげにもかかわらず、なかなか言葉を発しない。そしてまたしても、感情の調整が必要になったのか、目を潤ませかけたがぐっとこらえるようにした。気持ちを落ち着かせるためなのだろう、唾《つば》を飲み込むような音を出し、その後で、「実は」と口を開く。

嫌な予感がした。「言わなくていい」と手を前に出したが、彼女は止まらない。

「そのボディガードの人、合流してもらう予定だったのに、連絡が取れなくて」

「意外によくあることだよ」七尾は話を切り上げたかった。

「だから、ボディガードの人がいるはずの２０１０号室に、ココさんが直接、行くことにしたんです。事前にそこのキーは受け取っていたらしくて」

「２０１０号室。まあ、そうだろうね」例の大理石のテーブルに頭をぶつけて亡くなった高良の話と繋がるのだから、そうなるはずだ。

「ボディガードの人がＩＣカードを用意しているはずだから、って。カードがあれば、従業員のエリアも使えるので、そのために一人で行ってくれたんです」

「ココさんが？」「はい」

「当てようか。たぶん、ボディガードは部屋で亡くなっていたんじゃないかな」

どうして分かるんですか、と紙野結花が目を見開く。特別な能力がある、洞察力がある、と過大評価される恐怖を覚えてしまい、七尾は焦る。

「ココさん、２０１０号室の状況を通話で教えてくれていたんです。そのボディガードを頼んだ人が亡くなっているけれど、ＩＣカードは見つかった、持っていくから、と。だけど、そこに、あの人たちがやってきたみたいで」紙野結花はまた感情が乱れそうになり、涙を目にためたがぐっとこらえるようにした。

あの人たち、とは吹き矢の六人組のことなのだろう。六人組の全員がやってきたのか、そのうちの何人かが来たのかは分からないが、誰かが来た。

通話の最後までココさん、わたしに指示を出してくれたんです、と紙野結花は話した。「わたしが駄目になったら、天道虫に助けを求めろ」という内容だったのだ、と。

「天道虫さんの顔写真がメッセージに添付されて、送られてきました。あとは、わたしの携帯端末で防犯カメラの映像を観るやり方を教えてくれて、もし運良く遭遇したら、と」

「で、運良く、俺を見つけたのか」まんまとエレベーターに乗るところを目撃され、五階で待ち伏せされたわけだ。七尾からすれば、「運悪く」だ。

「天道虫は幸福の虫、と聞いたことがあります」

「お天道様に向かって、飛ぶからね。七つの星があるし」そのあたりの話を耳にすることは多かった。自分の不運と重ね合わせられた皮肉にしか思えず、うんざりすることも多い。「七というのは不思議な数字だよ」

「え」

「一週間は七日だし、七福神もいれば、七つの海という言い方もある。G7もあれば、七不思議とも言う」

「ラッキーセブンも」紙野結花はそこで、記憶の場面を反芻《はんすう》しているのか、一瞬ではあるが遠くを見る顔になった。

「俺が数字の七だったら、荷が重くて耐えられないだろうね」

七尾が溜め息を吐くと、紙野結花は混乱したような表情を浮かべた。その後で、「助けてくれませんか。ホテルから出られるように」とまた言う。

放っておくべきか、それとも手助けすべきか、と七尾はまた選択を迫られるが、それほど悩まない。助ける義理はないのだ。

「正式に依頼させてください。業者なんですよね」懇願するかのように紙野結花が言った。

「誰もが何かの業者とも言えるけれど」

「仕事としてお願いしたいんです」

「直接は引き受けていないんだ」問答無用でその場を立ち去ればいいのだが、断る理由を口にしてしまう。拒絶するのに、相手の理解を得ようとするのはどうしてなのか、と自分でも不思議に感じる。

「誰に頼めばいいんでしょうか」

「真莉亜に」と七尾は言ってから、「そうだった、真莉亜だ」と声を高くした。手も叩きそうになる。時間を確認する。

あと三十分もすれば開場時間だ。真莉亜が何時に着くつもりでいるのかは分からないが、その前に、危険を伝えたかった。

真莉亜のことを彼女に話したところでどうにもならないと思いつつ、こちらの状況も知ってほしかったため、七尾は話をしようと息を吸ったが、すると、「ちょっと待ってください」と言われた。

求められた説明を口にしようとしたにもかかわらず、どうして、ストップをかけられなくてはならないのだ。

七尾はむっとしたが、紙野結花が携帯端末をこちらに向けてきた。「二人来ます」

「来ます？」誰がどこに何のために？

七尾の疑問を察知したかのように、紙野結花が続けた。「六人組のうちの二人です。この部屋に来ます」

五人

525号室

ナラは非常階段を下っている。階段を全力で駆け降りるとろくなことにならないと知っていたため、適度なリズムを刻むようにし、小走りに近い形で降りていく。前を行くセンゴクも似た駆け降り方だった。

「階段で行ったり来たりだな」センゴクが嘆くのが聞こえる。

確かに、とナラも内心で答える。

先ほどまで二十階にいた。

紙野結花がココと一緒に階段を下っている可能性があるというから、非常階段のどこかで見つけられると思ったが、結局、遭遇しなかった。仕方なく、もう一度非常階段を降りはじめたところ、ココが単独でエレベーターに乗ったとヘイアンから連絡があった。

二十階で降りたところまでは把握できたものの、どの部屋に入ったのかは、防犯カメラ映像を追っていたヘイアンも確認できなかったらしく、ナラとセンゴクとで手分けをし、ローラー作戦による訪問販売さながらに一部屋ずつ調べた。すると探し始めた序盤の、2010号室でココを発見した。

紙野結花のいる部屋番号や、ココがそこにいる理由、ほかの同行者の有無など知りたい情報があったため、動きを封じた上で尋問する予定だったが、途中から合流したセンゴクが力加減を間違い、突き飛ばしたところ、倒れたココの息がなかった。

報告を受けたエドは、「ココのおばちゃんのほうは仕方がない。ただ、紙野結花の命は奪うな」と念を押した。「乾からの命令はあくまでも、生きたままの紙野結花が必要ということだった」

「頭と口は使えるように」

直後、ヘイアンが五階にいる紙野結花の姿を、防犯カメラ映像で発見した。

「あ、俺が今すぐ行って、捕まえてくるよ」カマクラがすぐに反応し、はしゃぐように言うのがナラの耳にも聞こえた。

「任せた」とエドが答える。「ナラとセンゴクはそのまま、２０１０号室を調べてくれ。ココがそこで何をするつもりだったのか、一応調べたほうがいい。紙野結花相手なら、カマクラ一人でどうにでもなるだろ」

しばらくするとカマクラの声が、イアフォンから聞こえた。「紙野結花が廊下に立っているのを見つけた。あ、歩き出した。追いかける」

さほど時間をおかず、「捕まえた。楽勝だった。さすがだな、俺は」と例によって軽薄で自慢げな報告があるだろうと予想していたのだが、案に相違して聞こえてきたのは、「エレベーターに誰かいる」といった警戒心を滲ませた声だった。

続けて争うような激しい音がしたかと思うと、カマクラの声がまったく聞こえなくなった。

エドが何度かカマクラに呼びかけるが応答がなく、ナラとセンゴクは顔を見合わせると即座に２０１０号室を飛び出し、五階を目指した。

「カマクラはどうなったか分かる？」ナラは踏み外さないように気を付けながら非常階段を降り、イアフォンマイクに向かって言う。

階段を踏む靴の音が、ホテル全体が鳴らす心臓の鼓動にも感じられた。

「厄介なことになってる」とヘイアンの声が聞こえてきた。依然としてフロントのバックヤードで、防犯カメラ映像をチェックしている。「あんまり、よくないね」

ナラとセンゴクはそこで、靴の立てる音を抑えるために一度足を止めた。今度はゆっくり足を出す。

ヘイアンが、「よくない」と言う場合はたいがい、「かなり悪い」を意味した。カマクラの身に「かなり悪いこと」が起きたのだ。

「まさか、やられたのか」センゴクは半信半疑だっただろうが口にした。

「かもしれない」ヘイアンの答えに、ナラも唾を飲み込む。

「エドさん、紙野結花って一般人だよね?」

「乾からの情報では、普通の女だったはずだ」

「やったのは紙野ちゃんじゃなくて、別の男。そっちが強かった。映ってたの」ヘイアンの声は珍しく、緊張感を伴った。「エレベーターにいた男。カマクラとぶつかって」

五階のエレベーターホールの防犯カメラ映像に映っていたのだという。あっという間だった、と。

「誰?　紙野結花は一人じゃなかったってこと?」

「たまたま乗っていた男にも見えたけど」

「たまたま乗っていた人間が、急にカマクラとやり合うなんてことがあるのか?」

「業者かな」

「その可能性はある。どちらにせよ、顔がよく見えたわけではないから、どこの誰だか分からない」ヘイアンは言った。「で、カマクラの身体を担いで、廊下のほうに行った。どこかの部屋に入った。廊下のカメラの映像からすると、たぶん525号室」

「俺とナラで五階に向かっている」

「今、何階?」

ナラは非常階段の踊り場で、階数表示を確認した。「今、十二階を通過したあたり」

「俺も行ったほうがいいかもしれないな」エドが言ったが、ヘイアンが止めた。「大勢で行くと大騒ぎになるし、部屋はそんなに大きいわけじゃないから、人数が多いとお互いの矢が当たるかもしれない。エドさんはまだそこにいて、監督面していてよ」

「誰が監督面だ」

「ナラもセンゴクも、言うまでもないけど、油断しないほうがいいかも」ヘイアンが言った。

「カマクラの矢を何回か避《よ》けていたように見えたしね」

「本当にカマクラは死んだの?」アスカが訊ねた。

「首を折られたようには見えた。死んだかどうかは確認できていないけど」

「首を折られたとしたら」アスカの淡々とした声が、ナラの耳にも聞こえる。「さすがに、もう無理かもね」

カマクラが死んだと知っても、込み上げる感情はなかった。思い出らしい思い出もない。が、たとえば、外見が優れている者同士の話を楽しんだ記憶はあった。「いかに自分たちが選ばれた人間で、ほかの人たちと比べてメリットがあるか」という話題で盛り上がり、「別れ話をするとあっちはもう俺みたいな男と付き合えるチャンスがないもんだから必死になって、鬱陶《うっとう》しいことになる。やっぱり、相手にするのは余裕のある女じゃないと面倒だよ」とカマクラが言い、「そうそう、それ真理」と二人で大いに笑ったこともあった。

段を飛ばし、踊り場に着地する。激しい音が階段の上下に反響する。カマクラの死を悼みつつも、意識を切り替えるために銅鑼《どら》を鳴らしたかのような大きな音だった。

死んだチームメイトはもはやチームメイトではない。いつまでもそのことを考える分だけ、むしろ足を引っ張る敵に近い。少なくともナラはそう考えている。カマクラのことを考えそうになり、邪魔をするな、と内心で言っている。

五階の階段から廊下に出た。

「そいつは、ココが雇った男かもしれないね」５２５号室に向かい廊下を歩きながらナラが言うと、前を行くセンゴクが、「ありえるな」と言った。

「５２５号室の前に来た」「入るぞ」「油断するな」「気を付けてね」イアフォンから声がする。

前に立つセンゴクの脇からナラが手を出し、カードキーのロックを解除する装置をドアのセンサーに翳した。小さく音が鳴る。センサーが破壊されたはずだ。

ナラはすでに筒をつかんでいる。麻痺させるための矢をセットしてある。カマクラと対等に戦えた相手となれば、即死に近いショックを与える神経毒の矢を使っても良かったが、紙野結花に関しては、意識のある状態で連れて行かなくてはならない。放った矢が刺さる可能性を考えると、一時的な麻痺を起こす物しか使えない。

左手でドアレバーを押していくセンゴクも、右側の手には筒を握っている。

ドアの向こうで敵が銃を構えている光景を想像し、半身になり、腰を少し屈めた。

センゴクの後につづき、ナラも室内に入る。銃声はもちろん物音や人の気配もない。ドアを閉め、身体を起こす。

「男も紙野結花もたぶん部屋からは出ていない」

イアフォンからヘイアンの声が伝えてくる。

たぶん、という言葉が少しひっかかったが、廊下の防犯カメラにも死角があるのだろう。全部を把握できてはいないのだ。

部屋の中のどこに隠れているのか。相手の持っている武器も分からない。

室内は暗かった。わざと電気を消している。入り口近くの壁に照明スイッチがあった。センゴクが振り返る。言葉には出さなかったが、「室内を明るくするか?」と相談してきているのは分かった。

ナラは、室内を明るくするメリットとデメリットを瞬時に考える。

照明をつければ、自分たちが入ってきたことがばれる。が、すでに、ばれていると考えたほうがいい。明るければ、こちらとしても相手を見つけやすい。同時に、向こうもこちらを見つけやすくなる。

これまでの経験上、少々の暗闇なら相手の動きは把握することができた。影がゆらめけば、そこに矢を放てばいい。銃の場合は、発砲の音でこちらの居場所を露呈してしまうが、音の出ない吹き矢はその心配も少ない。

暗いほうが、こちらには有利だ。

ナラがかぶりを振ると、センゴクも、「俺もそう思っていた」といった具合にうなずき、照明のスイッチから離れた。

入口からしばらくは少し狭い。二人で縦になって進む。先のベッドルームの全貌《ぜんぼう》はつかめない。神経を尖《とが》らせ、一歩ずつ進む。ホテルの客室は出入口が一つしかない。窓があるとはいえ、たいがい外には出られない。

相手は袋小路だ。

どこに隠れている？

前にいるセンゴクが右側のクローゼットの引き戸を開いた。ナラは中を覗《のぞ》くようにし、息を噴いた。二人分のバスローブがかかっていたが、放った二発は、その首もとに刺さる。

洗面所や風呂《ふろ》はベッドルームのほうに設置されているのだろう、近くにはない。

センゴクがベッドルームに飛び出し、ナラも続く。人影があればすぐに噴くつもりだったがベッドが二つ、横向きに並んでいるだけだった。

センゴクの隣に立つ。

「ベッドとベッドの間、もしくはベッドの下」ナラは人が隠れている可能性のある場所を、センゴクと共有するために囁《ささや》く。それらの場所に人影が見えたら、すぐに噴く必要がある。

「洗面所と風呂は奥だな」

男が誰であれ、紙野結花は特別な訓練を受けているわけではないだろうから、激しい音でも出せば、悲鳴の一つも上げるのではないか、とナラは考える。が、そうならないように、男が女の口を塞《ふさ》いでいる可能性はある。

カーテンの向こう側に隠れていることも想定し、不審な動きがないか、じっと見る。

離れた距離を埋める武器を、たとえば銃のようなものを男が持っている可能性はあった。が、これまで銃を撃つ人間と対峙《たいじ》してきた経験からすると、相手が撃つよりも吹き矢で動きを止めるほうが早い。予備動作がほとんどいらないからだ。

手前のベッドの後ろから、男がばっと立ち上がり、銃口を向けたり、物を投げたりする場面を想像した。もしくは、やみくもにタックルをしてくるような場面だ。が、いずれにしても、自分たちのほうが早いだろう。

インテリアに目を配る。サイドボードや冷蔵庫、テレビはあるが隠れる場所はなかった。

追い込むぞ。

センゴクが囁き、ベッドを避ける方向に足を踏み出した。

音が鳴ったのはその時だ。

どれが時計なのかははっきりしないが、ベッド脇のナイトテーブルあたりから聞こえている、と分かった時には筒の穴に息を噴き込んでいた。センゴクもほぼ同時に矢を放ったのだろう、ナイトテーブルに突き刺さる音が重なった。

筒を前に向け、どこかに人影がないか目を凝らしながら足を踏み出す。

しまった、と感じた時には前のめりになっていた。足元に紐《ひも》状の物を張られていたのだ。音のせいで、遠くに気を取られていた。前に倒れながら、床に手をつきそうになる。画鋲《がびょう》じみたものが上向きにいくつか並んでいるのが目に入る。

相手の思惑通りに誘導されているようで怒りが頭で発火した。痛みを覚悟したが、横にいるセンゴクが腕を伸ばし、片手で受け止めるようにしてくれる。

そこを狙ったのかどうか、ベッドルームの横から人影が飛び出してきた。ナラは筒が口から離れており、すぐに矢が飛ばせない。ナラを手で支えたセンゴクも同様だった。

前にいる男が腕を振った。何を投げた？　銃声はない。痛みや衝撃がないため、外したのか、と矢を噴く動作に入ったが、そこで顔面に、小さく炸裂《さくれつ》するかのような痛みが走った。顔や頭、目が焼ける感覚がある。

熱湯だ。沸騰した湯を振り撒《ま》くようにしてきたのかもしれない。センゴクも顔を下に向け、腕で拭う。

センゴクの頭が激しく揺れるのが見えた。投げられた物が頭にぶつかったのだ。湯を沸かすためのケトルだ。自分のほうにも物が飛んでくる。身体を傾けて避ける。ドライヤーが転がった。

この瞬間を逃すつもりはないのだろう、相手が迷いなく突進してくる。ナラは筒を必死に口に当て、噴く。

が、弾《はじ》かれる。男が椅子を抱えているのが見えた。抱えながら向かってきている。

ナラはもう一度、筒を構える。センゴクが手を前に出した。つかみかかるつもりなのか。

男が椅子を振りかぶる。胴体ががら空きになる。予想通りだった。ナラは狙いを定め、強く矢を噴いた。

刺さった感触がある。本来なら男の動きが止まるはずだったが、そのまま向かってくる。

その時、部屋の奥で、ばちばちと電気の走るようなけたたましい音が鳴った。火をつけた爆竹か何かだ。

反射的に目がそちらに行く。しまった。向かってくる男に慌てて視線を戻した。センゴクが頭を殴られるのが見え、直後、重い打撃がナラ自身の頭部にも加えられた。目の前がぱっと光り、その後で真っ暗になった。

自分が倒れ、画鋲が皮膚のどこかに刺さるのが分かるが、起き上がることができない。

525号室を飛び出す。後ろにいる紙野結花を引っ張りながら、廊下に出たところでドアを閉める。

思いついたことは片端からやった。ケトルで湯を沸かし、時計のアラームをセットし、隠れ、紙野結花に爆竹を持たせた。鳴らすように指示も出した。椅子を構え、相手を殴りつけた。唯一やれなかったのはとどめを刺すことだ。

格闘家然とした体格のいい男と、七尾と同じくらいの身長の女性、二人だった。

吹き矢を使うことが分かっていたのは良かった。そうでなければ、たぶん一瞬のうちに刺され、すべておしまいだったはずだ。突き刺さった時のために、服の中に客室内にあった枕を詰め込んであった。

男を椅子で殴り、その後で女の頭部も殴りつけたが、直後、手から椅子は離れてしまい、それ以上、武器として使うことができなくなった。相手の頭部を両手で挟み、頸骨《けいこつ》を折るべきだったかもしれない。ただ、男のほうは意識を完全に失っておらず、すぐに戦闘態勢に入りそうだったため、その場を離れるのが得策に思えたのも事実だ。

相手の朦朧《もうろう》度合いによっては、五分《ごぶ》以上に戦える予感はあったものの、紙野結花もいるとなると危険が増す。手こずっているうちに女が起きる可能性も高い。

逃げたほうがいい。

こういった場合、七尾は自分の判断を信用していた。

廊下を足早に進む。横を歩く紙野結花がクッションを持っていることに気づいた。

「あ」彼女自身も無意識に持ってきてしまったのだろう、はっとしている。恥ずかしそうにこちらに向けたが、その中心に矢らしきものが刺さっていた。「ドアから出る時だと思います。気になって振り返ったので」

あの大男が噴いたのだ。クッションがあって助かった。

エレベーターホールに近づきながら、エレベーターを使うべきかどうかと悩む。到着を待っている間に、大男が来る可能性もある。

「非常階段なら、こっちです。さっき使ったので」紙野結花が察しよく、先を行く。早く行かなくては、いつ後ろから、矢が飛んでくるか分からない。

廊下の途中で、足元に落ちている物が目に入る。イアフォンマイクだと気づき、拾った。エレベーターホールで争った男がつけていたものだろう。

いつの間にか紙野結花が前方で、非常階段に繋がるドアを開いていた。滑り込むようにして中に入り、音を気にしつつドアを閉めた。

下に向かおうとしたが、足を止める。

「このまま一階を目指すべきか、それともいったん、別のところに退避するべきか、どっちがいいかな」

真莉亜のことが頭にあるため、後先考えず、とにかくホテルを出たかったが、急ぐ時こそ落ち着け、とは普段から自分に言い聞かせていることだった。

もちろん、落ち着いて行動したところで、不運には見舞われる。ただ、慌ただしく動いた時は、「慌ただしく動いたからかもしれないな」と反省する余地ができてしまう。よく考えた結果なら、まだ諦《あきら》めがつく。「運が悪かっただけだ」と嘆くためには、最善を尽くさなければいけない。これまでの人生の中で、そう思うようになっていた。

「え」わたしが決めるんですか？　という思いが顔に出ている。

「俺が決めると、ろくなことにならない」「そんな」「話すと長くなるけれど、とにかく俺が選ばないほうがいい」

「ええと、下にはまだ、誰か待ち伏せしているはずです」紙野結花は言いながら、背負っていた小さなリュックサックを下ろそうとした。中に入っている携帯端末を使い、防犯カメラの映像をチェックするつもりなのだろう、と想像できた。「その暇はない。どっちか選んで。直感でいいから。上か下か、だ」

こうしている間にも一階を目指すべきだとも感じたが、焦って行動するとろくな結果を生まない、と自らに言い聞かせる。

「たぶん、さっきの人たちは、わたしたちが一階に向かったと判断している気がします。ホテルから逃げるために」

「なるほど」「だから上に。相手の裏をかいたほうがいい気がします」

「了解」七尾は階段を上に向かって昇りはじめたが、少し行ったところで立ち止まる。「だけど、どこに行けば？」

頭に浮かぶのは一ヵ所しかなかった。

1121号室

「天道虫、悪かったよ。俺は実は疑いかけたんだ」ソファに深く座った奏田《ソーダ》が頭を掻く。「セリヌンティウスの気持ちが分かったよ」

「セリヌン？」

非常階段を昇り、1121号室に戻ってきた。いったん身を置く場所として思い当たるのは、奏田のいる部屋だけだった。

よく考えれば、奏田は高良とともに、ココからボディガードを頼まれていたのだ。つまり、紙野結花を助けるのはそもそも、奏田の仕事だとも言えた。

「足は平気なのか？」念のため、七尾は訊ねてみる。その途端、奏田が、「やっぱり痛いな」と慌てて足をさする。どちらの足だったのか忘れてしまったのか、両方を撫《な》でるようにした。

「実は、天道虫はあのまま、俺との約束を破って、ホテルから出ていったんじゃないかと疑った瞬間があったんだよ。帰りたがっているように見えたし」

「帰りたいよ」

「『走れメロス』のセリヌンティウスと同じく、待つ身の俺だったけれど」

「自己啓発本以外も読むのか」

「昔、教科書に載っていたから、それで読んだんだ。でもほんと、申し訳ない。友のことを疑ってしまった」

「友ではない」

「ボディガードの仕事もしっかりやってくれているじゃないか」と満足げに紙野結花を指差した。

「疑って悪かったよ。俺を殴るか？　メロスのように」

「いや、誰のようにも殴らない」

「あ、というか高良《コーラ》さんは？　それにココは。別行動？」

七尾は何と説明すべきかと逡巡《しゅんじゅん》したものの、それも、ほんのわずかな時間にすぎなかった。すぐに、「二人とも死んだ」と言った。もったいつける必要はない。業者が命を失うことはさほど珍しいことではないのだ。「彼女が言うには」と紙野結花を指差すが、隣でクッションを持った彼女は、茫然としており反応はない。

「え」と奏田が一瞬、硬直した。

「二人とも死んだ」

「高良さんが？」

2010号室に行ったココが、高良と思《おぼ》しき男の死体を見つけ、その後で、ココ自身が襲われたらしい、と七尾は説明する。

「ココさんが通話で喋《しゃべ》ってくれていたんですけど、誰かが来る音がして」

恐怖なのか悲しみなのか、紙野結花は言葉に詰まったようになるが、つかえつかえに、「争う音の後、ココさんが死んだことを仲間に伝える男女の声が聞こえた」と話した。

ない。

「どうだろう」七尾はとぼける。俺がいる時に、テーブルに頭をぶつけて死んだのだ、とは言えない。

　奏田はそこで自分の携帯端末を操作しはじめる。何事かと思えば、選び出した画像をこちらに見せた。「これが高良さんなんだけれど」

「ああ、そうだ。その顔だ」七尾は反射的に答えている。まさに、２０１０号室を訪れた際に迎え入れてくれた男だ。

　しまった、とも思った。「おまえはどこで、高良さんの顔を見たのだ」と問われたら困る。あくまでも、２０１０号室の死体を発見したのはココだと説明していたのだから辻褄《つじつま》が合わない。

　ただ奏田は、七尾の発言に違和感を覚える余裕もなかったのか、「ああ」と声を洩《も》らすと、全身の力が抜けたかのようにしばらく動かなかった。

　血の気が引いたのか青白い顔で、髪を掻き毟《むし》ったかと思えば、大きな息を何度か吐き出した。

「何だ」と少しして呟《つぶや》く。「だから連絡がつかなかったのか」

　七尾は何と声をかけたらいいか分からず、分かるよ、とも、お好きにどうぞ、とも取れるような仕草をそれとなくした。

　奏田はしばらく黙ったまま、呼吸を整えるように、息を吸っては吐き、吸っては吐き、と繰り返していた。高良と過ごした年月を振り返っているのかもしれない。長年一緒に仕事をしてきた仲間を失うのは、どういった気持ちなのか、七尾には想像もできなかったが、彼らもおそらくこれまでの人生で、他者の人生を奪ってきたのは間違いなく、それならば、仲間の死を、文句や不平なしで受け入れるのが筋には思えた。

ずいぶん時間が経ったように感じたが、奏田が、「こんな終わり方か」とぼそっと言った。「いったい誰がやったんだ」

「俺じゃないよ」意識するより前に、七尾は強く言い、手をぶるぶると振っている。

そんなことは分かってる、といった表情で奏田は息を吐き、紙野結花を指差した。「ココは君を逃がそうとしていたんだろ。それを邪魔する人間が、ココと高良さんを殺した。そういうこと？」

「六人組」紙野結花はまだ現実を受け止められないためか、ぼんやりしていたが、ぽつりと洩らす。「六人組と、ココさんは言っていました。吹き矢を使う六人組で」

奏田の顔が曇ったのを七尾は見逃さなかった。「知ってるのか」

「あの六人組は厄介だ。そうか、六人組ね」

「腕が立つ？」

「エドを知ってる？」「エド？　人の名前か」

「あのさ、天道虫、さっきも言ったけれど、少しくらい自分のいる業界の情報に興味を持ったほうがいいよ。エドってのは三十代半ばくらいで、もともと一人で仕事をやっていたんだ。相手を痛めつけるのが趣味って男で、いかにもサディスト、みたいな感じだった。それが年下五人を集めて、仕事をするようになったんだ。吹き矢を使う」

「確かに、使ってきた」エレベーターホールで争った男も、525号室に来た男女も筒を口に当てて、矢を飛ばしてた。その場面について、武勇伝にならないようにと気をつけながら喋った。

「矢って、いきなり飛んでくるんだろ？　銃やナイフのほうがまだいい、と高良さんが言ってたよ」奏田は言うと、「高良さんは本当に物知りだったんだ」と嚙《か》み締めるように口にした。

「いつ噴いたのかも分からない。気づけば、後ろで矢がどこかに刺さった音がした。噴かれた、と感じた時にはもう通り過ぎている」

「ああ、まさに、あれだね」「何？」

「光陰矢の如し」

七尾は返事に困る。

「だけど、やられずに勝ったんだから、天道虫は流石だな」

「流石も何も、必死だっただけだ。とにかくやれることをやるしかなかった」

「すでに三人を倒したんだろ」

「いや、二人は生きている。５２５号室から逃げるので精一杯だったから」

「たぶん、天道虫が最初に倒したのがカマクラじゃないかな。若くて、顔の整った、細身の男だったはず。５２５号室に来たのは、身体の大きい男女だという話だから、センゴクとナラ」

「詳しいな」

「高良さんに、業者の顔と名前くらいは覚えておくように、と言われていたからね」奏田は肩をすくめた。ふっと奏田が笑ったように見え、七尾は、「どうしたんだ」と訊《き》く。

「高良さんとの会話を思い出したんだ。十年くらい一緒にいて、いろんな仕事をしてきたのに、なぜか、狛犬《こまいぬ》の話をしてくれた時のことばっかり思い出す。可笑《おか》しいよ」

「狛犬？　神社にいるやつ？」

「そうそう。あれって、向かって左に、阿吽《あうん》で言うところの吽の口をした狛犬がいて、右側には、口を開いた獅子がいるんだよ。可愛らしく並んでいるけれど」

「両方、狛犬じゃないんだ？」

「そういうところもあるらしいけれど。狛犬と獅子の組み合わせのところもあるんだって。あれが、高良さん、好きだったんだよね。狛犬と獅子を見るのが」

「神社で？」

「そう。真面目な顔をして俺に、『狛犬と獅子が鳥居を背にして、こっちを向いている』のと、『狛犬と獅子が横向きで向き合っている』のだったら、どっちが好きか、って質問してきたことがあって」

　奏田はそこで、両手を動物の口に見立てて開閉させ、「こっちと」と左右の手を向かい合わせにした後で、「こっち」と両方を七尾のほうに向けた。

「確かに、どっちのパターンもあるね」七尾は、狛犬がこちらに正対している様子と、横向きの様子、両方を思い出している。

「真剣な表情だったから、深刻な悩みかと思ったんだけれど、そんなことを訊いてきて、笑っちゃったんだ。どっちも捨てがたいな、可愛いよな、とか言って。高良さんが死んじゃったと知って、真っ先に浮かんだ思い出がその場面だなんて」奏田は言った後で、また感じ入るかのように黙った。目の縁を指でこすっている。

　しばらく誰も喋らない時間が訪れ、どこかで動く、時計の秒針の音すら聞こえてきそうだった。

　高良を亡くした奏田と、ココを失った紙野結花が両脇におり、挟まれる形の七尾はどういう気持ちでいればいいのか悩む。自分も、大切な片割れを失わなくてはいけないかのような、本末転倒の気持ちにもなった。神妙な表情を作るのも気がひける。

「まあ、いつかはこうなったんだ」奏田は自らに言い聞かせるように、声を洩らした。「高良さんも昔から言っていた。人に迷惑をかけている俺たちは、いつかやられる時が来ても文句は言えない、覚悟はしておこうって。本にもあった気がする。『人にしたことは返ってくる』とか」

奏田は、本のタイトルしか読んでいないのではないか、と七尾は疑念を抱きそうになる。「まあ、そういうものかもしれないね」七尾はポケットに手を入れていた。指が触れる物があり、何だろうか、と取り出すとイアフォンだった。カマクラが落とした物だ。

「それは?」奏田が目ざとく見つけ、訊ねてくる。

「六人組の一人が耳に付けていたんだ。仲間との連絡用だと思う」イアフォンを耳に近づけるが何も聞こえない。スイッチがオフになっているのだと気づく。「これであいつらのやり取りを聴けないかな」

「名案だね」

おそるおそるスイッチを入れ、七尾は耳に当てた。こちらの声が聞こえる危険があるため、七尾は口を閉じ、息を抑えた。

1121号室

「ヘイアン、まだあいつらの居場所は見つからないか?」七尾が耳に付けたイアフォンに、男の声が聞こえてきた。

七尾は口に人差し指を当て、奏田と紙野結花を見る。

「今、映像を遡《さかのぼ》ってチェックしているところ。五階の廊下には映っていたんだよね。紙野結花と男」

「その男、誰なんだ。センゴクとナラはその部屋で顔を見たんだろ」

「一瞬のことだったからよく見えなかった。ただまあ、一般人ではないだろうな。というか、どこかで見たことがあるような顔ではあった。どこで見たのか」

「ナラは平気か？」

「平気なわけがないでしょ。わたし、頭を思い切り殴られたんだから。おまけにお湯かけられてるんだよ。火傷だよ、火傷」

「いったん手当したほうがいいかもしれないな」

「エドさん、冗談でしょ？　平気じゃないのは、怒りが収まらないという意味だからね。こんな目に遭わされて、のこのこ退場するわけにいかないでしょ。やり返さないと気が済まない。動かなくした上で、顔面に熱湯をたっぷり注いであげたい。それくらいしないと」

聴いている七尾は顔をしかめずにはいられない。

「ヘイアン、絶対に逃がしたくないから、出入口、ちゃんとチェックしてよ」

「言われなくてもチェックしてるって。外に出られるとしたら、一階だとフロントのある正面出入口と、裏口が二ヵ所。カメラの録画を一通り流してみたけど、紙野結花たちが出入りした映像は見つかっていない。まだ建物の中にいると思う」

「その出口を見張らなくていいのか。強引に走って飛び出したら、いくらヘイアンが監視していたところで、意味がないだろ。俺たちが見張りにいったほうが」

「いや、センゴクたちはホテル内を捜し回ってほしい。ずっと出口に突っ立っているのも馬鹿らしい。労力がもったいない。そうだろ」

「じゃあ、どうするのエドさん。逃げられちゃうかもよ」

「いや、出口を見張る奴らは別に呼んだ」

「呼んだ？　どういうこと」

「あ、今、ホテルの出口のところのカメラに映ってる。この男たちがそうなの？　ぞろぞろいるけど。これ、見張り部隊ってこと？」

「声をかけてすぐ来られるような業者だから有能な業者ってわけではないが、いないよりはマシだ。出口に立ち塞がって時間を稼ぐことくらいはできる」

「有象無象くんたちが役立てばいいね」

「ヘイアン、紙野結花を助けている男の顔は録画データから取得できないのか。見張りに送っておきたい」

　イアフォンでやり取りを聴いている七尾は、俺の顔、と自分の頬を触る。

「了解。さっきの画面撮影して、共有メッセージにあげておく」

「念のため、乾にも送信しておく。その男が業者なら知っているかもしれない。とにかく出口は見張ってるから、センゴクとナラ、アスカたちはホテル内にいる紙野結花を捜し出してくれ」

「あの男、どこかで見たことあるんだよな」

「センゴク、思い出してよ」

軽やかな音がどこからか聞こえる。イアフォンの向こう側、誰かの携帯端末がメッセージを受信したのかもしれない。

「全部の部屋を片端から見ていくわけにもいかないから、ヘイアン、早く何かヒントを見つけて。非常階段を使ったとしても、カメラには残っているんじゃないの。せめて、何階かが分かれば、当たっていけるから」

「カメラの数、かなり多いんだって。リアルタイムの映像を観つつ、録画もチェックするとなると大変。見ていくのは時間がかかる」

「ちなみに、このカマクラの死体、どうする」

「センゴク、その525号室に置いておけるか？　乾に頼んで、片付ける業者を呼んでもらうつもりだが」

「置いていくことはできるよ」「写真を撮っておいてくれ」

「カマクラの？」「死んだ顔の画像にも需要がある」「なるほどね。了解」

「ええとわたしはどうすればいい」

「アスカはまだ、2010号室か」

「そう。ココの死体もこのままでいいの？」

「そうだな。そっちの処理も乾に頼む」

メッセージ着信音がまたどこかで鳴っている。彼らの携帯端末から聞こえているのだろう。

「あ、そういえば、ココの死体を浴室に移動したんだけれどね、その時にもう一人見つけたんだよ」

「もう一人？　誰だ」

「もう一体と言うべきかな。知らない男。これもまた死んでる」

「ややこしいな」「ココがやったのか」「かもしれないし、もしかすると、紙野ちゃんを守ってる男かも」「このホテル、泊まると死んじゃうんじゃないの」

高良の死体のことだろう。七尾は、ちらっと奏田の顔を窺《うかが》った。またどこかで、着信音のようなものが聞こえる。

「２０１０号室をある程度、片付けたら、アスカも五階に合流してくれ」

「はいはい、分かった」

七尾はいったん耳からイアフォンを外し、精密機械を扱うかのように注意しながら、スイッチを切る。

「どう？　何だって？」と奏田が訊ねてくる。

「みんな怒っているよ」

「まあ、天道虫のせいで、六人組が五人になったんだからね、そりゃあ怒るよ」

それから七尾は、今、イアフォン越しに耳にしたやり取りについて説明した。五人となった六人組が、どこからか見張り要員を呼び寄せ、出口を見張らせているのだ、と。

紙野結花は青褪《あおざ》めている。具合が悪いのなら少しソファで横になったらどうだ、と声をかけたくなったが、そこまで親切にする必要も感じない。

「あっちはどこかで防犯カメラの映像を片端からチェックしているみたいだ。こっちも活用したほうがいいかもしれない。ホテルの防犯カメラの映像、見せてくれないかな」七尾は、紙野結花に言った。

「あ、はい」紙野結花はびくっと震え、一瞬だけこちらの世界に戻ってきた、というような様子で、携帯端末を操作した。七尾が画面を見ようとすると、奏田も顔を近づけてくる。

「確かに裏口っぽいところに、それらしいのがいる。正面にも」

出口の防犯カメラ映像にスポーツジャージを着た集団がいた。タクシーを案内するホテルスタッフから少し離れた場所にバッグを置き、立っている。

「普通の宿泊客じゃないんですか」信じたくないからだろう、紙野結花が縋るように言った。

「そうかもしれないし、あっちが呼んだ有象無象くんたちかもしれない」

「有象無象くん?」

イアフォンで聞こえてきた女の声が、ふざけてそう言っていたのだと七尾は話す。

「やだな」奏田がすぐに洩らしたので、七尾が目を向ける。「やだな?」

「そんなことを言える奴は、どうせ、自分は有象無象ではないと思っているんだよ」

「確かにね」

「そういう奴は他人と比較することでしか、幸せが得られないんじゃないかな」奏田は唇を尖らせる。

「どういう意味ですか」紙野結花が訊ねた。

「どういう意味も何も、そのままの意味だよ。前にね、高良さんに、『誰かに嫉妬《しっと》を感じたり、羨《うらや》ましいなと思ったりしたことないんですか』と訊いたことがあったんだ。俺なんてしょっちゅう思っていたから。大活躍のスポーツ選手を観ては、この人になりたかったな、とか、この人みたいにはなれないんだな、とか落ち込んだり。だから、高良さんもてっきり同じだろうなと思ったら、『ない。まったくない』と即答されたんだ」

驚いた奏田が、「羨んだりしないんですか?」と声を大きくすると高良はむしろ、きょとんとした表情で、「梅の木が、隣のリンゴの木を気にしてどうするんだよ」と答えたのだという。「梅は梅になればいい。リンゴはリンゴになればいい。バラの花と比べてどうする」

七尾は、話が逸れている、と指摘したい一方、自分が、奏田が語る高良の話を嚙み締めていることにも気づいた。呪われたかのような、不運ばかりの人生を恨み、ほかの人間を羨んだことは何度もあった。別の人生を歩いていたら、もっと平和な日常を暮らしている人になりたかった、と夢想したのは一度どころじゃない。

リンゴはリンゴになればいい。バラの花を咲かせないからといって、何なのだ。七尾の頭の中で、その言葉がこだまする。

紙野結花もじっと考えるような顔をしているが、奏田はこちらの反応などまったく気にしていないのか、「あ、そういえば」と話を変えた。「最近のエレベーターは、待っている人に、エレベーターの現在位置が分からないようになっているんだよ。知ってた?」

質問の意図は分からないが、確かにウィントンパレスホテルでは、エレベーターホールで待っている際、エレベーターのいる階数は表示されていなかった。表示される場所自体がない。

「あれって、客がいらいらしないためらしいね」

「いらいら?」七尾は意外に感じた。エレベーターがどこにいるのかが分かったほうが、待ち時間を予測することもでき、ストレスは少ない気がしたからだ。

「エレベーターって、順番通りに来ないこともあるみたい。効率的に人を運ぶために、わざと通り過ぎるケースもある。待っている客からしたら、通過されたら怒りたくなるでしょ」

「なるほど」

「だから、分からないようにしたんだって。現在位置がもともと分からないなら、通り過ぎたかどうかは分からない。待っている人からすれば、見えないんだから、通り過ぎたかどうかなんて、ないのも同じ。あ、そういう理論、あるよね？　昔、高良さんに教えてもらった記憶があるよ」

「理論？」

「量子力学だったっけ。観測するまで、位置が決まらない、みたいな話。観測されるまで状態は決定されない、というような。それと同じだよ。エレベーターの場所が観測できなければ、どこにいるのかは関係ない」

「難しいことを知っているんだな」七尾は素直に感心する。

「なんとかの猫って話、高良さんが言ってたな」「なんとかの猫？」

「量子力学で、猫が出てくるやつ、あるよね？　どう、知らない？」奏田が、紙野結花に訊ねた。

「ええと、シュレーディンガーの猫のことですか？」

「そうそう、それ」

「観測するまで、猫の状態が確定しない、という譬《たと》え話みたいなものですね」

「高良さんもまさにそう言ってた。猫の状態は、観測するまで分からない。まあ、意味はぜんぜん分からなかったけれど。でもさ、あれって答えは分かりきっているよね」

「答え？　何が分かりきってるんだ」

「観測している時だって、観測していない時だって、猫は可愛いに決まっているよ」

「え」紙野結花が戸惑っている。

はあ、と七尾も気の抜けた相槌《あいづち》を打った。

「議論するまでもないでしょ。観測しなくたって分かる」奏田は実感を込め、ゆっくりうなずいている。「シュレーディンガーさん、知らなかったんだろうね。猫は観測しなくても、いつだって可愛いってこと」

「いったい何の話だったっけ」七尾は言わずにはいられない。観測がどうしたというのだ。が、そこで不意に閃《ひらめ》くものがあった。「従業員用エレベーターを使うのはどうかな」

「え」

「普通のエレベーターよりは、従業員用エレベーターのほうが見つかりにくい、ということはないか」宿泊客用のエレベーターに比べれば、防犯カメラもそこまで念入りに設置されていないのではないか、まさに観測されにくいのでは、と思ったのだ。

「いいアイディアかもしれない。ただ、従業員用エレベーターのあるバックヤードに行くには、ＩＣカードがいるはずだよ。廊下のスタッフ専用のドアを開くために」

「ああ、そうか」七尾は声を高くし、紙野結花を見た。「それをココは、２０１０号室に取りに行ったんだっけ」

紙野結花が首肯した。ココとのやり取りを思い出したからか、彼女の目が潤むのが分かった。

「高良さんが持ってきていたんだ。高良さん、準備がいいから。先の先まで考えているんだよ」

それなのに、あんな転倒事故で亡くなってしまったのか、と七尾は高良の最期を思い出し、申し訳ない気持ちに駆られる。どれほど準備万全でも、予期せぬ事故は避けられないわけだ。

「この腕時計も、高良さんのアイディアで」と奏田はまた、例の高級ブランドの腕時計をこちらに見せた。

七尾は、高良も似たような時計を身に着けていたことを思い出し、「リンゴはリンゴになればいい、と言っていた人がどうして高級な時計なんて買ったのかな」と素朴な疑問を口に出した。

奏田は手を広げ、「俺は誰かに見せびらかすために買ったけれど、高良さんはたぶん、俺に付き合ってくれただけだよ。デザインも気に入ったんだってさ。お金はたくさんあったから、高級品を買う経験もしてみたかったのかも。結局、高級な腕時計を買っても、それほど楽しめなかったみたい」

「アイディアというのは」

「大勢に囲まれたりした時のために」

「その時計が役立つ？」

この時計をあげるから逃がしてほしい、と交渉するのだろうか、と七尾は思い、口にすると、「そうそう」と奏田は笑いながらうなずいた。「こういった高級時計の利点の一つは、欲の強い人間なら欲しがるところだ」

「そういうものかな」

「他の使い方もあるんだけれど」

奏田の説明の続きを聞くが、そんなにうまくいくものか、と七尾は呆れながら、天井を見た。

そのさらに上にある、２０１０号室の位置を確認する気持ちもあった。「ＩＣカードを取りに行く手もあるのかな」

「そっちの部屋に誰かいたりしませんか」紙野結花が怯《おび》えたように言ってきた。「この二の舞は絶対避けたいのだろう。声が震えている。

「さっき聞いた話だと、アスカという女がいたけれど、５２５号室に降りていくようだった」

「チャンスと言えばチャンスかも？」奏田が言う。

「いや」七尾は大事なことに気づいた。「よく考えてみれば、２０１０号室に行くにしても、見つかるリスクは同じだ。移動すれば、防犯カメラでばれる可能性はあるんだから」

むしろ危険を冒してまで従業員用エレベーターにこだわる必要はないようにも思えた。

するとそこで奏田が、「よし」と立ち上がった。どうしたのだ、と七尾が眺めていると、「俺なら行けるかもね」と言う。

「どういう意味だ」

「二人はもう顔がばれている。カメラに映ったら、すぐに警戒されるし、誰かが追ってくる。だけど、俺はまだ、ばれていない。でしょ？　２０１０号室に行って、ＩＣカードを取ってくることくらいは難しくない。そのために、今までこの部屋に身を潜めていたとも言えるよ」

「なるほど」七尾は納得の声を出した。「とはいえ、危険はある。俺たちよりはマシだとしても、狙われる可能性はゼロじゃないから」

「狙われたとしても、その時はその時だよ。むしろ、高良さんの仇《かたき》を討てるんだから、ありがたいくらいだ」

高良の命を奪ったのは、六人組ではなく、室内に置かれた大理石テーブルの角だったのだが、そのことは黙っておいた。

2階レストラン

「真魚鰹《まながつお》のポワレでございます。その下にございますのが、根セロリのクーリーでございます。ご一緒にお召し上がりください」魚料理が置かれる。

ウェイターが去ったところで蓬長官が、「緊張しませんか。僕は息を吸うのも怖いくらいですよ」と言った。

身の危険を感じているのか、と警戒し、周囲を見渡してしまう。店内は広々としており、ほかの客たちもずいぶん離れたテーブルに座っていた。

「料理の説明をされている間、神聖な儀式の時間みたいで。説明をちゃんと聞いていないといけないし」と蓬長官が笑う。

「あ、料理の説明のことですか」

「前に、総理を呼ぶ時に『料理』と間違えて呼んでしまったことがあってね」

「何ですかそれは」

緊迫した雰囲気を少し和らげようとしたのだと分かる。

蓬長官がナイフとフォークを手に取る。池尾もそれに釣られるように、ふっくらと上品に膨らんだ魚にナイフを当てた。

「事故のこと、調べてみたんです。蓬長官のご家族が亡くなられた、三年前のあの事故について。

こんなことを言うのは心苦しいのですが、あの事故は突発的なものではなく、誰かによって引き起こされたものではないか、という噂があるんです」

恐る恐る、蓬長官を見る。表情は曇っていなかった。その話は耳にしたことがあるのだろうと想像できた。

蓬長官の懐に入っている手応《てごた》えがある。「あの事故は、ドライバーの飲酒運転が原因でした」

「そうですね」蓬長官の言葉には力がこもっている。ふだんはすべてを達観したように軽やかに振る舞っているが、感情を精一杯抑制しているだけなのかもしれない。これから本心が聞けるのでは、と池尾は期待せずにはいられなかった。「あの運転手が事故を起こしたことはもちろん、死んでしまったことも許せないです」

池尾はうなずくようにし、皿に残る真魚鰹をフォークで掬《すく》い、口に入れる。小刻みに震えている手を、他人のもののように眺めながら、口を開いた。

「私の知り合いが、そのドライバーを事故の前に見かけていたんです。それが最近分かったんですよ」

「え」蓬長官は小さく驚く。

いいぞ、と池尾は思う。知らない情報を提供する人間は、重用されやすい。

「事故現場の何百メートルか手前に、知人はいたようなんです。あの事故の直前、知人はたまたま、近くの看板が面白かったので携帯端末で写真を撮ったんですが、そこに、車が写っていることに最近気づいたみたいで」

「それは」蓬長官が近く見えた。実際、身を乗り出してきたのかもしれない。「あの車ですか」

家族をあっという間に奪った、憎らしいあの車、という言葉が聞こえるようだった。

「路肩に停車しているところだったようです」

池尾は携帯端末を操作し、該当の画像を表示させ、蓬長官のほうに向けた。「これ、知人から送ってもらいました」

蓬長官が画像を指差した。「この歩道にいるのは」

「それなんです」自分の声が大きくなる自覚はあった。そのために来たんです、と言いたくなる。画像の中では、体格のいい男が、車のすぐ横に立っている。事故を起こした車は輸入車で、ハンドル位置は左側だったため運転手と話をしている様子に見えた。「もちろん事故と関係がない可能性もあります。単にここで知り合いに会ったのか、もしくは飲酒運転でしたから、別のいざこざが起きていただけかもしれません」

「だけど、事故と関係している可能性もある」蓬長官が深刻な面持ちで言った。「そういうことですか」

「そうなんです。しかも、このあたりで一ヵ所だけ、防犯カメラの設置されている店を見つけて、この手前にある酒屋なのですが、頼んで映像をチェックさせてもらおうとしたんですが」

「はい」

「壊れていたそうなんです」

「え」

「カメラが壊れていたんです。店主は日ごろ、気にかけていなかったので、いつからなのかは分からないらしいのですが、録画はできていませんでした」

「何かある。と考えることはできますね」

池尾はうなずいた。

やはり、事故の背後に誰かの思惑が隠れているのではないでしょうか。言わずとも池尾の思いが伝わっているのは分かった。

紙野結花は自分の呼吸を整える。深呼吸とかストレッチとか、意外に効果あるんだから。そうココに言われたのがずいぶん昔のことに思えた。

「座って、休んでいたら?」七尾が言ってきたが、じっとしていられない。

「だけど、ありがたいですね」

「別に、善意でやっているわけじゃないよ。俺もここから帰りたいだけだから」

「ああ、そうじゃなくて、さっきの人。奏田さんでしたっけ」

「あ、そっち」七尾がすぐに答えた。「確かに、ありがたい。従業員用のICカードのために動いてくれるとは」

「いい人ですね」

七尾が困惑した表情を見せる。「いやあ、この業界で働いているのだから、いい人ではないよ。俺も奏田も、それこそ君が雇ったココだって、みんな、物騒で違法な仕事をやってきているんだ。いい人なんかじゃない」

「そんな」

それから紙野結花は手元の携帯端末に目をやる。ホテル内の防犯カメラ映像が表示されたままだったが、充電が残り少なくなっていることが気になった。伝えると七尾は、「充電ケーブル、どこかにないかな」と奏田の荷物を探りはじめる。

紙野結花は、「何も考えない」と自分に言い聞かせている。ココのことや、乾に捕まった時のこと、「気持ち悪い噂」のことなどに頭が向くと、それだけで精神状態が崩れてしまう。深く考えず、表面だけを見るように、と自分に指示を出す。お願いだから、考えないで。

画面は分割表示になっていた。左上の位置は、二十階のエレベーターホール、その横は、紙野結花たちが先ほどまでいた五階の廊下の状況が映るように固定表示していた。

「奏田さん、二十階に着きましたね。カメラに映りました」

同時に、紙野結花の携帯端末にメッセージの着信がある。奏田からで、「二十階に着いた」とあった。

「律儀だ」

「わたしたちのことなんて見捨てて、ホテルから出てもいいのに、ちゃんと約束を守って二十階に行ってくれるなんて優しいです」

「まあ、もともとは彼らの仕事だったんだよ。俺が巻き込まれただけで」七尾は時計を確認し、少し顔をしかめた。「そういえば、君はどうして六人組に追われているんだ」

五階のエレベーターで会ってから、525号室、1121号室と慌ただしく移動してきたため、詳しい説明はしていなかったことに今さら気づいた。強引に、七尾を引っ張りまわしていることになる。これほど図々《ずうずう》しく誰かに頼ったのは、生まれて初めてのことかもしれない。

「六人組、というよりも、乾さんがわたしを追っているんです。その乾さんが、六人組を雇ったんです」

「乾？」七尾は少し視線を上に向けた。記憶の片隅に残っているような、それを掻《か》き出そうとしているような顔つきで、紙野結花は羨《うらや》ましいと感じずにはいられなかった。自分ならば、一度聞いていればすぐに思い出す。思い出したくない事柄だったとしても、ずっと頭にこびりついているのだ。

「乾さんのことご存じですか？　乾さんのところでわたし、働いていたんです。暗記が得意で」

「暗記？」

「暗記というか、記憶力が人よりすごいんです。ほとんどのことを記憶できるので」

七尾がまじまじと見てくる。

「乾さんの仕事に関わる情報はほぼ全部、覚えていました」

「たとえば？」

「口座番号、カード番号、メールアドレス、メッセージの内容、見せてもらったものは全部です」

「本当に？」「本当です」「すごいな」

「すごくつらいです」「だろうね。すごくつらい」

紙野結花は少し驚いた。多くの人は、「記憶力の良さ」について話すと、「羨ましい」と感想を洩《も》らすからだ。

「いや、君の大変さを分かるわけじゃないよ。誰かの大変さなんて、想像したくもないし。ただ、俺なんて忘れたいことばっかりだから。今までの失敗や不運をずっと覚えているなんて考えたら、ぞっとするよ」

ああ、と紙野結花は、大袈裟《おおげさ》に言えば感動していた。今までの人生のつらさに寄り添ってもらえた気がしたのだ。

「とにかく君は、その記憶力が良いばっかりに、乾に捜されているわけか」具体的な内容については知りたくもないのか、七尾は詳細を聞き出そうともしなかった。おおよその流れが分かれば、後はどうでもいい、と言いたげな態度だ。「で、その乾が六人組を派遣した、と」

「はい。このウィントンパレスホテルに宿泊して、ココさんと合流したんですけど」

ずいぶん昔のことに思えたが、時間的には何時間も経っていないことに驚いてしまう。「死にたくても死ねないホテル」というウィントンパレスを表現する言葉がずいぶん皮肉めいたものに感じてくる。次から次と、思いもしない危険なことが発生し、「何とか生き延びないと」と必死になっているのは事実だ。

「いやあ、何だか君も大変だね。あんな吹き矢の業者に追われて」

七尾の言葉には同情するような響きがあった。

「人生で一度くらい、ジャックポットを出したいです」紙野結花は思わず言っていた。

「え」七尾がこちらを見た。

「スロットマシンで、7が三つ出るのをジャックポットと言うんですよね?」

「大当たりのことをね」

「ある人が言ってたんです。子供のころ、お父さんにスロットマシンのおもちゃを買ってもらった話をしてくれて。試しにレバーを引いてみたんですけど、何回やっても、ジャックポットは出なかったみたいで。あまりにも出ないものだから不安になって、お父さんに、『こんなについていなくて、大丈夫かな』と訊《き》いてみたそうです。お父さんと自分の人生が不安になってしまって」

こんなことってあるのかな。お父さん、僕たちはどうなっちゃうんだろう。

大丈夫だよ、こんなところで運を使わなくていいんだから。

「他人事とは思えないよ。その子の気持ちが分かる」

七尾の反応が想像以上に実感のこもったものだったため、紙野結花は少し驚く。「本当ですか？」

「痛いほどね。で、その話がどうかしたのか」

「思い出しただけです。わたしも今まで、大当たりどころか、7が一個も出ないような人生を歩いてきたので」

ジャックポットが絶対に出ない、壊れたスロットマシンを回し続けているだけだ。

「俺なんて、スロットマシンを回そうとしたらレバーが壊れる、そういう人生だよ」

「ついていないってことですか」

「頼んだチーズケーキに、間違って七味がかかっていても驚かない程度には」

「チーズケーキに七味は意外に合うんですよ」紙野結花は思わず言っていた。

七尾がきょとんとした。

「柚子《ゆず》胡椒《こしょう》とかも合います」

七尾が顔をしかめる。「どうだろう。食べてみないと分からないけれど、俺はスタンダードな味で充分だよ」「一度食べてみてください」

「機会があればね」七尾は言った後で、「今、何時かな」と紙野結花に訊《たず》ねてきた。

答えると、溜《た》め息を吐く。

「何か予定があるんですか」馬鹿な質問だ、と自分でも思った。彼の今後のスケジュールを確認することもなく、強引に、「助けてください」と引っ張りまわしているのはこちらだ。

「予定があったら、帰してくれる?」七尾は言った後でまた長い息を吐いた。「すでに巻き込まれちゃっているから、俺もすぐ帰れるとは思わないけれど」

「申し訳ないです」紙野結花からすれば、謝るほかない。「こんなことになるなんて」

「あ」

七尾の、重要な閃《ひらめ》きを得たかのような声に、紙野結花はびくっと身体を震わせてしまう。

「君は、乾の仕事関係の情報なら頭に入っていると言っていたよね」

「はい」

「それなら、真莉亜の連絡先も知っているんじゃないかな」

「え」

「ああ、真莉亜という仕事仲間がいるんだけれど、仲間というか、彼女が仕事をもらってきて俺に回す、というか、いや、もらってくるというか、勝手に受注してくると言ったほうがいいかもしれない」七尾の回りくどい言い方は、正しく説明するためではなく、自分とその真莉亜との関係性を改めて、見つめ直している故、と思えた。「同じ業界だから、乾も真莉亜と仕事の関係があるかもしれない。それなら、君が暗記している可能性もあるんじゃないかと思って」

「その方かどうかは分かりませんが、真莉亜さんという方の連絡先は知っています」言われた瞬間、メールアドレスが頭に浮かんだ。

七尾が手を叩《たた》く。その音に自分で驚いている。「教えてほしい。というよりも君の携帯端末からメッセージを送ってほしいんだ。俺のは壊れているから」

それから七尾は、真莉亜がこの後、観劇に行く劇場で待ち伏せをされている可能性があるため、危険を知らせたいのだと説明をしてきた。

嘘をついているようには見えなかった。嘘をつく理由があるとも思えない。気づけば紙野結花は携帯端末を触り、記憶を参照しながらアドレスを入力した。

「あ、いいの？」七尾が意外そうに言ったため、紙野結花は戸惑った。

「駄目でしたか」慌てて携帯端末から指を離す。

「いや、俺だったら、自分を助けてくれたら協力します、と取引に持ち込むだろうな、と思ったから。すぐに要望に応えてくれたことに驚いたんだ」

「ああ」紙野結花はうなずく。そういった駆け引きは、まったく頭に浮かばなかった。「確かにそうですね」

「別に、そうしなくちゃいけないというわけではないよ」七尾は少し焦っているのか、手を左右に激しく振っている。

「大丈夫です。人の命が関係しているんですから、すぐに連絡しないと」紙野結花は迷わず、メッセージを全て入力し、送信した。「ちゃんと届いて、読んでくれればいいんですが」

何とまあ、ありがたいことだ、と七尾が驚いた面持ちで、手を合わせてくる。

これくらいのことでそんなに感謝しないでください、と言ったが七尾は、「助かるよ。本当にありがとう」と真剣に感謝を口にした。

照れ臭さを隠すために、紙野結花はまた端末の画面に目を戻したのだが、そこで、悲鳴に似た声が出てしまう。

「え、どうしたの」不安げに七尾が顔を近づけてくる。

画面上、五階の廊下を二人の男女が通り過ぎていくところだった。「さっきの二人が移動していました」

「え」

「部屋から出て、さっと通り過ぎるのが映っていたんです」

七尾は画面に顔を寄せ、露骨に困った顔をした。「ちょっと待って。ええと、どこに向かっているんだろう」

イアフォンを取り出し、耳につけた。六人組のやり取りを聴くためだ。声のやり取りに集中するような顔をした後で、イアフォンを外し、「特に動きがあるようなことは言っていない。俺たちが何階にいるのかもまだ判明していない雰囲気だ」と言った。

「だけど、今、カメラのところを通っていきましたよ。これ、五階のエレベーターホールです」

七尾が横から画面を覗《のぞ》き込んでくる。「確かに、さっきの二人だ。ええと、センゴクとナラ、か」

「下で集合するんでしょうか」

「上に向かってくるとすれば、ここに来る可能性もある」

小さい画面であるため、エレベーターを呼ぶボタンの、上下どちらが点灯しているのかは把握できなかった。

「まずかったかな」七尾がぼそっと洩《も》らした。「何がですか」

「ICカードなんて気にせず、奏田に残ってもらっていたほうが、戦力になったかもしれない」

「どうしましょう」

「彼ら二人がやってこないことを祈るしかないかも」

「だけど、この部屋がばれているとしたら、どうしてばれたんですか」

「防犯カメラの映像を遡《さかのぼ》って、俺と君が十一階に到着したのを見つけたんだろうね」

「会話を盗み聞きした感じでは、そんな話はしていなかったんですよね」

七尾も神妙にうなずく。「それで安心しちゃっていた。甘かったな」

「わざとだったってことですか?」

「俺が盗み聞きしていることに気づいていたのかもしれない。口頭では当たり障りのないことを喋《しゃべ》っていながら、本音はメッセージでやり取りしていたのかも。今ごろ、気づくなんて」七尾が悔いるように言った。「着信音がちょくちょく聞こえていたんだよ。うかつだったな」

自分の鼓動で身体が弾むのが分かる。

また、あの二人が部屋に来るのか。525号室でのことを思い出し、息苦しくなる。あの部屋では、七尾に言われるがままに隠れ、相手が入ってくるのを待った。緊張と恐怖で身体が散り散りになりそうだった。走って逃げる際も、腰が砕け、脚もまともに動かなかった。

あれをもう一度?

考えただけで、意識が遠のきそうになった。前回は乗り切れたけれど、さすがに次は、うまくいかないのではないか。

「どうする」七尾が言った。こちらに質問しているのではなく、自問しているのだろう。

七尾が有能であることは紙野結花にも分かった。

525号室でも慌てながらも、ケトルでお湯を沸かし、部屋の低い位置に紐《ひも》を張った。「何か投げられる物」とパウダールームを探し回り、小さな容器に入ったボディソープやシャンプーなどをポケットに突っ込んだかと思うと、ドライヤーを引っ張り出し、投擲《とうてき》に適しているかどうか確かめていた。緊張で思考停止に陥る紙野結花を、七尾が引っ張ってくれた。まさに、ココが言う通り、この人に任せておけば助けてもらえるように思えた。

とはいえ、あまりに立て続けに、危険な状況が訪れている。相手の人数も多い。うまくいくとは限らず、うまくいかなかった時には自分の人生が終わるのだと考えるといても立ってもいられなくなる。どうしよう、どうしよう、と頭の中で警報が鳴っているかのようだ。

部屋の外で音がした。

紙野結花はまた高い声を上げた。この部屋のドアが開けられるかと思ったからだ。が、どうやらそうではなく、別の部屋の音だと分かる。

七尾はいつの間にか移動し、ドアのスコープ越しに廊下を見ていた。「一か八か、行ってみようか」

「え」

「向かいの部屋から五人出てきた。さっき一度すれ違っているんだけれど、学生時代の仲間同士で久しぶりの旅行、といった雰囲気だった。外出だろう。たぶんエレベーターに乗るはずだから、まぎれて移動する手はある」

「まぎれてって」数十人ならまだしも、たかだか五人に連なったところで、大した目くらましにもならない。「それなら、階段のほうが」

「どうして?」

「エレベーターは狭くて、逃げ場がないので」もし、敵対する相手が乗ってきたら万事休すに思えた。

「階段も一緒だよ。俺一人ならまだしも、君も連れて、となると動きにも限界があるし。何しろあっちは飛び道具を使うプロだから。広々していたところで、いや、むしろ広いほうが、あっちが有利だろうね」

「だけど同じエレベーターに乗ることになったら」至近距離から狙われておしまいではないか。

「他に人がいれば、むやみには攻撃を仕掛けられないと思う。誰に当たるかも分からないから」

七尾は早口で言う。「それに、階段は時間がかかる。時間があればあるほど、予期せぬことが起きる可能性が高くなるし」

「予期せぬこと?　奏田さんにも連絡しましょうか」

「時間がないから、もう行こう。まぎれて、そのまま降りていく」

はい、と紙野結花は答えた。すると七尾が不意に、「さっきのあの話、どう思った?」と訊ねた。

「何の話ですか」

「リンゴはリンゴになればいい、という話」

「ああ」紙野結花は自分の表情が和らぐのが分かった。人並み外れた記憶力のせいで、人生がうまくいかないため、他人を羨むことはもちろんあった。どうしてわたしばかり、と悩んだり、せめてもう少し、外見が良ければたくさんの人に救ってもらえたのでは、と想像もした。「他人と比べた時点で、不幸は始まりますすね」と答えている。

五人 2010号室

「今、二十階に男が到着したよ。ひょろっとした感じで、パーマがかかった、青いスーツの男。紙野結花と一緒にいた、カマクラを殺した男とは別人だと思う。アスカのいる2010号室の方向に歩いて行ってるから、一応、お知らせしておくね」

ヘイアンからメッセージが届いた時、アスカは2010号室のベッドで寝転がりながら、ホテルのルームサービスメニューを眺めていた。

浴室にココを移動した後だ。もともと浴槽に入っていた死体の顔写真は携帯端末で撮影し、エドに送信してあった。エドからは、「その男の荷物があれば中身を調べておいてくれ」と返信があった。面倒だと思いながらも、置かれていたスーツケースを開けようとしたが、ダイヤル錠がかかっているため、やる気も失《う》せた。

一人で残る気にもなれず、「今から525号室に行く」と伝えたところ、「まだもう少しそこに残れ」とエドはメッセージで指示してきた。

ああ、面倒臭い。アスカは嘆きたくなる。メッセージでのやり取りはまどろこしい上に、タイムラグがある。せっかくイアフォンマイクでやり取りができるのだから、喋ったほうが楽だ。

「カマクラのイアフォンが奪われている可能性がある」と気づいたのはエドだった。すぐに全員宛てにメッセージを送ってきた。「誰かに聴かれていることを前提に話そう。実際のやり取りはメッセージで行う。会話はダミーだ」

そんなことまでやらなくていいんじゃないの？　アスカは面倒臭さにうんざりしたが、これまでエドの用意周到さにより命拾いしたことも少なくなかったため、従うほかなかった。

ベッドからゆっくり起き上がる。

そこでドアがノックされた。

マジか、とアスカはベッドの裏側に移動し、身体を低くする。ドアの方向を見る。角度を考えると、うまく狙えないのは明らかで、ベッドの上を転がりながら移動し、ソファの後ろに身を隠した。顔を出す。ドアが直線上に確認できた。

携帯端末を使い、「誰か部屋に入ってくる」と全員宛てのメッセージを送信した。ポケットから筒は取り出している。

麻酔用の針を入れたままだ。相手が誰か分からないため、殺害するリスクは避けたかった。動きを止められれば十分だ。

即座に噴くつもりで口に筒を当てる。ドアが開く。あれ？　と男の声が聞こえた。ドアが施錠されていないとは思っていなかったのだろう。

口に当てた筒を、ドアの位置に向け、アスカはじっとしている。狙いを定めた狙撃手《そげきしゅ》同然だった。服に詰め物でもされていたら、矢が刺さらない可能性があるため、頸部《けいぶ》を狙いたい。頸部もしくは頭部だ、とアスカは成人男性の背丈を想像しつつ構えていた。

レバーが動き、ドアが開く。人影が見えたら即座に噴く、その準備はできていた。が、一向に姿が見えない。ドアが開いたまま、しばらく何も起きない。人が入ってくることもなく、一秒も経たず、ドアがまた閉まった。

ただドアが開閉しただけで、人は入ってこなかった。そう見えた。

間違っていた。

ドアを開けた相手は、姿勢を低くし、四つん這《ば》いに近い状態で中に入ってきたのだ。蜘蛛《くも》のようで、不気味な上に滑稽《こっけい》な動きだったが、気づいた時には驚きのあまり、とっさに反応できなかった。

低い姿勢でばたばたと、こちらに向かってくる。

遅れながらも、アスカは息を噴いたが、それを見越していたかのように、男が横に転がった。

手足が長い。

息を強く噴く。男の横の床に刺さる。舌打ちが出る。次の筒を口に当てる。

が、距離がない。すぐ目の前に男が近づいていた。アスカは床を蹴《け》り、側転するようにし、ソファを越える。男は上背があった。こちらに向かい、突進してきた。

避《よ》けるためにアスカは横に飛びのく。テーブルにぶつかるが、痛みに呻《うめ》く余裕もない。

自分でも気づかないうちに、「何だよいったい」と嘆き声を上げていた。

「アスカ、どうした」イアフォンから声がする。センゴクだろう。「どこだ」

「さっきの部屋」早口で答える。「男と向き合ってる」

「誰なんだ」「業者?」

「ひょろっとした感じだけれど、動きはいい。髪がパーマ。スーツ。青色」

「ほら、やっぱり、わたしがカメラで見つけた男だ」

得意げに言ってる場合じゃないよ。

男がつかみかかってくる。接近戦になると吹き矢は不利だ。筒をしまうと同時に、矢をそのまま つかむ。致死量の神経毒のついたものだ。男は明らかに一般人とは異なる身のこなしを見せている。遠慮している余裕はなかった。

テーブルを自分の前に倒す。アスカはさらに横に跳び、ベッドの上に乗る。身体を反転させ、矢を投げつけるために、男の位置を確認しようとしたが、まさに男が飛び掛かってくるところだったため、アスカは膝《ひざ》を折り曲げ、バネを使うようにし、両脚で蹴り飛ばす。かなりの力を使った甲斐《かい》があり、男が向こう側に倒れる。テーブルに背中でもぶつけたのか、苦しそうな声が聞こえる。テーブルが壊れたのも分かった。

アスカは素早く跳ね起き、ベッドから降りる。右手に矢をつかみ、男がいると思《おぼ》しき場所に向け、投げた。

起き上がろうとしている男の胸のあたりに当たったのが見えた。アスカの頭には勝利を確信した感嘆符が発光する。

油断したわけではなかったが、直後、頭が揺れた。室内が一瞬暗くなったのは衝撃のせいだろう。男が全力で、突き飛ばしてきたのだ。アスカは後ろに転がり、壁に激突する。

怒りが身体に火をつける。

ふざけんな。アスカはすぐに立ち上がった。腕や背中に痛みがある。

わたしにこんなことをしていいと思ってるの？　頭の中で声を上げている。

そろそろ、神経毒が回るはずだ。

が、男はまだ泡を吹き出すこともなく、立っている。

さらに追い打ちをかけるべきか、もしくは安全な距離を取るべきか、とアスカは頭を悩ませたが、そこで自分の前にぽんと放られる物があった。

とっさに受け取り、危険な物だったらと背中に冷たいものを感じたが、見れば、縦長の六角形をした布で、「心願成就守」と刺繍《ししゅう》されている。

「中を開けないで」男は言うが早いか身体を震わせ、痙攣《けいれん》状態となり、その場に倒れた。

アスカは安堵《あんど》の息を吐きつつ、「やめろと言われるとね」とお守りの紐を緩め、中を開く。小さな炸裂《さくれつ》音がする。顔面が散り散りになり、お湯をかけられたかのような熱さを感じた瞬間、アスカの意識は消えた。

布

1720号室

従業員用エレベーターで十七階に到着するとマクラとモウフは、人ひとり分の重みのあるワゴンを押しながら、客室フロアの廊下に出た。スタッフ専用の扉を閉めた後、指示された部屋を目指す。

西側の一番端の部屋だ。マクラがドアをノックする。応答はないため、もう一度叩く。やはり、返事や音はなかった。後ろから足を踏み出し、モウフはチャイムを押す。

誰も出てこないだろうとは予想していたものの、念のためだ。しばらく待っても人の気配はなかった。

マクラがカードでドアを解錠すると、中に入っていく。

「この部屋、広いよね。二部屋あるし」

ワゴンを室内に入れると、「せえの」と声を合わせ、中から男の身体を引っ張り出す。

両手首と両足首を縛り、顔には簡単にタオルを巻いてあった。

「どこに寝かせる?」マクラは周りを見渡した。「どこがいいかな」

「部屋に入ってすぐのところはやっぱりまずいよね」「そうかな」

「入ってきたヨモピーが驚くかもしれないでしょ。『誰だ、こんなことをしたのけ！　けしからん！』とか怒られたくないし」

「あなたの命を奪おうとしている暗殺者を捕まえたんですよ、と言えば褒められるかも」

「乾がちゃんと、ヨモピーに伝えているかどうかだよね」

「机とかに縛り付けておく？　そのほうがいかにも、捕まえておきました、という感じに見えるかも」

床に寝かせた男が少し暴れるように動いた。縛り付けるのはやめてくれ、と主張しているのだろう。

「奥のベッドに寝ていてもらおうか」

「『俺の命を狙う男を、ふかふかベッドに寝かせるとは、けしからん！』とか言われたりしないかな」

「言わないいんじゃないかな」

「でもまさか、ヨモピー絡みの仕事をやることになるとはね」

モウフとマクラは力を合わせ、正確には男も含めた三人での協力プレイと言えたが、ベッドに寝かせることに成功した。

仰向《あおむ》けがいいか、うつ伏せがいいか、という議論もあったが、結局、うつ伏せにした。手足をどう縛るのか、頭には枕カバーを被《かぶ》せておくかどうか、などは乾に指示された通りにやった。ベッド下に物を置く。

一通りやり終えた二人は、冷蔵庫から取り出したペットボトル飲料を飲む。「ミネラルウォーター、これはたぶん無料でしょ」

モウフの携帯端末に着信があった。

「誰から？」マクラが訊ねてくる。

「知らない番号。あ、もしもし」マクラにも聞こえるように、とスピーカーモードに切り替えた。

「乾だ」と声がする。

モウフは驚き、その後で、どうして電話をかけてくるのか、と訊ねた。予想外だったため、笑いも洩れてしまう。

「どうして、って仕事の依頼をしたいからだって。電話をかけたらいけないのか」

いけなくはないけど、とモウフは笑う。「仕事って、頼まれたことはすでにやったよ。ちょうど終わった」

モウフと同じくマクラもベッドのほうに目をやり、肩をすくめる。

「飛び入りでもう一つお願いしたいんだ。2010号室に死体がある。それを処理してほしい」

「何それ。冗談でしょ？　ここことは別の部屋？」

「頼むよ。困っているんだ。2010号室に死体がある。浴室に入っていると言われた。ばれないように処分してほしい」

「誰に頼まれたわけ」

「俺が仕事を頼んだ相手だ。女を捕まえるように依頼したら、死体ができた」

「その後始末をわたしたちにやらせようって言うの」

「二人を信頼しているんだ」

「そんなこと言ってる暇あるの？」

「暇があるとかないとか、そういう問題じゃない。やらなくちゃいけないんだ。警察沙汰《ざた》にならないように、と条件を出していたんだけどな」と嘆いている。「とにかく、死体を片付けてほしい。あ、もちろん、金は払うよ」

「当たり前」「まあ、いいか。やろうか」

「助かる」乾は、女性から金を借りるかのような軽々しい口ぶりだった。「駐車場まで運んでくれれば、あとは運び出す業者がやるよ」

「何でも人任せだね、ほんと」「でもさ、あちこちに死体があるなんて、このホテル、どうなっちゃっているんだろう」マクラがぼそりと洩らす。
「疫病神がいるのかもな」

天道虫

11階

宿泊客の若者五人は、当たり前ながら七尾と紙野結花の深刻さを知るわけがなく、心配や恐れをまったく見せず、和気藹々《あいあい》とエレベーターの到着を待っていた。

二十代前半の社会人といったところだろうか、久しぶりの再会に花を咲かせている様子もある。同窓会のような集まりなのかもしれない。背の高い男が自分の会社の残業代についての愚痴を洩らすと、別の男が、「それくらい。俺なんて」と嘆きながらも誇らしげな声を出した。こっちのほうがよっぽど大変、と言いたいのだろう。七尾は、「俺のほうが大変だよ」と思わずにはいられなかったが、同時に、「他人と比べた時点で、不幸は始まる」という奏田の声がよぎった。

横にいる紙野結花は携帯端末の画面を見ている。

七尾は視線だけを動かし、天井に設置されたドーム型の防犯カメラの位置を確認した。防犯カメラ映像をチェックしているのだとすれば、すでに発見されていると思っておいたほうがいい。

エレベーターが到着し、扉が開く。

危険な人間が乗っている可能性もあるため、すぐには近づけない。若者たちの陰に隠れるようにした。中は無人だった。若者たちが中に入っていく後に続く。

操作盤の前に若い男が立ち、ドアを開放状態にするボタンを押していた。七尾は、紙野結花の手を引っ張り、奥側に移動する。若者たちを押しのけるような、少し強引に位置取りする形だったが、彼らは話に夢中だったせいか、ちらっと見てくるだけだ。

エレベーター内には鏡が設置されており、実際よりも広く見えた。七尾の近くには、横型の副操作盤がある。ドアが閉じはじめた。

扉に体を向け、階数表示に目をやる。十一階から一階まで早く到着することを祈ろうとしたが、自分の場合はまず、ドアが無事に閉まることから願わなくてはならない。何が起きるか分からないからだ。自嘲《じちよう》気味に思ったところ、「その通り」と言わんばかりにドアが開いた。

若者がドアを開くためのボタンを押していた。

七尾は舌打ちをこらえる。紙野結花は息を止めた。

乗り込んできたのが、六人組のうちの一人なのはすぐに分かった。525号室で、七尾がケトルの湯を浴びせた女、ナラだ。

背が高く、堂々と立つナラに、若者たちはぎょっとしたのか、一斉に一歩後退し、七尾と少し当たる。ナラはすぐに襲い掛かってはこない。目立った事件は避けたいのかもしれない。七尾と視線がぶつかったのは一瞬だったが、その一瞬でも、彼女の殺意が熱となって伝わってくる。

七尾は自分のすぐ近く、腰の位置にある副操作盤の、「閉」のボタンに指を伸ばし、連打してみたが利かない。

エレベーター内の、それぞれの位置関係を把握しながら、もしここでナラが飛び掛かってきたら、と想像し、どう動くべきかを突貫でシミュレーションしかけた。が、ナラはすっと顔を背けると、操作盤の前にいた若者を無言でどかし、自分でドアを閉めるためのボタンを押した。つまり仕掛けてくる気配は見せなかった。

七尾たちとナラは、エレベーター内の対角線上に立つ形だ。

しんと静まり返るような緊張感が、七尾を包んだ。ちょっとした動きも見逃すまいと神経を尖《とが》らせるが、それは彼女のほうも同様だろう。側面に背を付け、少し振り向き気味になり、エレベーター内の全体を視界に入れるようにしている。

すらっと背の高いモデル然としたスタイルのナラだったが、顔の一部は赤く爛《ただ》れ、無表情で冷たい眼差《まなざ》しをしているものだから、異様ではあった。若者たちも不気味に感じているのだろう、会話がどこかぎこちない。

エレベーターは緊張感が満ちたまま、降下していく。

相手が動くのは、一階に到着した後か。

七尾はポケットに手を入れ、小さな箱のスイッチをオンにしている。携帯端末の通信を妨害することができる道具だった。半径五メートルほどの範囲、短い時間ではあるが、通信を阻害する電波を出す仕掛けになっている。ナラが仲間に連絡するのを止めたかった。

自然落下するかのように、エレベーターが降下していく。

どうすべきか。何ができるのか。

七尾はウェストバッグにも手を入れた。他に何か役立つものはないか。指が、小さな容器に触れた。客室のパウダールームで手に入れた、少量サイズのシャンプーだ。

使えるかもしれない。界面活性剤や水分が含まれているのだから、床一面に垂らしておけば、滑る可能性は高い。

そう考えていたところ、ナラが動いた。咳《せき》ばらいをするように、握った右手を口元に近づけている。

吹き矢だ。

七尾は察すると同時に動いている。脚を絡ませるようにし、前にいる若者たちに軽くぶつかった。「すみません、バランスが」と言い訳がましいことを口にする。

矢を放つと、誰のどこに当たるか分からない、という状況を作り出したかった。

間違いなく、彼女たちも一般人を巻き込むことを嫌っている。

七尾に当たられた若者の一人がよろめく。さらに七尾は、若者たちに寄りかかるようにした。紙野結花が慌てて、七尾を支えようとする。ふらふらと不規則に動く。

「大丈夫ですか」若者五人のうち一人が、七尾に顔を向けた。心配もしているが、不審がってもいる。非常識だと非難したい気持ちもあるだろう。

ナラはやはり狙いを定められていない。その手の位置から目を離さないように、と七尾は意識する。

そうこうしている間にもエレベーターは降下していく。

このまま一階に到着した場合、何が起きるのかを考えた。

エレベーターホールに宿泊客が待っている可能性は高い。そういった人たちに紛れ、逃げることができるかどうか。ナラがドアの横に立っているため、彼女がそこにいる限り、近くを通ることになる。紙野結花を連れ、躱《かわ》すことができるだろうか。

一か八かは苦手だった。予期せぬトラブルが割り込む余地が出てくる。

どうせ確実ではないのなら、運よりも自分の力、技術や運動能力に賭《か》けたほうがいい。

そう思った七尾は、横にある副操作盤の「4」と書かれた階数ボタンを押した。

エレベーターの降下速度が落ちる。一階に到着するのか、と誰もが階数表示を見上げたところで、七尾は、「あの」と言った。

四階に到着した。「床にシャンプーをこぼしちゃいまして」と口にする。

え、と五人が自分の足元を見て、「ほんとだ」「何これ」とあたふたしはじめる。申し訳ないです、と七尾は丁寧に謝る。不快な気持ちにさせるつもりも、怖がらせるつもりもなかった。

ボタンを押したまま、ドアを開いた状態にし、「すみませんが、ここで降りてもらったほうがいいかもしれません。掃除するので」と言った。ホテルスタッフでもない七尾が案内するのは奇妙だったかもしれないが、てきぱきと言ったためか、彼らは動揺しつつも、「それなら」と降りはじめた。ぶつかってきたり、物をこぼしたりする七尾に不審感を抱き、怖かったところも大いにあるだろう。

申し訳ありません、と七尾はまた謝罪の言葉を口にしたものの、頭は下げなかった。依然、操作盤の前に立つナラの一挙手一投足を観察し続けている。

その時点で、ナラも、七尾の考えには気づいているのか、向き合ったまま動かない。

若者五人が降りたところで、七尾とナラは同時に、ドアを閉めるためのボタンを押した。紙野結花をエレベーターの角に押しやり、七尾はナラと正対する。

右と左からドアが閉まりはじめる。外に出たばかりの若者たちはそれぞれ、靴の裏を気にしつつ、こちらを見ていた。七尾を怪しんでいるかもしれないが、構わない。

ドアが閉じた。その瞬間、七尾は動いた。合図とともに、早撃ちで決着をつけるのと同じだった。床のシャンプーで転ばぬように、足の踏み場は決めていた。一息にナラに接近すると、まずは彼女の両手を押さえた。矢を使われたら、万事休すだ。左右の手でつかみ、力をこめる。ナラはその場で跳躍し、両脚で七尾を蹴るようにした。

七尾は後ろ向きに飛ばされ、狭いエレベーター内であるから、すぐに側面に激突する。距離ができた瞬間、矢を放たれるのは間違いなく、必死の思いで体勢を整え、踏ん張るようにしたが、自らこぼしたシャンプーのぬめりは、七尾に味方することもなく、つるっと滑り、頭から転倒しかけた。

手を伸ばし、ナラにしがみつく。腕をつかむ。同時に、相手の胴体を頭で突いた。勢い余ったのか、狙ったのか、七尾自身ももはや分からない。

ナラが呻く。その身体を思い切り、横に投げるようにした。エレベーターの壁に激突する。ぶつかった衝撃で眩暈《めまい》を起こしたように、ナラが体をふらつかせた。七尾は背中から腕を伸ばし、頸骨を折ることにしたが、振り向きざまに彼女はつかんだ矢で刺してこようとした。

間一髪だった。七尾は身体を腰が折れんばかりに反らせ、避ける。ナラが蹴りを飛ばしてくるのも、反転して躱す。

背中にしがみつき、どうにか首を折る。その音と、エレベーターが一階に到着した音が同時に響いた。

ドアが開くと同時に七尾は、ナラの身体を抱えるようにし、外に出る。正面に宿泊客と思しき男女が数人立っていたため、「中がシャンプーで汚れています」と説明した。

エレベーターに乗り込む人たちとすれ違いながら七尾は、紙野結花に顔を向け、ロビーに向かうようにと目で指示を出した。ナラのことはその場に置き去りにしたかったものの、死体が発見されるのは望ましくない。

この場を騒然とさせ、その隙に逃げる手もあるのでは？

内なる自分が提案してくるが、うなずけない。警察沙汰となるのは面倒だった。ホテル内の死体の数を考えれば、まず無事では帰宅できないだろう。

ナラの死体を背負うために身体の向きを変えたところ、離れた場所に立つ男が目に入った。スーツ姿の男で口に手をやっている。吹き矢だ。直後、七尾は抱えていたナラを少し傾ける。その背中に矢が刺さった感触がある。あまりに速いからか、周囲の人間は気づいていない。

逃げなくては。

ナラを盾代わりにしたとして、どこまで避けることができるのか。

七人ほどの、外国からの観光客と思しき集団がやってきた。旅の高揚感を隠そうともせずに笑い合い、ぞろぞろと七尾の前を、吹き矢の男との間に割り込むかのように、通り過ぎていく。その間も、吹き矢を持つ男の動きを見失わないために前方を見つめていた。

奏田からの情報からすると、あれがエドだと想像できた。「いかにもサディスト」で「ほかの五人を集めた」という男だ。

ベンチャー企業の若き社長みたいなものか。

ナラの死体と肩を組むようにしていたが、観光客たちに不審がる様子がなかったのは幸いだった。

幸いではなかったのは、その集団のうち一人が転んだことだ。もしかすると七尾がこぼしたシャンプーが床に少し広がっていたのかもしれない。声を上げ、倒れ、寄りかかろうとしたからか別の人物も巻き添えになった。

騒がしくなり、またしても自分のせいでこんなことに、と七尾はうろたえたが、それどころではない、と慌てて前方を見たところ、男の姿は消えていた。

矢が放たれる、と焦る。すでに放たれているのでは？　刺さっているのではないか。身体に目をやる。が、矢はどこにも見当たらず、痛みのような感触もなかった。

相手を見失った。失態、という言葉が浮かぶ。

それから、奥のエレベーターが目に入った。

ドアが開いており、先ほどの男と紙野結花が立っている。小柄な女も横にいた。

いつの間に、捕まっていたのだ。エドと思しき男と目が合った直後、ドアが閉じた。

その閉じる直前、男は手を上げていた。正確には指を三本立てており、その後で人差し指を上に向けた。

「三階に行く」そう伝えているのだと七尾は受け止めた。まずは抱えているナラの死体を、トイレに隠さなくてはいけない。七尾は冷静にそう考えている。

「和牛のランプ肉のグリエでございます。トリュフのソースがかかっております。アスパラガスとグラチネされたポワローねぎを添えております」白シャツに黒ベストのウェイターは上品に説明をすると、「こちらでお料理は最後になりまして、のちほどデザートをお持ちします」と言うと立ち去っていく。

「事故の直前の画像を送ってくれたそのお知り合いは、この写っている人物が誰なのか分かって、池尾さんに相談してきたんですか？」蓬長官が訊《たず》ねてくる。

「いいえ、彼は特にそこに注目したわけではなかったようです。単に、事故直前の車がたまたま写っていたことを面白がって、面白がると言ったら不謹慎ですが」池尾は慌てて、手を振るようにした。面白い記事が書けそうだ、という気持ちから思わず、余計なことを口走ってしまった。

「私に見せてきたんだと思います」

「そして池尾さんが想像力を働かせて、調べてくれた、と」

「とはいえ何も分かっていません。防犯カメラも使い物になりませんでしたし、この写真だけです」

「この男の顔は分かりますか？」

「拡大してみたんですが、粗くなってしまって。特徴もつかみにくいです」

「なるほどなるほど」蓬長官はふっと少し息を洩《も》らした。強張《こわば》った表情が緩むのが分かる。「池尾さんは僕のためにこの画像を共有してくれたんですね」

「はい。私みたいな一介の記者では調べようがありませんでしたが、あの悲しい事件の真相を探るきっかけになればと思いまして」

その時、池尾は右隣に、佐藤秘書の身体があることに驚いた。ぎょっとし、身体がびくっとなったため、テーブルががたっと揺れた。ぎょっ、びくっ、がたっ。

いつからそこにいたのか。

「佐藤もこれ、見てみたら?」蓬長官がテーブル上で携帯端末の向きを、佐藤秘書のほうに回転させた。

首をにゅっと伸ばし、携帯端末の画像に顔を近づける佐藤秘書は体格が良く、隣にいるだけであるのに、池尾は圧迫感を覚える。

あ。内心で声を上げる。どの時点でそう感じたのか、池尾にも認識できなかった。

意識するより先に、画像に写る路上の男と、佐藤秘書を交互に見比べていた。顔を振り、視線を動かす。

おや、と思い、まさか、と疑念を振り払おうとするが引っかかるものがある。

画像に写る男の顔は分からない。ただ、佐藤秘書の体格、首を伸ばす姿勢はよく似ていた。長い首がキリンのようだ、と思った後でさすがにそこまでは長くないと考え直す。

背筋に冷たいものが垂れたかのようで、池尾は体を震わせた。

蓬長官！　そう叫びたくなるのをこらえた。

ここに写っているのは佐藤秘書かもしれません。

彼こそが実はあちら側と繋《つな》がっているのでは？　あちら側、すなわち蓬長官を疎ましく思う側、だ。

ただ佐藤秘書がいる場で、口にすることはできない。言うとすれば、食事を終えた後のタイミングか。

口をぱくぱくとさせてしまう。

するとそこで、「池尾さん、僕と佐藤は昔から不思議だったんです」と蓬長官の声がした。

池尾は顔を上げる。

「強くない人間が権力を握っているのはどうしてなのか」

「何の話ですか」

「単純に考えれば、身体的に強い者が集団を仕切るのが一番分かりやすい。そう思いませんか。いくら頭が良くても、殴られて、動けなくされたらおしまいなんですから。命を奪われたら、もっとおしまいです。最も重要なのは暴力や武器ではないでしょうか。だけど、人の社会は、そうなっていません。そのことが昔から不思議だったんです。政治家も官僚も、身体的な強さを備えているわけではありません。なのに権力を握っています。強い身体の者たちが集まって、反旗を翻したらどうなるんだろう、どうしてそうしないんだろう、とよく思っていたんです。そうはならないように、ルールが作られているんです。秩序と言ってもいいかもしれません。インテリが身を守るために、そういう仕組みを作ったんです」

「インテリ？　仕組み？」

「それだったら、そっち側に行ってみよう。そう思ったのが十五年前です」

「そっちというのは」池尾は困惑している。「何の話ですか？　あの、今はこの画像の話では」

「政治家として当選するのが最初の関門でした。佐藤も僕もそれまでの人生は誇れるものではなかったですし。何と言っても面白半分に人の命を奪うような人間でしたから」

何の冗談なのか。

「他人の経歴をもらったものの、もちろん、それだけでは当選できません」

毅然《きぜん》としつつも諧謔《かいぎゃく》を滲《にじ》ませる、囲み取材の時の長官の話し方と変わらなかった。が、「経歴をもらう」とはどういう意味なのか。

「十五年前、あの電車内での殺傷事件は、そのために必要だったんです。知名度と好感度を上げるために。みんなに信用してもらい、応援してもらわないといけなかったので、あの犯人も、僕たちが見つけてきました。借金まみれの男で、子供の命を奪うことをちらつかせたら、引き受けてくれたんですよ。結果、大成功でした。池尾さんもご存じの通りです。僕は当選できました」

池尾は両肩をつかまれていた。立ち去らなくては、と椅子から腰を上げていたところを、後ろに立つ佐藤が肩ごと下に押し込むように力を込めてきた。また座ることになる。

「当選した後も、やることはシンプルでした。邪魔なものを、どかしていけばいいんです。どんどん片付けていって、おかげで、僕は与党内で立場を築くことができました。三年前の事故もその一環です」

「その一環？　事故というのは」

「政治家のままでは限界があると思っていたところで。政治家がいったい何をやって、何を目指していたのかはおおよそ分かりましたし。僕から言わせれば、本当につまらないことしか考えていないんです。良くも悪くも、日本の政治家はみんないい人です。中途半端に、いい人なんですよ。敵か味方かに分類して、味方には利益を還元する。敵の揚げ足を取り、敵の追及をあしらう。同じようなことを延々と繰り返すだけです。権力ゲームにしか思えませんでした。しかも、やりがいのないゲームです。僕が欲しいのは本当の権力なんです。だから、情報局の新設に動いて、自分がそのトップになることにしました。で、スムーズに進めるために、あの事故は役立ったわけです」

「どういうことですか」先ほどから自分がそんなことばかり口にしている、と池尾も気づいてはいた。「あの事故というのは」

「事故で家族を失った議員が、国の治安のために必死に頑張る、というストーリーは受け入れやすいじゃないですか。人類は、ストーリーが好きですから。悲劇の中、真面目に仕事をこなそうとする人間は、応援される。そしてね、池尾さんのように、あの事故は僕の敵がやったんじゃないか、と勘繰る人も現われてくれる。僕の敵を勝手に作り上げて、僕に同情してくれる。簡単な上に、効果覿面《てきめん》です」

「待ってください」ようやくまともに声が出た。「待って、待ってください」

「待ってますよ」

「家族ですよ？」つっかえるように池尾は言う。

「どういう意味ですか」

「人気を得るために、家族を犠牲にしますか？」

「どうしてそれをやらないのか、逆に教えてほしいくらいです」

蓬長官はそこで、池尾の携帯端末を手に取ると時計を確認し、「連絡が来るまではここにいたいので、料理は最後まで食べましょうか」と言った。「せっかくの肉料理ですし。デザートも美味しいはずです」

池尾は頭の中が空っぽになったかのように、考えがまとまらない。全身が汗をかいているにもかかわらず、身体は寒く、震えが止まらない。

「食べ終わるまでは、腕は使えるようにしておきますね。ちゃんと食べられるように」

「腕？」

「僕と佐藤は腕を使えなくするのが得意なんです。怖い顔をしないでください。骨を折るわけじゃないですから、安心して」

2010号室

2010号室のドアレバー近く、センサー部にカードキーを当てたマクラが、「あれ?」という顔でモウフを見た。

モウフも違和感を覚えていた。施錠が解除される音がしなかったからだ。カードキーを何回か翳《かざ》す。

どうしたのか、とレバーをつかみ、力を込めるとドアが開いた。マクラと顔を見合わせる。鍵《かぎ》が壊れているのだ。驚きや狼狽《ろうばい》はそれほどなかった。乾からの依頼は、この部屋の中の死体を片付けてほしいとのことだったから、何かしら「普通ではない」出来事がこの室内で行われていたのは間違いなく、ドアのロックが強引に解除されているくらいのことは起きていても不思議はない。

モウフはドアを押し開き、中に入っていく。後ろからワゴンを押したマクラもついてくる。ドアを閉め、ドアバーを動かした。

クローゼット脇を通り、進入していくと部屋の全貌《ぜんぼう》が見えた。

「てっきり一人かと思っていたんだけどな」モウフは呟《つぶや》いている。

ぱっと見ただけで、死体は二体あった。ツインベッドの手前で、テーブルが壊れてひっくり返っており、その横に女性が壁にもたれる形で座っていた。その向かい側に青いスーツ姿の男が、仰向《あおむ》けで倒れている。

火薬の臭いがし、その発生源を探した。女性の腹のあたりに、焦げた布が載っていた。火薬が詰められていたのだろう。小型の爆発装置だと想像がつく。女性の顔が、目鼻立ちの把握ができないほどに焼け爛《ただ》れていた。

青スーツの男のほうは顔が潰《つぶ》れているようなことはなく、寝顔に見えるほど綺麗《きれい》なものだった。息をしていないのは明らかだ。死因を知りたくて、じっと身体を観察していくと、胸のあたりに針めいたものが刺さっていた。

「これかな」とモウフは、マクラが後ろにいると思って声を出したが、返事がなく、慌てて振り返った。彼女の姿がない。「あれ？」と裏返った声を上げてしまう。

いつの間に消えたのだ。心細さに襲われる。今までもいなかったのかもしれない、とそんな妄想に囚《とら》われそうにさえなったが、すぐに、「ごめんごめん、お風呂場《ふろば》が気になって」とマクラが姿を見せた。

「お風呂場？　死体、こっちにあるよ」

「こっちにもあるよ」「え、そっちにも？」奇妙な言い合いになってしまい、二人でふっと軽やかな息を吐く。

モウフはマクラと一緒に、浴室に向かってみる。

白と黒を基調とした壁や丸味を感じさせる浴槽は高雅な雰囲気があったものの、硬直した二人の身体が無造作に置かれているため、現代美術の作品のようにも見えた。

「何だかもうばらばらだね」「ばらばら？　何が？」「老若男女」

ベッド脇にいた青スーツの男は三十代、女は二十代といったところだった。そして、浴槽内の男は白シャツにチノパンといった服装で、若く見えるがおそらくは四十代か五十代前半、シャワーの横に倒れているのは、高齢の女性だった。「四人とも共通点がなさそう」

「特定の趣味とか、何かの愛好家の集まりかな。集団自殺とかじゃないよね？」

「それはないかも。ベッド近くの女性は、顔が爆発しちゃってる感じだったから、そんな自殺、わざわざやるとも思いにくい」

「これ全員、運ばないといけないのかな」モウフが言う。

「たぶん、そうだよね」死体の処理はトラブルの痕跡《こんせき》をゼロにするために行われる。四つの死体のうち、いくつかは残しておいてもいい、とはならないだろう。「乾、人使いが荒すぎるよ」

まずは浴槽から部屋のほうに運ぼうか。モウフは提案し、マクラも了解した。困難な仕事や難解な作業をやらなくてはいけない場合、やるべきことを一つずつこなしていくほかない。千里の道も一歩から。その言葉は、バスケットボール部の頃から、彼女たち二人の頼りとなる言葉だった。

「いっせいの」二人でタイミングを合わせ、浴槽の中から白シャツの男を引っ張り上げた。

小柄なわたしたちにこんなに負担をかけて、とモウフはぶつぶつこぼしながら、ベッド近くまで運ぶ。床にだらんと寝そべる形になるが、すると別の男の死体と重なる。

重なったら困る、というわけではなかったものの、積み重ねるのも気がひけ、男の上半身をもう一度、引っ張り上げるようにし、ベッドの横側を背もたれがわりに座らせた。

「外傷はなさそうだけれど」「あ、頭かも。出血が」

「本当だ。こっちは胸に針が刺さっているんだよ。矢かな」マクラは足元の、もともと倒れていた青スーツの男を指差した。

「矢？　ほんとだ」

それからマクラは一度、廊下に出るドアのところに行き、帰ってくる。「ドアバー外しておいた。かわりに鈴はひっかけてあるから」

死体の運搬を何度もやるとなれば、いちいちドアバーを動かすのは面倒だった。ただ、作業が長くなりそうな時は、誰かが部屋に入ってきたら気づくように、鈴の付いた紐《ひも》をノブにひっかけることが多い。

メッセージの着信音がどこからか聞こえ、モウフはあたりを見渡す。顔が吹き飛ばされた女性の手元にある携帯端末が光っていることに気づき、モウフはそれを拾い上げた。女性の指紋を使い、ロックを解除するとメッセージ内容を確認できた。「ヘイアンって書いてある。差出人かな」

「何て？」

「『2010号室に行ったのが誰か分かったよ。ソーダ。コーラとソーダの二人組。業者。浴槽に入っていたのがコーラかも。爆発物使うかも。気をつけて』だって。連絡が一歩遅かったね。爆弾にやられちゃったみたいだから」モウフは、女性の死体に目をやる。

「コーラとソーダ。この二人がそうなのかな」モウフは白シャツの男と、青スーツの男を交互に見た。親子というほどには歳は離れていないが、同世代でもない。

「蜜柑《みかん》と檸檬《れもん》って二人もいたよね」

マクラに言われて、確かに噂は聞いたことがあるとモウフは思った。E2で亡くなったはずだ。

真偽不明の逸話をいくつか残している。「有名なサッカー選手を誘拐した話とか、あれ本当かな」「何それ。二人が死ぬ前の話?」「それはもちろんそうだよ。知る人ぞ知るあの事件」「二人組の業者って多いよね」「わたしたちもそうだしね」「三人集まると派閥ができる、と言うから、ぎりぎり二人までなのかな」

マクラが青スーツの男の上半身を引っ張り上げるようにし、ベッドの側面に寄りかからせていた。モウフも無言でそれを手伝った。すぐにバランスを崩し、死体が倒れてしまうのを想像していたが、思いのほか、二つの死体は少し離れたまま、似たような姿勢で安定した。

モウフはその二人の様子を、少しの間、黙ったまま眺めている。自分たちと彼らを重ね合わせ、もし仕事で命を失うことがあったらこうなるのかと想像した。もし同じ現場で倒れることになったのなら、こうして神社の狛犬《こまいぬ》のように、近くに並べてほしいと思い、気づけば、青スーツの男の姿勢を整えていた。モウフも白シャツの男の身体をまっすぐにさせる。

「狛犬って、お互いのほうを向いてるんだっけ」モウフは疑問を思わず口に出していたがマクラもまったく同じことを考えていたかのように、「正面を向いているパターンもあるよね」と答えた。

「どっちにする?」「どっちでも」

しばらくしてマクラが、「じゃあ、あっちの、おばちゃんのほうも運んでこようか」と浴室に戻った。

モウフも続き、またしても二人でその高齢女性を引っ張り上げる。運び、ベッドに寝かせたところで、「あ」と声が出た。

息があったのだ。顔を女性の口元に近づければ、弱々しかったものの呼吸はある。いくら高齢の女性であれ、業者の可能性はあった。隙を突かれ、あっという間に命を奪われることも考えられ、モウフは後ろに飛び跳ねかけたが、その前にマクラが、「あ、ココさんだ」と言った。

「え」

「ココさんだよ」「本当だ」

マクラとモウフの仕事では、依頼してきた人間を安全な場所に逃がしたい時が少なからずあり、その際にココにお願いをすることが何度かあった。ＩＴ技術に対する知識と、セキュリティを突破するノウハウに精通している上に、アイディア豊富で頼りになった。それほど親しくしていたわけではないが、マクラとモウフの性格やこれまでの人生を見抜くかのように、「真面目が一番だよ」と言ってくれたこともあり、二人にとっては数少ない、好ましく感じる業者だった。

マクラが慌てて、心臓マッサージめいたことを始めようとしたが、その時にはココが目を開いていた。

ココさん、大丈夫？　マクラが呼びかけるが、彼女の視線は定まらず、意識は戻っていないように見えた。揺することも危険に思えたため、耳元で声をかけるしかなかった。一度、心肺が停止していたとなれば脳機能に影響が出ていたとしても不思議はない。どうする？　とマクラがモウフを見た。そこでココがかすれ声ではあったが、「どこ」と洩らすのが聞こえた。

モウフは驚きながらも、さらに大きな声でココを呼び、「息子さん、投げてますよ」とも言った。真偽は定かではないが、ココはよく、「息子はプロ野球の投手だ」と言っていたからだ。マクラも耳元で、「試合始まりますよ」「ツーアウト満塁の見せ場ですよ」と繰り返している。

その効果なのかどうかは分からないものの、ココが朦朧《もうろう》としながらも、「ああ、あれ？　マクラとモウフ」と声を出した。意識を取り戻してきた。

良かったとモウフはマクラと顔を見合わせ、喜ぶ。

「紙野ちゃんは」ココが名前を口に出す。「紙野ちゃん、無事？」

「ココさん、仕事中だったの？　あそこにいるのが紙野ちゃんじゃないよね」マクラは自分の後方、壁に寄りかかった女性の死体に目をやった。

ココは身体をねじるようにし、じっとその死体に目をやり、少しすると電池切れよろしくまた仰向けで寝たままとなる。「それは違うね。たぶん、アスカ」

少しずつココは意識がはっきりしてきたのか、声に力はなく弱いながらに言葉数も増えてきたが、蠟燭《ろうそく》の最後の炎の譬《たと》えよろしく、どこかで急にぱたりと息絶えるような怖さもあり、モウフは気が気ではなかった。

「アスカ？」マクラが訊ねる。

「六人組で、吹き矢の」

「聞いたことがあるかも」モウフは記憶を辿《たど》りながら言った。

「ああ、見た目もスタイルも勝ち誇っちゃってるタイプの六人でしょ。スイスイ人の代表だよ。クラスで一番楽しそうで、人生謳歌《おうか》している奴ら。はあ、やだやだ。アスカ、カマクラ、ヘイアンだっけ」

「センゴクとナラ、あとエドね。スイスイオリンピックの日本代表になれる感じでしょ」

モウフも思い出す。面識はなく、仕事現場で遭遇したこともなかったが、サディスティックな吹き矢のグループがいる話は耳にしたことがあった。

「その六人組と、ココさん、争ってたの?」「だったら、断然、ココさん側を応援しちゃうけれど」

ココがまた喋《しゃべ》らなくなった。瞼《まぶた》を閉じている。呼吸はあった。また意識を失ってしまったのか。二度と目を開かない可能性もありそうで、モウフは胸が締め付けられる。

「まずは、ココさんを下に運ぼうか」「病院に連れていかないと」「もし乾が頼んでいる業者がいるようだったら頼もう」

運び屋なら、モウフたちもよく知っている。処分すべき死体を載せ、それに適した場所まで運んだり、もしくは、緊急治療や応急処置の必要な人間を、やはり適した病院に運んだりする二人組だった。無口で仕事が早く、頼りになる。

「もし時間がかかりそうだったら、わたしたちが病院に連れていくのが早いかな」

マクラがワゴンを引っ張ってくる。ベッドのココをゆっくりと抱えるように、二人でそのワゴンの中に入れる。安静にしておいたほうがいいのは分かっていたが、ここに置いておくわけにもいかなかった。

壊れやすい荷物を箱に収める感覚でココをワゴン内に置くと、目隠しとしてリネン類を上から被《かぶ》せた。

そこで、鈴の音がした。

三人

2010号室

センゴクが2010号室に入ったところで、鈴の音がし、はっとするとドアの内側レバーに引っかかっていた紐付きの鈴が落ちたのだと分かる。

「何の音?」イアフォンからヘイアンの声がする。

「鈴だ。ドアに引っかかっていたらしい。今、2010号室に入った」

「鈴を仕掛けた誰かがいるってことだな」エドの声も聞こえた。

センゴクもそれは分かっている。「ナラはどうなった」

防犯カメラの録画データから、1121号室に紙野結花たちがいるのをヘイアンが見つけた。ほかの宿泊客に紛れて逃げようとしている様子が見て取れたとのことだったため、ナラとセンゴクで向かうことにしたのだが、その途中でエドから、「2010号室のアスカと連絡が取れない。どっちかが行ってくれないか」と言われた。

そのため、ナラは紙野結花のいる十一階に、センゴクは2010号室に行くことにした。そして、「エレベーターに乗る」と報告したのを最後に、ナラの声は聞こえなくなった。

「ナラからは応答がない。エレベーターで降りてくるところだとは思う」

センゴクは2010号室内の不穏な気配を感じ取っている。鈴の仕掛けのこともある。神経を隅々に走らせる感覚だ。

右手には吹き矢の筒を用意してあった。紙野結花がいないのならば、相手の命を奪ったところで大きな問題はない。遠慮することはなかった。神経毒の針を準備している。

室内を見渡せるところまで出た瞬間だった。

目の前を、左から右に人影が横切った。動きを追い、矢を噴くがその瞬間、目の前が白くなった。幕が張られたと思えば、広がったシーツだった。矢はそこに刺さる。

二人いる。まずそう認識し、次に、女二人、と分かる。子供かとも思った。が、小柄なだけかもしれない。

左にいる女がシーツを投げ、飛び出した女がそれを受け取り、広げたのだろう。次の矢を噴くのはやめた。右側の女に向かい、突進することを選ぶ。

シーツの使い方からして素人ではない。何らかの業者なのは間違いなかった。連係プレイに長《た》けているのも分かる。ただ、いくら精密で優秀な能力があったとしても、物理的に壊れてしまえば、人間だろうが機械だろうが機能は停止する。

右側の女にぶつかった。手応《てごた》えはある。女が後ろに転がっていく。

落ちたシーツを踏み、近づいていく。左側の女がセンゴクの足元に滑り込んできた。バランスを崩そうとしているのは明らかで、跳躍して躱《かわ》す。

着地と同時に最初の女に駆け寄り、サッカーボールを蹴《け》るように脚を思い切り振った。

これまでの人生で何度か、そのようにして人を蹴ったことがあった。倒れた相手の頭を踏み潰したこともある。顔面を西瓜《すいか》の如く粉砕する感触に、全身が歓喜する。

他者の命を自由に扱える快感がある。

が、女が後ろに慌てて転がったため、蹴りは空振りに終わる。

避《よ》けられたことに腹が立つ。

小柄な女はつかんでしまえば、おしまいだ。

センゴクはすぐさま距離を詰めようとしたが、そこでもう一人の女がシーツを引っ張ろうとしているのが分かる。上にいるセンゴクをひっくり返すつもりなのだ。

俺の体を倒せると思っているのか？

飛び掛かろうとしたが、その跳躍のタイミングを狙っていたのか、前にいた女が宙に浮いたセンゴクの下半身に体当たりをしてきた。

腰にぶつかってきたため、空中でセンゴクはくるっと回転し、床に落下する。

痛みで頭が発火する。立ち上がった。

「俺にこんなことをしてタダで済むと思うなよ、とか考えちゃってるんでしょ」女が言ってくる。

「お兄さん、体格が良くて、顔もいいし、たぶん人生、楽勝で来たんだろうね」もう一人が肩をすくめるようにした。

「ひどいこともしてきたでしょ？」「絶対そう」

身体の小さい女たち二人が、自分の前で余裕のある顔をしているのが、センゴクには理解できなかった。ハンバーガーが、「なぜ自分を食べるのか」と抵抗してくるような感覚だ。おまえに食べられる以外の役割があるのか？

食べるか、ぐちゃぐちゃに潰すか、どちらかしかないだろう。

「たぶん、何でもかんでも勝ってきたんだろうけど。どうして勝ってきたか分かる？」女が言った。

目の前に、白の生地が押し付けられる。まずい。センゴクの反射神経を混乱させるかのように、左と右に立つ二人がしゃがみ、かと思えば伸びあがり、シーツを動かしながら移動し続ける。

「わたしたちみたいな人間に負けるためだよ」

あれよあれよという間に自分の体全体が、頭部から腹部まで、ぐるぐる巻きにされていた。せえの、と掛け声が聞こえる。その瞬間、センゴクは首が狙われるのだと察した。巻かれた布を、適切な角度に引っ張られたら、こちらの筋肉や力とは関係なく、折られる。

「梃子《てこ》の原理に感謝」と女が嬉《うれ》しそうに言うのも聞こえた。

センゴクは身体を思い切り揺すり、暴れる。

右目に痛みが走る。女の指が引っかかったのかもしれない。脚は動いた。やみくもに蹴りを出したところ、感触がある。女の呻《うめ》く声がした。その位置に向かい突進して女にぶつかる。

頭が揺れた。もう一人の女が後頭部を蹴ってきたのだ。センゴクは後方に向けて、蹴りを放つ。当たりはしなかったが、距離ができたのは分かる。腕にこれきりというくらいに力を込め、巻かれたシーツを広げようとする。生地の繊維が切れる音がし、視界が少し戻るが、右目はまだ開かない。

鎖を断ち切らんばかりに力を込めると、シーツがさすがに破れた。片腕をどうにか動かせるようにすると、顔のシーツを剝《は》ぎ取る。

両腕が使えるようになっており、吹き矢をポケットから取り出した。

痛む右目を瞑《つむ》ったまま、左目で狙いをつけようとしたが、そこで慌ただしく、二人が部屋から飛び出していくのが分かった。ワゴンを押しながらだ。二人の女が客室清掃スタッフの服装だったことに気づく。

足元に自分のイアフォンが落ちており、センゴクは耳につける。「2010号室で女が二人、仕掛けてきた。最悪だ」

「やられちゃったわけ?」ヘイアンがくすっと笑う。

頭が熱くなる。とっさに拳《こぶし》を振り、壁に穴を開けていた。

どうして俺が、小柄な二人に痛めつけられなくてはいけないのだ。はらわたが煮えくり返るとはまさにこのことだ、とセンゴクは思った。

「あいつら死体処理に来ていたのかもしれない。エドが、乾に頼んだんだろ? エド、聞いてるか?」

「センゴクも下に降りてきて」ヘイアンの声がした。

「エドは? ナラは紙野結花を捕まえたのか?」

「ナラはやられた。ただ、紙野結花は捕まえて、今横にいる。三階に来てくれる?」ヘイアンも移動中なのか、声が途切れ途切れだった。

ナラはやられた、とあっさりと言われた言葉をうまくつかめないでいた。「三階?」

「宴会場のあるフロア。奥側に、楓《かえで》の間があるから。そこ」

「そこで乾に引き渡すのか?」

「乾には連絡済み。1720号室に紙野ちゃんを連れてこいって言われてる。取引相手もそこに来るらしいの。ただ、その前にここで少し、あの男が来るのを待っていることにしたから」

「あの男？」センゴクは身体に巻き付いているシーツを破き、引き剝がすようにした。

「紙野結花と一緒にいた男。さっきエレベーターのところで顔見て、やっと思い出したんだよね」

「誰なんだ」

「あれは、ほら、天道虫だよ。Ｅ２の生き残り」

センゴクは何のことを言われたのかすぐには分からなかった。「東北新幹線の生き残り」と続けられたことでようやく気づく。

「ああ、あの。幸運の、天道虫か。それで見たことあったのか」何人もの業者が命を落とした上に、とうに引退したと思われていた二人組まで乗っており、大変な騒ぎになったらしいが、命を落とすことなく生き延びたのだから、実力はもちろん運にも恵まれているのだろう、と業界で噂されていた。話題にはなったものの、業界内で天道虫が仕事を引き受けた噂はあまりなく、名を上げたことで仕事を選ぶようになったのだろうと言われている。「天道虫に、ナラはやられたわけか」

「２０１０号室はどんな感じ？」

ベッド近くの死体が目に入る。「男の死体が二つと、もう一人はたぶん、アスカだ」

「アスカの状態は？」

センゴクは壁に背をつけ、座り込む形のアスカの死体に顔を近づける。「わたし顔が整ってるから、とは二度と言えないくらい顔面が焼けてる」

「へえ」

「写真を撮っておく」エドが言っていた通り、世の中にはさまざまな需要がある。目鼻立ちがくっきりとしていた女性が、目鼻立ちをなくしたような顔面で亡くなっている画像を欲しがる人間も、どこかにいる。

「あ、そうだ。ミントおばちゃんの死体は？　そっちも写真撮ってくれる？」

「ぱっと見た感じでは見当たらない」高齢女性の姿は視線の届く範囲にはなかった。ドアのほうを振り返る。「さっきのあいつらが運んで行ったのかもしれない。一体ずつ運び出すのかもな」

右目をやられた、とは言えなかった。

「まあ、いいや。死体処理係は放っておけばいいでしょ。とりあえずセンゴクもこっちに来て。三階の楓の間。天道虫にやり返すから」

「女を捕まえたのに、天道虫は関係あるのか？」

「こっちは少なくとも、カマクラとナラがやられてる。このまま帰らせるわけにはいかないでしょ。アスカだって関係あるかもしれない。謝ってもらわないと」

「業界の有名人を苦痛で鳴かせるのは楽しそうだな。それも動画にしたら売れるんじゃないか」

「確かに、需要がありそう」

ヘイアンの言葉を聞きながらセンゴクは、昆虫の肢《あし》をすべて引き抜いた後で、足で潰すのを想像し、天道虫に対してもそうすべきだな、と興奮した。

エレベーターが三階に到着する時、七尾は自分に言い聞かせていた。

「いいか、おまえはついていない」

もちろん今さら、いくら自分からとはいえ、言われることでもない。子供のころ、裕福な同級生に間違われて誘拐されたことに始まり、大きな不運も数多く体験してきたが、小さなものは枚挙にいとまがない。白いジーンズを買えば、穿《は》いた初日に車の撥《は》ねた水で汚れた。スーパーのレジに並べば自分の列ばかりが遅くなるのは当たり前のことで、映画を観に行けば近くの客が鼾《いびき》をかき、おまけにその鼾が七尾のものだと勘違いされ、別の客にいちゃもんをつけられた。神社へ厄払いに行けば、やってきた神主がぎっくり腰に襲われ、急遽《きゅうきょ》、取りやめとなる。足を踏み出せば水溜《みずた》まりにはまり、鳥のフンが頭に落ちてくる。仕事をすれば、まったく無関係の死体がいくつもでき、その処理に四苦八苦することになる。スーツケースを運ぶだけの仕事で新幹線から降りようとすれば、停まった駅のドアの向こうに面倒な男が立っており、中に押し戻される。車に給油してほしい、と頼まれた仕事でも、ガソリンスタンドにやってきた別の二台同士で突如として乱闘が起き、車を壊された上に争いに巻き込まれる。そういう人間に、誰がなりたいか。

だからどうしたのだ。七尾は自らに問いかける。自分が不運なのはよく知っている。何が言いたい？

俺が言いたいのは、このエレベーターが到着した時も、警戒したほうがいい、ということだ。その助言に、七尾は強くうなずく。なるほど確かに君の言う通りだ。他の誰かと比べる必要はない。俺は俺で、俺のことを一番よく知っている。リンゴはリンゴを実らせればいい。

一階で見たエドを思い出す。あの男は紙野結花をエレベーターで連れ去る際、七尾を見ると手で「三」を示した。三階で降りる、と伝えるためだ。

この女を取り返したければ、来い。

仲間を来世送りにした七尾を、そのままにして終わらせたくないのだろう。

勘弁してくれ、行くわけがない、と七尾は思ったが、それでも三階に向かうことにしたのは、正義感や使命感からではなかった。

彼女は、困っている七尾の頼みを聞き、真莉亜へメッセージを送ってくれた。その彼女を見捨てるのは、まさに、恩知らずにほかならない。

どこからどう見ても、どこに出しても恥ずかしくない、正真正銘の「恩知らず」だろう。

恩知らずは運に見放される。奏田《ソーダ》の言葉がひっかかっている。

気にする必要はないと思いつつ、それでも、「やれることはやらなくては」と感じてもいた。

音が鳴り、三階に到着した。エレベーターのドアが開く。

開いた扉からフロアに足を踏み出した。すると、ほぼ同じタイミングで左隣のエレベーターも到着した。七尾と同じく、足を前に出し、体格のいい男がすっと姿を見せる。

心の準備をしていた七尾の勝ちだった。

運という運から見放され、何もかも裏目に出て、安全この上ない状況もピンチになってしまう人生を歩いてきた自分のことだから、三階に着いた時に、不運な出遭いが待っていてもおかしくない。むしろ、そうでなくては世の摂理として間違っている。七尾はそう認識していた。

一方、上階からやってきたセンゴクは、七尾とほぼ同時に三階に着くとは、予想していなかったはずだ。

遅いよ、と七尾は内心で言っている。

センゴクが横を見て、七尾を認識し、目を丸くした後で慌てて吹き矢の準備をしようとした時には、七尾はすでに接近し、鉤形《かぎがた》にした腕を下から思い切り振り上げて、センゴクの腹を殴っていた。不意打ちで呻いているところを、背後にまわりとびつくようにし、両腕を頭部に絡めると躊躇《ちゅうちょ》なく、頸骨《けいこつ》を折った。耳についているイアフォンマイクをつかみ取ると、床に落として踏みつける。

倒れそうになるセンゴクを七尾は支えた。さっきから、争った相手の死体を抱えて歩いてばっかりだ、と溜《た》め息をつきたくなる。ひとまず隠すとなれば、やはりトイレしかないのかもしれない。

あっという間のことだった。

こっちがどれだけ心の準備をしていたと思っているのか。自嘲《じちょう》気味に七尾は思わずにはいられなかった。

不測の事態が起きることには慣れている。達観しているんだから、こちらは。

七尾はセンゴクの死体を引き摺《ず》るようにし、そのフロアの端、トイレまで運ぶことにする。

センゴクの左手首が袖《そで》から見え、そこにどこかで見たデザインの腕時計が巻かれていることに気づいたのは、その後、トイレの個室に死体を置いた後だ。

奏田がつけていた、縦に長い四角形の高級時計に間違いなかった。「こういった高級時計の利点の一つは、欲の強い人間なら欲しがるところ」と奏田の言っていた通り、センゴクが自分の物にしたのだろう。

七尾はセンゴクの左手首から腕時計をそっと外し、ポケットに入れる。


紙野結花の名前を呼び、どこかにいませんか、と捜し回ることもできない。長い廊下を進みながら、宴会場を一つずつ見ていく。

大きな会場が二つ、それより小さい宴会場が二つあるのは案内表示により把握できた。一番手前の大会場の中は綺麗に片付いており、人がいないどころかテーブルすら置かれていない。

次の部屋は丸いテーブルがいくつも置かれ、数人のスタッフがきびきびと動き回っている。七尾は会場内に目をやり、そこにいるスタッフの動きを素早く観察するが、不自然なところはなかった。エドや紙野結花の姿もない。

入口近くのワゴンに円形のステンレストレイがいくつも積み重なっているのを見つけた。反射的に七尾はそれを四枚ほどつかみ、脇に挟む。

次の、一回り小さい宴会場には長いテーブルが並んでいた。セミナーにでも使われるのだろうか。両開きのドアが開放されており、ぱっと見たところ、人がいるようには見えない。試しにしゃがみ、テーブルの下も眺めたが誰かが隠れている姿もなかった。

最後の一部屋を覗《のぞ》き、そこに紙野結花がいないようだったら、もうこれ以上、深入りはせずに帰る。七尾はそう決めていた。

楓の間と書かれた部屋は、両開きの大きな扉の一つだけが閉まっている状態だった。七尾は開いているところに立ち、中の様子を窺《うかが》う。

正しくは、窺おうとしたところで矢が飛んできた。そして飛んできた時には、音が響く。左脇に挟んでいたステンレスのトレイを、とっさだったために三枚を重ねたままだったが、顔の前に翳し、そこに吹き矢が当たった。

部屋から一歩退き、閉まっているドア側に身体を隠す。

向こうで狙撃手《そげきしゅ》よろしく待ち構え、遠くから狙ってきているのだ。

姿勢を低くし、ドアの横からどうにか中を覗く。頭部が見えたからか、矢が飛んできたため、慌てて首を縮こめる。長テーブルが並んでいるのは確認できた。

悩んでいる余裕はない。隙を見て、宴会場に飛び込もうとしたがその前に中から男の声がする。

「そのままゆっくり入ってこないと、女の脚を麻痺《まひ》させる」

「頭と口が使えればいいらしいから、手足の自由は奪っても問題ないし」女が言うのも聞こえた。

「今だけじゃなくて、永久に手も足も動かせなくなるからね」

命を奪わないにしても、そのようなダメージを与える毒も用意されている、ということなのだろう。脅しではあったが、はったりとは思えない。「ヘイアン、いつやってもいい」と男が言った。

好きにすればいいよ、と七尾は喉《のど》のところまで出かかった。紙野結花とは今日、会ったばかりだ。しかも無理やり騒動に引っ張りこまれたこちらが被害者だとすれば、彼女は加害者と捉《とら》えることもできる。

俺が助ける義理はない。

が、やはりそうも割り切れない。恩知らずは運に見放される。その言葉がぐるぐると頭の中を巡るのだ。

七尾は、まっすぐに宴会場に入ることにした。

ゆっくりと、白旗を見せ投降するかのように、観念する素振りで中に入る。

長テーブルの間を通るように進む。部屋の向こう側に、ヘイアンとエドが立っているのが見えた。ヘイアンが紙野結花を抱えるようにしていた。

「まずは脚を駄目にするから」と嬉しそうに言った。

七尾はじっと目を凝らしている。吹き矢で狙われているのは間違いない。刺さったらおしまいだ。

飛んできた。目が把握した時には、トレイを前に出していた。向こうにヘイアンの顔が見える。音が鳴り、矢が弾《はじ》け飛んだ。直後、トレイが後ろに吹き飛ぶ。二の矢、エドが噴いた矢が、勢いよく激突したのだ。

これほどの威力があるとは、と驚いている暇もない。反射的にトレイを室内に投げるが当たるわけがない。続けて、ヘイアンとエドが同時に噴くのが分かる。腋《わき》に挟んだトレイの残りの一枚を前に出す。トレイを突き破らんばかりの、鋭さと強さがあったが今度は手に力を込め、離さない。

一歩ずつ前に進む。宴会場の真ん中を目指す。トレイを盾のように構えながら、別の手をポケットに入れた。取り出したのは、センゴクの腕から外したばかりの腕時計だ。

奏田がつけていたもので、おそらくは数百万円はするブランドのものに違いない。一千万円を超えている可能性もある。

奏田が1121号室で説明していたのを思い出す。「まさか、こんな高級時計に細工をするとは思わないだろ」

「高級かどうかは関係ないと思うけれど。爆発する仕掛けでもあるのかな」

「天道虫、爆発なんて古いよ。物を破壊するのは野蛮なやり方だ。壊したら、もとに戻すのだって大変なんだから。持続可能な社会、とか言うだろ」

「社会はもう充分、持続してきたじゃないか」

「騙《だま》し騙しね。環境破壊や戦争、好き勝手やりながら、たまたま生きながらえてきただけだよ。まあ、だからといってどうにもならないけどね。もともと人間は、環境破壊や戦争をするように作られてるんだろうし」

「何の話だっけ」奏田には何度もこの言葉を返している。

「今は、爆発よりも熱や音、光ってこと。これは高良さんの発案で、ここを押すと、文字盤の真ん中から、熱い液体が噴射されるんだ」と時計の中心部を指差した。

「熱い？　お湯みたいな？」

「もっと熱い。化学反応が起きて、熱を出す。スプレーみたいに飛び出すんだ」

「相手の顔にぶつけるわけか」

「それは、いい使い方ではないね」「あ、そう」「使えるのは一発限り。一番有効なのは大勢に囲まれた時だ」

「大勢に向けて？」

いや、と奏田は人差し指を上に向けた。

「腕時計を上に向け、仕掛けを作動させるんだ」

「そうするとどうなる？」

「スプレーが天井方向に噴射される。熱いやつが一気に。そうなれば、反応するはずだ」

「火災報知器か」

熱を感知した装置が、火災だと勘違いをする。場所によっては、消火用のスプリンクラーが発動する。

まさに、奏田が言っていたその策を、七尾は実行するつもりだった。

部屋の中央あたりで腕時計を上に向け、螺子《ねじ》を強く押す。その動作を頭の中で思い描く。火事だと誤認した装置は、消火用の水を振り撒《ま》くだろう。吹き矢の精度もいくぶんかは落ちる。

エドの姿が右の壁のほうに移動していることに気づく。斜めの方向から七尾を狙ってくるつもりだ。そう思った時には、矢が飛んできている。鳥肌が立つ。トレイで避けたが、ずっと避けられるとも思えなかった。いつ刺さってもおかしくはない。

動きを予想していたのだろう、正面のヘイアンの口元からまっすぐに矢が飛んでくるのが見えた。トレイが間に合わない、と七尾は、というよりも脊髄《せきずい》が判断し、その場に尻《しり》もちをつくようにしゃがんだ。

トレイは放り出していた。

頭の上を矢が飛んでいく。這《は》うようにし、長テーブルの下に慌てて隠れた。

足音がした。テーブルの上を、おそらくはエドが走るように接近して来るのだ。

四つん這いの姿勢で、テーブルの下から顔を出したところ、すぐ上にエドがいた。瞳《ひとみ》が光っている。口には手が当てられていた。

七尾は転がり、必死に移動する。別のテーブルの下にまた入る。

エドが噴いたのだろう、矢のようなものが床に突き刺さるのが分かった。カマクラやナラが使っていたものよりも長く、しっかりした、釘《くぎ》にも似たものだ。

七尾は這いながら別のテーブルの下に入ろうとしたが、板が割れるような音とともにその天板が倒れてきた。突然、テーブルの脚が一つ折れた。どうしてこのタイミングで壊れるのか、と舌打ちをしながら、さらに転がったが、その動きを読んでいたかのように、エドが跳ぶようにし、まだ寝転んだままの七尾の近くに着地した。

吹き矢が飛んでくるのを察し、七尾は腕時計の螺子を押していた。意思ではなく、身体が反射的に動いていた。

使えるのは一発限り。奏田の言葉が頭をよぎるのはその後だ。

エドが顔面を押さえ、ひっくり返った。腕時計の噴射が直撃した。テーブルが転倒する。

火災報知器を利用する作戦はその時点で、海の藻屑《もくず》、水の泡となった。

ああ、と虚脱しかけたが、そこで頽《くずお》れるわけにはいかない。七尾は倒れたエドに近づくと、力を込めて引っ張り上げる。エドは顔に熱スプレー攻撃を食らったショックのせいか、意識を失っているようだったが、呼吸はある。

部屋の奥、前方に小柄な女性、ヘイアンがいるのは分かった。紙野結花を横に座らせている。七尾は、エドを前に置く盾のようにし、立った。

ほかに人の気配はない。ヘイアンをどうにかできれば。

エドの身体を盾にし、吹き矢を避けながら、どこまで接近できるのかを七尾は考える。

「まだ、この男は生きている。今なら助かる」とヘイアンに向かい、言った。大きな声を出した。

目の前のエドの身体がびくっと震えた。え、と思って顔を上げるとエドの首が曲がり、あらぬ方向に頭が傾くように見えた。血が、七尾のほうに飛び散っている。肉片かもしれない。

ヘイアンが、エドの頭部を狙い矢を噴いたのだ。しかも殺傷能力の高い、高威力のものだ。抱えていたエドがバランスを崩すのに合わせ、七尾はその場で倒れかける。ヘイアンが素早く、腰を落とすのが見える。同時に、矢がどこかに刺さる感触があった。

しゃがんで、低い位置から狙ってきたのだ。ついに刺さってしまった。

「許さないからね。簡単には殺さないよ。まずは意識を失わせて」ヘイアンの声が近づいてくる。まずい、逃げなくては、と七尾は思うが、頭にもやがかかりはじめていることに気づく。逃げろ、逃げろ、と身体に指示を出し、出口へと這っていく。

「みんな、やられちゃったんだから、苦しんでもらわないと気が済まない」

ヘイアンの足がすぐ近くに見えた。

立ち上がろうとした。床に突いた手に力を込めるが動きは鈍くなっている。身体が動かなくなりはじめていた。万事休す、と感じたがその時、ヘイアンが慌てる声がする。

ばたばたと足音が聞こえてきた。紙野結花が逃げたのだと頭のどこかが把握する。

宴会場を飛び出していったらしく、ヘイアンが舌打ちし、すぐに追いかけていった。

今しかない、と七尾は膝《ひざ》を立て、踏ん張って起き上がると、ドアをすべての筋肉の力を集中させるような必死さで閉じた。内側の鍵をかけたところで、目の前の光景が、すりガラス越しに眺めているかのように、滲みはじめる。意識が足場を失い、覚束ない。

真莉亜は劇場に行っていないだろうな。

そう思いながらも、溺《おぼ》れる感覚に襲われ、その場に倒れた。

「フランボワーズのソルベとイチゴのムラングシャンティです」

ウェイターがデザートの皿を置き、池尾の前にあるカップにコーヒーを注いだ後、上品な身のこなしで立ち去った。池尾はそのウェイターに、「行かないでください」と縋《すが》りたくなるのをぐっとこらえている。

コース料理の最初、オードブルが出てきた時のことが、遠い昔のことに思えた。あの頃は口に広がる濃厚な味に感動し、舌鼓を鳴らせば良かったが、今や、恐ろしさで心臓が太鼓さながらに鳴っている状況だ。

「これは美味《おい》しいですよ、池尾さん」蓬長官の声は聞こえるが、ぼんやりとしている。

先ほど聞いた話が頭の中を埋め尽くしていた。

知名度を得るために快速列車内殺傷事件を起こしたことも信じがたかったが、家族に襲い掛かった交通事故さえも、自らの戦略によるものだと告白したことはさらに受け入れがたかった。悔恨も精神的な歪《ゆが》みも滲《にじ》ませず、あっけらかんと、合理的な手続きについて述べるかのようだった。

「乾から連絡が来ました」佐藤秘書の声がした。びくつく池尾の横から、自分の携帯端末を蓬長官に手渡している。

蓬長官は携帯端末を耳に当てると、「いいタイミングです。料理も食べ終わりました」と相手に話した。相槌をいくつか打つ。「1720号室。分かりました。今から行きます」

通話を終えた蓬長官は、佐藤秘書に携帯端末を返しながら、「どうやら、捕まえることができたようです」と言った。

「それは良かったです」佐藤秘書が答えている。

「乾はこれから来るようですが、待つこともないかもしれません」

「こっちの端末からパスワードは入力できると思います」

その場に座っているだけの池尾に、蓬長官が笑みを浮かべる。「僕と佐藤の過去に関するデータが見つかったんですよ。蓬と佐藤という人間になる前の、もともとの僕たちの存在の証拠と言うべきでしょうか。それが世の中に出ると、今の僕たちにとっては面倒なことになります」

蓬と佐藤という人間になる前、という表現がすでにおふざけにしか思えなかった。

「そのデータを削除するためのパスワードが必要だったんですが、ようやく捕まえられたようです。今の連絡がそれです。実は、池尾さんが僕に取材を申し込んできたのも、もしかするとそのデータと関連があるんじゃないか、と気になっていたからなんです。時期が近かったですから。だから今日、このホテルで両方、処分しようと思い、来てもらったんですが、杞憂《きゆう》だったみたいですね。どうやら池尾さんはそっちのデータとは関係がなさそうですから」

池尾は身体が硬直したまま、口が動かない。「処分」という言葉が頭にこびりつく。データのように処分するとは、どういう意味なのか。

「コーヒーを飲み終えたら、1720号室に行きましょう。カードキーはフロントでもらえるようにしてくれているようです」

「いえ、私は」

「面白いものも見せてあげられるかもしれません。このホテルに、僕を狙う業者がいたらしく、それも捕まえて部屋に届けてくれているんです。池尾さん、さっきも言いましたが、僕のことを狙う人間は多いんです。この数年で何回か業者が現われました。議員時代と違って、ＳＰが近くにいることも減ったからかもしれません。ただ、僕も佐藤も年を取ったとはいえ、いまだに動くことはできますから」

「昔取った杵柄《きねづか》というやつですが」佐藤秘書が言う。

蓬長官は嬉《うれ》しそうに笑い声を立てた。「池尾さんに見せたいのは、その杵柄ですよ。僕や佐藤がどうやるのか、見せてあげます。肩の関節を外して、両腕が使い物にならなくなった相手を、砂袋のように殴る。愉《たの》しそうでしょ？　実際、やってみるとこれほど愉しいものはないですよ。無抵抗の他人を蹂躙《じゅうりん》するのは、人生の悦《よろこ》びの一つだと思います」

布

2010号室

地下駐車場から従業員用エレベーターを使い二十階に戻ってきたところで、2010号室に戻るのは危険かもしれない、とモウフは気づいた。

ココを連れ出す直前まで、吹き矢を使う六人組と思《おぼ》しき一人と争っていたのだ。シーツで巻き、骨を折る直前までいったものの、結局叶《かな》わず、逃げるように飛び出してきた。また戻るのは明らかに得策ではない。

ただマクラが、「仕事だから、やり遂げないと」とこだわった。「というか、もしさっきの男がいるなら、ちゃんとやっつけたいよね。何かわたしたちが逃げてきた感じになっちゃってるし」

「確かに」モウフも同感ではあった。

今度は絶対に負けないように、と一気に動きを封じる段取りを意識しながら部屋に戻ることにした。が、予想に反し、2010号室には死体を除けば誰もいなかった。

「何だ」と拍子抜けした。

「あっちが逃げたね」

「ココさん、大丈夫かな」

「意識はだいぶ戻ってきていたし、きっと大丈夫だよ」

朦朧《もうろう》状態のココをワゴンに入れて運び、地下駐車場で運び屋に引き渡してきた。乾からは死体処理を頼まれていたらしいが、事情を簡単に説明すると運び屋もすぐに状況を理解してくれた。車内にはそれなりの医療機器が揃っており、移動中も処置をすると運び屋は約束した。

「残る死体は三人、三往復かあ、しんどいね」

「まずはどれからにしようか」

一番体重のありそうな青スーツの男に決める。

男の上半身をマクラが、下半身をモウフがつかみ、ワゴンの中に押し入れた。膝《ひざ》を抱えてしゃがみ込むような姿勢にして、上からシーツをかける。

部屋から出ようとしたところで、出口付近に人の姿があり、モウフは飛びのくようにした。ワゴンにかけてあった、シーツをつかんでいる。

ドアのロックバーを使っておけば良かった。この部屋のオートロックキーは壊れているのだ。イレギュラーな出来事が重なったせいか、頭の働きが鈍っていた、とモウフは後悔した。

モウフはマクラとともにまた、リネン類を使った攻撃を仕掛けようとしたが、相手の顔を見て、動きを止めた。

「あれ？　マクラとモウフ」気軽に挨拶《あいさつ》をするかのように手を上げているのは、同じ業界内での数少ない知り合いだった。黒のブラウスに淡い色の幅広パンツを穿《は》いている。

「真莉亜さん」マクラも動きを止め、「どうしたの」と言う。

モウフはつかんでいたシーツを素早く丸めた。

「いや、うちの天道虫君がね」

「天道虫？　ああ、あの」実際に会ったことはなかったがその存在はモウフも知っている。業界ではある種の有名人だ。

「この部屋に仕事で来たはずなんだけれど、すぐ帰ってくるはずなのに、連絡が途絶えちゃって。かと思ったら、変なメッセージが届いていて」真莉亜は携帯端末を掲げた。

「変なメッセージ？」

「今日、劇場に行くと危ない、とか。嫌がらせかと思ったけれど、その動機も分からないし。ただ、もともと何の連絡もないから気になるでしょ。だから直接来てみたの。２０１０号室に来たところまでは報告があったから」

「天道虫が？」マクラは言ってから、「あ」と口に手を当てた。

「どこにいるか知ってる？」

「真莉亜さん、だとしたらまずいかも」

「だとしたらまずい？」

「ここで死んでた男がいるんだけれど」

モウフもはっとする。死体のうちどれかは、真莉亜が派遣した天道虫のものかもしれない。コーラとソーダという名前が挙がってはいたものの、確定したわけではなかった。

真莉亜と天道虫とがどれほど親しい関係なのかは分からなかった。ただ、仲間が死ぬのは、いい報《しら》せではないのは間違いない。

真莉亜が一瞬硬直した。

息と時間が止まったかのようだった。目を見開いているものの、頭の働きがストップした様子にも感じた。

表情はしばらく変わらなかったが、少しすると顔面の下の縫い糸が抜かれたかのように小さく歪み、「そっか」と声が洩《も》れた。素っ気なかったが自分に言い聞かせるような言葉にも聞こえた。そっか、そっか。なるほどね。とぼそぼそ言っている。

モウフは胸に痛みを覚えながらもワゴンの中を指差し、「これが天道虫?」と載っているシーツを引っ張り出した。「ベッド脇にもう一人、男がいるけど」

「女もいるよ」

ワゴンの中に真莉亜が顔を突っ込む。「あ、違う」と言ったかと思うと体を起こし、部屋の奥に足を進めた。ベッド近くで座り込む姿勢の、白シャツの男の顔を確かめている。

「どうやら違うみたい」と真莉亜は肩をすくめた。念のため、といった具合に、顔が焼けた女のことも眺めている。

「天道虫じゃないんだね」モウフは自分が安堵《あんど》していることに気づく。

「このホテルどうなってるの。このほかに天道虫もいるなんて」マクラが呆《あき》れた。

はあ、と真莉亜が溜《た》め息を吐く。「どうして、いつもこんなに複雑になるんだろ。簡単な仕事のはずなのに。おかしいよね。本人はどこにいるのか。この部屋もこんなに散らかって。家柄のいい貴族は逃げ出しちゃうでしょ」と室内をうろつく。「ええと、二人はこれを運び出す仕事をしていたの?」

「そうそう」モウフはうなずく。「乾の依頼で」

「乾?」「真莉亜さん、露骨に嫌な顔するね」

「嫌な感じだからね、乾。若くて調子に乗ってる、というか。偉い人たちの機嫌を取ってばかりで。ああいう人間、嫌いなんだよね。自分はうまくやっています、って感じで」

ずけずけと口にする真莉亜が可笑《おか》しかった。

「まあ、スイスイ人だからね」

「何人《なにじん》？」

「乾って、外見に恵まれ、口もうまく、いずれもそつなくこなしているように見えるでしょ。わたしたちと真逆。スイスイとスマートに人生を歩ける、スイスイ人」

真莉亜は、「言わんとすることは分かる」と微笑んだが、「だけどまあ、乾は友達いないでしょ」とも続けた。

「え」

「マクラにはモウフがいる。だけど、乾は信用できる家族とか友達とかいないんじゃないのかな」

「ああ」思いもしない観点から指摘を受けた気がし、モウフはマクラと視線が合った。「いやあ、ああいうスイスイ人は友達いるよ」「そうそう。たくさんいそう」

「スイスイ人の周りに集まってくる友達なんて、そんなのただの友達だよ」

「分かるような分からないような」

「わたしが乾に苛立《いらだ》つのは、自分は何の実績もないくせに、すぐ誰かのやってることを馬鹿にするところなんだよ。今どき、火薬の爆弾なんて流行《はや》らないよ、とか、わたしみたいな仲介業は先行き長くない、古いやり方だとか言ってくるし」

「言いそう」モウフはうなずく。

「だけど」そこで真莉亜の表情が曇った。「乾が関係しているとなると、ちょっと油断できないのも事実だね。好きとか嫌いとかは別にしても、ちょっと怖いところがある」

何と答えたらいいのか分からず、モウフはマクラと顔を見合わせた後で、肩をすくめるようにした。

「ああ見えて実は怖い、って噂は二人も聞いたことがあるでしょ」

「だからわたしたち、乾から離れたんですから」

「やだな」

「何がですか」

「天道虫君が勝てるとは思えない」真莉亜は断言するように言うものだから、モウフは意外に感じ、「だって、E2の生き残りでしょ?」と聞き返した。

「まあね」と答える真莉亜の声は弱々しかった。「どうしようかな。天道虫君はどこにいるのか」

「訊《き》くまでもないかもしれないけど、携帯端末では連絡取れないんだよね?」それができるなら悩む必要はないはずだ。

「出られないのか、なくしたのか」

するとモウフの携帯端末に着信があった。画面を見ると、乾からだと分かる。「ほんと、話題にしていると電話かけてくる。盗聴されてるようで怖い」と思わず口から出た。

真莉亜がいたが構うことはないだろう、とモウフはスピーカー通話に切り替える。

「緊急で、もう一つ頼まれてほしいんだけれど」

気軽な言い方にマクラが溜め息を吐く。「あのね、今はさっき頼まれた仕事をこなしているところなんだよ。２０１０号室の死体を今、片付けているの」

「そっちより先がいいかもしれない。三階の宴会場なんだ。楓《かえで》の間。見つかる前に運び出してくれないか」

「いったいどうなってるの、このホテル。死体だらけ」モウフも言わずにはいられない。

話を聞いている真莉亜は腕を組み、下唇を突き出す。おどけた様子でありつつも、警戒心で満ちている。

「俺の予想以上に、いろんなことが起きてるみたいでさ」

「六人組が関係しているんでしょ。ここにもメンバーの死体があるけど」

「楓の間にいるのも、そのうちの一人だ。ヘイアンから聞いた。で、もう一人、そいつは死んでいないんだが楓の間にいるらしい。天道虫という業者を聞いたことがあるか？」急いでいるのか乾は、早口になりはじめた。

前に立つ真莉亜を見れば、目つきが鋭くなっている。天道虫がどうしたのだ、早く言え、とつかみかかるような気配があった。

「天道虫はよく知ってる。会ったことはないけど」マクラも、真莉亜を見て肩をすくめる。

「死んではいないのね」モウフは確認する。

「ヘイアンが言うには。眠らせて、とどめを刺そうとしたが、ドアを中から閉められたようだ。ヘイアンは今、俺のほうの取引に来るから、宴会場を片付けてくれないか」

「嫌だけど」「いいよ」マクラとモウフは一つの台詞《せりふ》を二人で分担するように答えた。

「助かる」

「乾はこれから取引なんでしょ？」

「そうだよ。じゃあまた」

通話が終わり、マクラが、「また仕事が増えた。何このホテル」と呆れる。

「だけど、天道虫の居場所は分かって良かったね」

「のんきに眠っているとは」真莉亜の目は笑っていない。

紙野　1720号室

三階の宴会場「楓の間」でヘイアンの吹いた矢は七尾に当たった。見るからに動作が鈍り、ヘイアンによる致命的な攻撃を待つばかりに見えた。

どうにかしないといけない、と思った時、紙野結花にできたのは自分が逃げることだった。

楓の間から飛び出せば、ヘイアンは、七尾ではなく自分を追ってくるはずだ。読みは正しかった。

ヘイアンはすぐに紙野結花の後を追ってきた。床を蹴《け》り、駆けてくる。彼女は飼い犬に手を嚙《か》まれたかのような憤りを発散させており、予想以上の速さで追いついてきた。襟をつかまれ、想像以上の力で後ろに引っ張られ、紙野結花は尻《しり》もちをつくような形でその場に転ぶ。

「勝手なことをしないで。疲れちゃうから」と彼女は怒りを隠そうともしなかった。そして紙野結花を引き摺《ず》るように楓の間まで戻ると、「あれ、ドア閉めた?」と恋人に不満を洩らすみたいな口調で呟《つぶや》く。がちゃがちゃとドアノブを動かして、「あー、もう、ほら。鍵《かぎ》かけられたよ。最悪」と嘆いた。

紙野結花は息を切らしながらも安堵した。少なくとも、七尾の危険を減らすことはできた。

「まあ、いいや」ヘイアンは言うと、「1720号室に行くよ」と紙野結花を連れて、エレベーターに向かって歩きはじめた。

十七階に到着するとヘイアンはすたすたとフロアを進み、1720号室の前に立つ。チャイムを押したところで、「いよいよ、これで仕事もおしまいだね」と紙野結花に、アルバイト仲間に声をかけるように言った。「あなた、いったいどうなっちゃうんだろう」と笑う。「いろいろあったけど、それだけは楽しみ」

少しするとドアが開き、体格のいい背広姿の男が現われる。男はヘイアンと紙野結花に一瞥《いちべつ》をくれた後で、室内に戻った。何も言われなかったことにヘイアンは明らかに不愉快そうだったが、「ついてこいってことね」と中に足を踏み入れる。

部屋の手前、リビングエリアには大理石テーブルがあり、四人掛け用のソファが置かれていた。向こう側に男が座っていた。「お疲れ様。じゃあ、さっそく座って」と手を出す彼が、蓬実篤、情報局の長官だと分かった瞬間、これが異常な場だと紙野結花は察した。

座って、と言われても、紙野結花は棒立ちのままだった。

どうして蓬長官がここにいるのか。自分を捜していたのは乾ではないのか。

頭の中で次々と疑問が湧く。しかもその疑問自体がつむじ風に巻き込まれているかのように、うまくつかみ取れない。

本物の蓬長官だ。

十五年前の快速列車内の光景が、ぱっと頭に蘇《よみがえ》る。あの列車に、あの時わたしはいたんです。殺傷事件の場で助けられたことについて礼を言うべきとも感じたが、言い出せない。

現実の場面に思えなかった。

これはいったい、どういう夢なのだ。

蓬長官の横に立つ男が秘書だとも分かった。快速列車内殺傷事件の時、何度かニュースに情報が出た。姓名や年齢、蓬との関係性といったものが、紙野結花の記憶の倉庫からぽんぽんと飛び出してくる。

「ええと、乾はどこ？」ヘイアンはソファに腰を下ろし、前の二人に訊《たず》ねた。相手が情報局の長官だと気づいているのかどうか、読み取れない態度だった。

「あなたは立っていてくれますか」蓬長官はヘイアンに言った。口調は穏やかだったが、命令しているようにも聞こえる。紙野結花はもちろん、言われたヘイアンも戸惑っている。

「用があるのは、こっちの紙野結花さんですから。

「何それ。わたしは乾に言われて、この女を連れてきたんだけれど」

「ああ、そうか。お礼を言われたかったんですね。ありがとう。助かりました。君たちなら仕事をちゃんとやってくれると思っていました」蓬長官は成果を出した部下を讃《たた》えるような言い方をしたが、芝居がかっているように聞こえたからか、ヘイアンはむっとしている。

「そもそも乾に、君たちを推薦したのは僕のほうなんですよ。乾は、このホテルに彼女が隠れていると分かった時も簡単に捕まえられると言って、業者に依頼することを渋っていました。たぶん、経費がもったいないと思ったんでしょうね。ただ、もしものことがあったら余計に面倒になるから、有能な業者に頼むべきだと僕は思ったんですよ。だから、評判のいい六人組に依頼するように提案しました。正解でしたね。ちゃんとこうして連れてきてくれたんですから。ええと、ほかの五人は？　もう帰ったんですかね」

紙野結花の横で、ヘイアンが舌打ちをした。そして、ぱっと立ち上がったのだが、ほぼ同時に目の前の蓬長官と佐藤秘書が腰を上げた。

ヘイアンの左肩を蓬長官がつかんだ。右肩は佐藤秘書が手を載せている。触れているようにしか見えなかったが、ヘイアンが悲鳴を上げた。物が落ちた音がする。ヘイアンの足元に、筒が落ちていた。

あまりに素早い動きだったため、何事が起きたのか、紙野結花には把握できていなかった。横に目を向ける。吠《ほ》える犬の如く口を大きく開くヘイアンは、明らかに苦しそうにしていた。

大丈夫ですか、と紙野結花が手に触れたところ、動物じみた悲鳴を上げ、ヘイアンが睨《にら》んでくる。

肩が脱臼《だっきゅう》しているのだ。少しして分かった。ぬいぐるみの腕のように、両腕がだらんと下がっている。どうして？　どうやって？　こんなに簡単に関節が外れることがあるのだろうか。

「まじか」ヘイアンが声を絞り出している。「おまえたち二人が、あれか、昔、業者を殺してたっていう」

「業者だけを狙ったわけではないんですが」蓬長官はまた腰を下ろしている。

佐藤秘書が奥のベッドから、細身の男を連れてきた。見知らぬ顔の男で、ヘイアンと同じく両腕がだらんと垂れさがっている。髪を染めているのだろう、金髪だった。

「脱臼人形はこっちにもいますよ。この男は、僕の命を狙ってホテルにいたらしくて。長官殺しを依頼されて、失敗した業者です」蓬長官が笑いながら、金髪の男を指差す。

紙野結花は茫然《ぼうぜん》としている。そもそも、このホテルでココと合流して以降、次々と起こる出来事や、命を奪われる人の姿に頭がついていけていなかった。しかも、あの蓬長官が、恐ろしいことを口に出しているのだから、現実味があるわけがない。

ぐったりした姿の、金髪男は佐藤秘書に引っ張られ、顔を歪ませてはいたが、声は洩らしていなかった。肩が外れているのなら、痛みはあるはずだ。すでに痛みに慣れてきたのか、悲鳴を発したところでどうにもならないと察したのか。

「肩の関節を外すところは、そこの記者、池尾さんに見せました」

蓬長官の言葉で、もう一人、奥に別の男がいることに気づいた。ベッド脇にしゃがみ込んでいる。口にタオルを入れたまま、動かない。おそらく彼も肩を脱臼させられているのだろうが、白目を剝《む》き、明らかに亡くなっていた。

「こっちの金髪からは依頼主の情報を教えてもらわないといけない。乾が来たら、聞き出してくれるらしいので」

だから殺さないだけで、理由がなければ命を奪うのは当然のことだよ、と言わんばかりだった。助けてください、と紙野結花は内心で唱えていた。誰に祈るべきかも分からなかったが、念じるほかなかった。震えが止まらない。

そこでヘイアンが何かを言った。啖呵《たんか》を切ったのか、毒づいたのか、とにかく威勢のいい言葉を発した。

蓬長官がまた腰を上げた。その後、ヘイアンがひっくり返っていた。両手でヘイアンの頭部をつかみ、果物を樹の枝からもぐかのように捩《ね》じったのだ。

「大人しくしていれば、帰れたんですが」蓬長官は短く息を吐き出した。「行儀悪くするとやっぱり損をするんですよ。僕たちはその辺、うまくやってきました」

紙野結花は両手を自らの口に当てたまま、動くことができなくなった。混乱した頭の中を、さらに棒でかき混ぜられたかのようだ。待って待って待って、と心の中で言っている。待ってください。何が何だか分かりません。

もし乾が来たら、助けを求められるのかもしれない。縋《すが》るように思った。乾はパスワードを覚えた自分を捜してはいただろうが、恨みや憎しみを覚えているほどではないはずで、そのことに賭《か》けてみる価値はある。パスワードを伝えるかわりに、身の安全を保障してもらうのだ。紙野結花は乾のもとで二年間、働いてきた。顔を合わせればそれなりの温情を見せてくれる可能性はある。何より、紙野結花の知る乾は、冷酷非道ではなかった。

魚を下ろすように人間を下ろす、といった恐ろしい噂話が過《よ》ぎるが、それにしたところで、紙野結花が目撃した事実ではない。

呼吸が荒くなる。

「君には痛みを与えたくないから、安心してほしい。パニックで思い出せるものも思い出せなくなると困ります。佐藤、こっちに来てください。準備をしよう。パスワードを」

佐藤秘書が、肩の外れた金髪の男を再びベッド近くに置き、戻ってきた。乱暴に放置されたため、さすがに痛みを感じたのか男が呻《うめ》く。

乾を待つことなく、作業を進めようとしていることに気づき、紙野結花は血の気が引く。

佐藤秘書がテーブルの上にタブレット端末を置いた。簡易キーボードも繋《つな》げている。

「佐藤、念のためドアバーをひっかけてきてくれませんか。カードキーを持った誰かが入ってくるようなことがあったら面倒なので」

蓬長官が言ったため、紙野結花は即座に、「あの、乾さんは？　乾さん、これから来るんですよね」と口に出していた。ドアバーを使われたら、外からの助けは期待できなくなる。仮に、隙をつき逃げ出せたとしても、ドアを開ける手間が増える。不可能だったものがさらに不可能に近づく。

「乾が来たとしても、もともと部屋から出てもらうつもりだったんですよ。パスワードを入力してもらう時点になったら、乾はいらない。あんな男に中身を見られたら、大変なので」

蓬長官が自らここに来たのも、それが理由なのだと紙野結花は分かった。第三者に頼めば、そのデータ内容を見られてしまうリスクがあった。必要最低限の人間だけで済ますつもりだったのだ。

蓬さんにとって、そんなに都合が悪いものなんですか。

浮かんだ質問を口にはできなかった。「ええ、そうです」と答えられたところで、状況が好転するわけでもない。

きはじめた。

ドアのロックを終えて戻ってくると、佐藤秘書はタブレット端末に向き合い、キーボードを叩《たた》

「データは見つかったものの、閲覧はもちろん削除にもパスワードが必要だと乾に言われたんですよ。乾は自分では、中身を覗《のぞ》いていないらしい。もちろん嘘をついている可能性はゼロではないですが、嘘ならすぐばれます。乾には意味のないデータですから。それにしても、君がパスワードを全部暗記しているんですよね？　信じがたいけれど、物凄《ものすご》い記憶力があるとか。脳の容量に限界はないのかな。開いて脳を覗いてみたい」蓬長官は冗談で言ったのだろうが、紙野結花は笑えない。

「接続できました」隣にいる佐藤秘書が言う。

画面を覗き込んだ蓬長官がふっと笑った。「事前に聞いていたけれど、クイズみたいな感じですよね」

あなたの出身校は？　はじめて食べたアイスクリームの味は？　そういった質問に対する答えを入力する必要がある。

「たくさん用意されているらしいけれど」

「777個ありました」紙野結花は答える。迂闊《うかつ》なことを口にしたら、両肩が砕かれるような恐怖があった。

「そんなに？」蓬長官が目を丸くした。「想像以上ですね」

「びっくりしました」嘘ではなかった。これを覚えておいて、と乾に渡された手書きリストを見た時は、冗談かと思ったのだ。

「それを全部記憶しているなんて、すごいですね。777ですか。わざとそうしたんですかね。縁起がいい、スリーセブンだから。今ここで、777個の質問に答えるわけではないですよね？」

「その中から四つか五つ、ランダムに出題されるんだと思います。乾さんの説明によれば」

「四つか五つ。どれが問われるか分からないから、結果的に777個も覚えなくちゃいけないわけですか」

佐藤秘書が質問を読み上げた。パスワードを引き出すための設問が表示されているのだろう。素直に回答していいものかどうか、と逡巡《しゅんじゅん》はあったが、紙野結花は答えを口にした。黙ったり、誤った答えを口にしたりしたところで、力ずくで、言わされるだけだろう。

「クリアしました。ああ、次の文章が表示されましたね」佐藤秘書がまた別の問いを読み上げる。

当惑する。頸骨《けいこつ》を折られ倒れたままのヘイアンや、口を塞《ふさ》がれて死亡している記者、そして腕を使えなくされた男がいる室内で、たわいもないクイズをやっているように感じた。

「777といえば、昔、知り合いの男がよく言っていたんですよ」蓬長官が思い出したように話しはじめる。「佐藤も覚えているだろ」

「ええ、あの男ですね」佐藤秘書が首を縦に振った。

「あの男はよく言ってました。『息子が幼い頃、スロットマシンのおもちゃで遊んでいて、7が全然そろわなくて泣きべそをかいていたんです。よく思い出すんです』とか」その男性を戯画化し、口真似をしているのだろう、蓬長官はふざけた言い方をした。「深刻そうで、真剣で、あれは可笑しかったね。『自分はぽんこつの人生だったけれど、息子は幸せになってほしいんです』と泣いていて」

「言ってましたっけ」

「可笑しくて覚えてます。どこまで本気だったんだろうか。ぽんこつ人生からは、ぽんこつの子供しか生まれないというのに。あれは本当に心の底から、可哀想でした」と言いながらも蓬長官の言葉に、哀れむ色はなかった。

紙野結花は、「その話、知っています」と口から飛び出しそうになるのをぐっと飲み込んだ。乾だ。乾から聞いたのだ。ある時、経理のシステム入力を行っていると、ふらっとやってきた乾が珍しく、昔話をはじめた。「子供のころ、スロットマシンでジャックポットどころか、7がまったく出ないことが心配で、父親に相談したんだよ」と。

こんなことってあるのかな。お父さん、僕たちはどうなっちゃうんだろう。

「お父さんは何と言っていたんですか」

「父親はほとんど泣きそうな顔で、俺に言い聞かせるように言ったよ。『こんなところで運を使わなくていいんだ。もっと大事なところでついてるはずだから。心配するな。大丈夫だ』と。その父親を見ていると余計に心配になったよ。息子を心配する以前に自分の心配をしろよ、と思ったしね」

照れ臭そうに笑った乾の顔をはっきりと思い出せた。紙野結花は蓬長官に、「その男の人とはどういう関係だったんですか」と訊いていた。

彼は、隣の佐藤秘書と顔を見合わせた。無言ながら、「彼女に喋《しゃべ》ってもいいかな」と確認していたのかもしれない。

「十五年前、快速列車内で殺傷事件があったのを知っていますか」

紙野結花はうなずく。わたしも乗っていました、あの車両にいました、とは言わなかった。それを話してしまったら、助けてもらった礼を口にする必要が生じるように感じたからだ。

「僕と佐藤が犯人を取り押さえ、その犯人は死刑になりました」

「でしたよね」刃物を振り回す、中年男の形相が頭に浮かぶ。

「その男です」

「はい？」

「さっきの、息子のスロットマシンを気にしていた男が、殺傷事件を起こしたんです」

「どうして」

紙野結花の洩らした言葉が、蓬長官に対して馴《な》れ馴れしいものに聞こえたからか、佐藤秘書が厳しい目を向けてくるのが分かる。

「どうして、って誰かが事件を起こさなければ事件が起きないからですよ。犯人がいなければ、僕たちも捕まえられない。あの男はもともと、誰かの借金を背負って困っていました。にっちもさっちもいかないから僕たちの言うことを聞くしかなくて。というよりも、聞くしかないように追い込んだんですが」

乾の父親が？

佐藤秘書が三つ目の質問を口にした。

紙野結花の頭は、乾の父親のこと、快速列車の事件のことを考えはじめている。乾の父親があの事件の犯人？　そちらが気になって仕方がなく、佐藤秘書の問いかけには、自動応答のように答えを口にするだけだ。

「同じ人間だというのに、操られているやつと操っているやつがいるんだから、残酷です」悪びれるでもなく、蓬長官が洩らした。

入力を行った佐藤秘書が、「次のパスワード」と文言を読み上げる。

快速列車の殺傷事件の加害者が乾の父親で、さらにそれを蓬長官が仕向けたような説明をしている。何がどうなっているのか。

車両の光景がくっきりと蘇る。床を汚す大量の血と、泣き叫ぶ子供や倒れる人の姿だ。悲鳴や怒号が頭の中で響く。

紙野結花はパスワードを口にした。

それどころではない。必死に頭を回転させる。十五年前に起きたこと、乾の気持ち、そして自分が置かれている状況、これらが何を意味するのか考えなくてはいけない。

「ああ、オーケーです。パスワードは全部クリアしたようです。四つで終わりました。ファイルが開けますね」佐藤秘書が言う。「削除しましょうか」

「せっかくだから中身を確認してみますか」

「ああ、動画が表示されます。自動再生ですね」

タブレット端末に、蓬長官が顔を寄せる。

紙野結花は、その二人の姿を見ながら、今のうちにどうにか逃げられないか、と考えてもいた。パスワードの回答が終わったのだとすれば、もはや自分の役割はない。快速列車内殺傷事件の真相まで話してきたのは、それを紙野結花に口外されない自信があるからだ。

隣で倒れるヘイアンのように扱われる可能性は高い。

せめて抵抗はすべきではないか。

紙野結花は鼓動が速くなるのが分かった。どうせ、助からないのなら一か八か、逃げ出してみたらどうだろう。

が、脚が震えて立つこともできない。どうしてこんなことになったのか、わたしが何をしたのか。

「蓬さん」急に乾の声がした。驚いたが、端末画面から聞こえているのだとすぐに察した。再生された動画に乾が映っているのだ。「蓬さん、今日はわざわざ、来てくれてありがとうございます。パスワードも合っていて良かった」

ふふっ、と愉快げに蓬長官が息を洩らした。「どういう趣向なんだろうね、これは」

すると乾の声が、「蓬さんにデータを渡したい、と言っていたのは嘘です」と続けた。

蓬長官と佐藤秘書が顔を見合わせる。想定していなかった状況なのだろう。特段、警戒しているようには見えなかったが、不快感が滲んでいる。

「ほかの人に見られたくない情報の受け渡しのためなら、秘書の佐藤さんと二人で出向いてきてくれるんじゃないかと思ったんですよ。ＳＰが大勢いるのはこっちとしても厄介ですから。だからこんな取引の場を設けさせてもらいました」

蓬長官は溜め息を吐いた。こんなふざけたことに付き合わされたこと自体が、時間の無駄、人生の汚点と感じているようだった。

「乾には雑用以外、期待していなかったけれど、こんなにつまらない人間だったとはね」

「この女はもう、いいですか」佐藤秘書が立ち上がる。

紙野結花は射竦《いすく》められたように、身体が固まった。

「そうだね。いつも通りに」蓬長官は言った後で、いいことを思いついた、と言わんばかりに手を叩いた。その音で紙野結花はびくっとする。心臓が叩き潰《つぶ》される感覚に襲われた。「いや、いつもよりも時間をかけてみるのもいいかもしれない」

「いつもよりも時間を、ですか？」佐藤秘書が聞き返す。

「この紙野結花さんは驚異的な記憶力を持っている。痛みや苦しみもずっと覚えているのかもしれない」

「ああ、なるほど。忘れられないことがどれくらい苦しいか、試してみたいんですね」

さすが佐藤は物分かりが早い、と蓬長官は嬉しそうにうなずいた。「こんなことに時間を無駄にしたんだから、ストレスを発散したい」

佐藤秘書が、座っている紙野結花の肩に手を伸ばした。関節が外れる恐怖に包まれるが、身体がまったく動かない。触れられただけで、自分の全身が降伏したかのようだ。

「どういう痛みから、与えていきましょうか」佐藤秘書が、蓬長官に言う。表情ははっきりしないが、その瞳《ひとみ》の奥に、愉悦の揺らぎのようなものが見えた。

どうしてこんなことに、と紙野結花はまた思う。記憶力が良いだけで、こんな風に大変な人生を歩かなくてはいけないとは。なぜわたしが？　焦りと恐怖がまざり合い、頭の中に怨みにも似た思いが渦を巻きはじめる。ほかの人が羨《うらや》ましい。

そう思ったところで紙野結花は、「他人と比較してどうするのだ」と諭すような自分の声も聞いた。リンゴが薔薇《ばら》を羨む必要があるのか。

動画内の乾が言うのが聞こえたのは、その時だった。

「紙野ちゃん、縦読みだ」

何のことか分からず、紙野結花はぽかんとしたが、その後で、むくりと自分の意識が頭をもたげるのが分かった。ひれ伏していた脳が、少し動き出す感覚だ。

「使ったパスワードの頭文字を縦読みするんだよ。四つあったはずだろ。それを思い出してくれ」

映像は再生が続いており、その中の乾が喋っているのだ。

紙野結花は自分が先ほど口にした四つのパスワードを思い出す。もちろん思い出すといった作業がほとんど不要なほど、くっきりと記憶に残っているのだから、目の前に書かれている字を読むようなものだ。並べた四文字が、すぐに浮かび上がる。

ほぼ同じ時、視線の先、ベッド脇にいた金髪男が立ち上がるのが目に入った。ゆらっと動く。蓬長官を狙っていた業者、と言われた男だ。両肩を脱臼させられ、羽と肢《あし》をもがれた昆虫のような弱々しさでそこにいたが、急に芯《しん》が通ったかのように、しっかりと立った。

おもむろに片方の膝を折り曲げ、足を上げたかと思えば、床を踏みつけた。

パスワードの「縦読み」は、四つのパスワードの頭文字を繋げた文字列は、「めつむれ」だった。「目つむれ」

紙野結花は瞼《まぶた》をぎゅっと閉じる。さらに瞼を掌《てのひら》で覆う。

直後、室内が光ったのは分かった。蓬長官と佐藤秘書が声を上げた。彼らの口からとうてい出るとは思えない、動物の鳴き声にも似た、悲鳴に近い声だった。轟音《ごうおん》が響いたようにも感じたが、おそらく音はほとんど鳴っていない。

「何だこれ」「目が」蓬長官と佐藤秘書の声がする。

離れた場所の壁に、人がぶつかるような音が聞こえた。

「蓬さん、佐藤さん、何も見えていないじゃないか。可哀想に」

近づいてくる声は、明らかに乾のものだった。

蓬長官と佐藤秘書が立ち上がった気配がある。「乾？」蓬長官は言った。が、直後、その場に倒れる音がする。佐藤秘書の呻き声も聞こえた。

「父親が亡くなった時、俺は十四歳だったんですよ。思春期の多感な時期に、父親のみじめな姿を見せたら駄目だよ。いろいろ良くない影響が出ちゃいますから。それを狙って、わざと、俺のいる前で父親を痛めつけたのかもしれないですけど。あれは良くないです」乾の声は録画されたものではなく、今ここで発せられているものだと分かった。落ち着き払ってはいるが、声の端々が少しひっくり返っている。緊張なのか興奮なのか。

「父親は、俺にだけ言い残したんですよね。蓬さんたちのこと。事件を起こすしかない、これをやらなかったら、おまえまで巻き添えにするって。おかしな話ですよ。親があんなことやったら、息子は巻き添えになるに決まってるんだから」

「乾、どういうことなんだ、これは」蓬長官は言いながら、身体を動かしているのが分かる。

「蓬さん、ええと何だっけ、さっきいいこと言ってましたよね」

「何が」

「操られるやつと操るやつがいる、でしたっけ。蓬さんはどっち？」

蓬長官のものと思われる舌打ちの直後、人の身体が捩じられるような音と、悲鳴が聞こえた。

紙野結花は呼吸を荒くし、動けないままだったが、少しすると、「紙野ちゃん」と乾の声が聞こえた。「悪かったね。無理やり、協力してもらって」

え、と思い、反射的に目を開いてから慌てて閉じた。

「もう大丈夫だよ。眩《まぶ》しくない。光ったのは一瞬だったから」

言われて声の主に目をやれば、見知らぬ顔の、金髪男が立っていた。

「光の爆弾みたいなものだよ。踏みつけて起爆させる。今どき、爆弾なんて流行らないって主張しているんだけど、みんな本気にしないんだよね。なるべく、物は壊さないほうが、環境にも優しいのに」

何を言ってるんですか、と紙野結花は茫然《ぼうぜん》としている。

「目を開いていると目が潰れて、一時間は何も見えなくなる」

テーブルの向こう側で、蓬長官と佐藤秘書が倒れていた。二人とも首のあたりからなのか血が溢《あふ》れ出ている。目は空中をぼんやりと眺めるかのようで、口はだらしなく開き、舌が伸びていた。

「あの」

前に立ち、おどけるように話す男が乾だと確信していた。顔以外はすべて、乾のものだったからだ。

猫の写真を撮ってる時に、光る爆弾のことを思いついたんだ。

そう話す乾の声は、のんきにも聞こえるが、よく見れば彼の身体は震えていた。

「紙野ちゃんにはお礼を言わないと。というか、お詫《わ》びか」

「パスワードを覚えさせたことですか」

「それもあるけど。本当はもう少し簡単に済ませる予定だったんだ。蓬さんを呼び出して、俺は暗殺者のふりをして。それが、決行する前に紙野ちゃんがいなくなっちゃったから、ややこしくなってね」

紙野結花は何と言ったらいいのか分からず、口をもごもご動かすことしかできない。

「逃げた紙野ちゃんがこのホテルにいることは分かったから、蓬さんを呼べばどうにかなると思った。そうしたら今度は、六人組を呼べと蓬さんが言い出した。焦ったよ。あいつら、おっかないし、容赦ないから。六人組を呼ばなければ、今度は俺が蓬さんに怪しまれるだろうし、どうにもできなくて」

「わたし」言葉が続かない。

「紙野ちゃんがココを雇ったという情報は入ってきたから、何とか逃げてくれないか、とは思った」

「知っていたんですか」

「ココとは連絡がつかなかったけれどね。まあ、俺から逃がすんだから接触する気はなかったんだろう。唯一できたのは、紙野ちゃんの命を奪わないように、エドたちに念押しすることくらいだったよ」

ココのことを考える。わたしが怖かったことよりも、ココさんが死んでしまったことのほうがひどくて大変です、と。

「紙野ちゃんが前に口にしていた名言が、俺を支えてくれたんだよね」

名言？　わたしは何を言ったのだったか、と紙野結花は首をかしげた。

「忘れるなんて、どうやって？　そう言ったじゃないか」

「ああ」

「忘れられるわけがない。父親は、俺が幸せになれるか、ずっと心配してくれていたんだ」乾は手を広げた。

紙野結花はやはり言葉がすぐに出てこない。

「無理やり肩の関節を入れたから、痛いなやっぱり」乾は右肩を左手で触っている。「紙野ちゃんと知り合えて、良かったよ。大事なところで、ついていた」

「え」と聞き返す紙野結花に乾は答えることはなく、かわりに、「今日、俺、お昼ご飯食べたっけ？　覚えてる？」と真顔で質問してきた。

3階「楓の間」

三階に到着し、宴会場を目指す。一緒についてきた真莉亜は従業員用エレベーターが新鮮だったのか、「裏側にお邪魔しているみたいで楽しい」と嬉《うれ》しそうにしていた。天道虫のことを心配しているにもかかわらず、深刻さがあまり感じられない。

目指す場所は乾に指示された「楓《かえで》の間」だった。廊下を進む。

宴会場のフロアは、客室清掃スタッフがワゴンを押しながらやってくるような場所ではなく、横にいる真莉亜も軽装であったから、訝《いぶか》られる可能性はあったが、堂々と振る舞っていれば人は自分なりの解釈を勝手に見つけ、「問題ない」と思い込むものだともモウフは知っていた。

手前側の大きな宴会場は人が集まっており、イベントが始まる気配があった。さっと前を通りすぎる。「楓の間」は一番奥だったが、ドアの前に制服を着た男性が立っていた。

「どうしたの」真莉亜は率先して前に出る。

「あ、いえ」明らかに、真莉亜が誰なのか悩んでいる様子だった。とはいえ、「どちら様」とも訊《き》けないのだろう。「中から鍵《かぎ》がかかっていて、開かないんですよ。たまたま通りかかったんですけれど」

「ちょうどわたしたちもそれで呼ばれたの。仕事に戻っていいから。ここは引き受ける」

どうしてこの女性が取り仕切るようなことを言うのか、と疑問を覚えたかもしれないが、彼は違和感を口に出さず、「ありがとうございます」と礼を言い、立ち去った。

マクラがドアに近づき、ドアノブを確認する。

「開けられる？」

「ホテルのドアならだいたい。いろんなホテルのＩＣカードもあるし、ピッキングもできるし。室内でロックバーをかけられても、外から紐《ひも》を通して外せますよ」

「すごいね。前から思っていたけれど、わたしのところで働かない？」

真莉亜が本心で言っているようにも思えず、モウフは曖昧《あいまい》に笑うだけだ。

しゃがんだ状態で鍵穴に道具を差し込み、マクラが音を鳴らしている。

「なんだか付き合ってもらって悪いね」真莉亜が言ってくる。

「さっきの電話聞いていたでしょ。これ、わたしたちの仕事でもあるから。乾が、片付けておいて、って」

「乾って偉そうだよね。実作業をする人の気持ちなんて分からないんじゃないかな」

「たぶん真莉亜さんも、天道虫に仕事を依頼する時は同じような感じじゃないかな」モウフは言った。自分の態度に人は無頓着《むとんちゃく》なものだからだ。人のふり見て我がふり直せ、は至言だ。多くの人間がそれをやれれば、世の中はもう少し生きやすいだろうに。

「あと乾、意外に頑張ってるんだよ」マクラがピッキングをしながら言った。

「頑張って？　何を。全部人任せのくせに」

「たぶん今ごろ、１７２０号室で」

「このホテルの？」

「そう。似合わない金髪頭にして」「顔も変えて」

「何それ」

「わたしたちも最初、乾から依頼内容を聞いた時びっくりしたよね。まさかヨモピーにそんな裏側があったなんて」

「ヨモピー?」真莉亜が聞き返してくる。

「乾、ヨモピーを殺害するのを業者に頼んだこともあったらしいんだよね。だけど、あっけなく返り討ちだったんだって。最近、肩の関節が外れた業者が殺されている事件がいくつかあったもんね。まさか、ヨモピーたちにやられちゃっていたとは」

「肩を脱臼《だっきゅう》させる業者殺しの噂、真莉亜さんも聞いたことない?」

「あ、あるよ。当時、結構怖かったからね。それがどうかしたの? ヨモピーって誰」

モウフは、「どこまで喋《しゃべ》ったらいいのか分からなくて」と正直に話した。

「だったら最初から、もったいつけるようなことを言わないでほしいよ」

「反省してる」マクラが笑う。「タイムマシンがあったら、やり直したいくらい」

マクラとモウフに仕事を依頼してきた乾は、「蓬長官と佐藤秘書に復讐《ふくしゅう》をしたいが、迂闊《うかつ》には近寄れない。同じ部屋、それほど広くない部屋に一緒にいることができれば、チャンスはあるのだ」と主張した。「だから、俺のことを暗殺を請け負った業者に見せかけて、部屋に放り込んでおいてくれないか。適度に縛って」と依頼してきた。

「仕事なら引き受けるよ。でも、うまくいく? 顔見られたら、乾だってすぐにばれるでしょ」

「顔くらい変える。いまどき、十代だって整形をしている。顔なんてどうでもいいよ」

乾は整った外見を武器にしているように思っていたが、あっさりとそう言うため、モウフは、「へえ」と意外に感じた。

「雇われた業者が蓬さんを狙っている、という噂は事前に流しておく。実際、俺が雇った業者がしくじっているから、真実味があるよ。で、マクラとモウフは俺のことをホテルで捕まえて、取引場所に運んでおいてくれ」

「ふうん」

「暗殺者を隠すには、失敗した暗殺者の中に隠せってわけだよ」

「はあ」

「でもさ、そんなに、面倒なことやる必要あるの？　顔を変えてまで。ヨモピーがレストランかどこかにいるところを、普通に襲えばいいんじゃないの？」

「普段はＳＰがたくさんいて、難易度が高い。あとね、蓬と佐藤は侮れない。よっぽど、裏をかいた状態じゃないと返り討ちに遭う。俺が依頼した業者たちは隙をついたつもりが、みんなやられたんだから」

「そんなに手強《てごわ》いの？」「業者殺しの呼び名は伊達《だて》じゃない」

「まじか」マクラが呆《あき》れと恐れのないまぜになった声を出した。「あのヨモピーが」

「でもさ、仮に怪しまれなかったとして、どうするの。暗殺者として確保されたなら、たぶん、痛めつけられるでしょ。間違いなく、肩はすぐ脱臼させられるんじゃないの」

「もちろんそのつもりだって」乾はコンパの予定を話すように、楽しげだった。「両肩脱臼くらいは我慢する。むしろ、そうし向けるつもりだよ。脚が使えればいい」

「脚？　蹴《け》り技でも練習してるの？」それにしても、もし蓬長官たちの正体が元業者殺しだとすれば、対等に闘えるとは思えなかった。

「練習しているのは、脱臼の治し方だね」

「はあ？」

「壁にぶつけて、はめる。いいか、マクラとモウフ、大事なのは勉強だよ」

「乾、分かってる？　肩をはめるなんて、できるわけないよ」モウフは言った。

「できるよ。だったら整骨院はどうやって治しているんだ。言ってなかったっけ、俺が柔道整復師の資格も持っていること」

「知らないよ」それ自体が本当なのか冗談なのかもはっきりしなかった。

「壁を使ってはめるにしても、脱臼を治している間、相手が待ってくれるわけないでしょ」

するとと乾は、「相手の視界を奪う。その間に全部やるから」と笑った。「肩がやられていても、物を踏むことくらいはできる」

指示された通り、乾をシーツで包《くる》み、拘束した姿にして1720号室に運び、「光爆弾」と彼が呼ぶ、音楽用コンパクトディスクを一回り小さくしたような、薄い円盤状の物をベッドの下に置いた。機会を見計らい、足で引っ張り出し、踏みつけ、起爆させるのだという。

「そんなにうまくいく？」他人事だけに、「お手並み拝見」の気分だった。

依頼を受けた後、マクラが、「だけど、よくわたしたちを信用してくれたね。こんなこと、事前にヨモピーに洩《も》れたら大変なことになるでしょ。わたしたちがチクったら、乾はもう終わりだよ」と言った。確かにその通りだ。

「二十歳でこの業界に入って、ずっと探してきたんだよ。だから時間がかかった」

「何を探してたの」

「信頼できる人間をだよ。マクラとモウフは信頼できる。だろ」

モウフはマクラと顔を見合わせた後で、「見る目あるね」と笑った。「ちなみに、わたしたち、怖い噂を聞いたことがあるんだけれど」

「噂？」

口にするには勇気が必要だったが、覚悟を決める。「乾は人を解剖する趣味があるって」

乾は嬉しそうに顔を綻《ほころ》ばせた。自分の思い通り、女性を口説けた、というような満足感を滲《にじ》ませている。「俺が流したんだよ、その噂。業界で舐《な》められないように。さっき言ったように、外された肩を治すために、骨や筋肉の勉強もしていたから、それっぽい理由をつけたくて」

「だからって、そんなおぞましい噂を？」モウフは呆れた。

「いいだろ。不気味で」

「ぜんぜんいいとは思えないけれど」「どうぞご勝手に」

さて、乾は果たしてうまくやったのだろうか。モウフは十七階の様子を想像したくなった。

「乾って、不真面目そうで嫌なんだよね。いつもあっけらかんとしているし。全部、人任せ」引き続き真莉亜が、ぶつぶつと隣で言っており、モウフは笑ってしまう。

マクラが立ち上がる。「鍵、開いたよ」

「ありがとう」モウフと真莉亜の言葉が重なる。

中から誰かが飛び出してくることも想定しつつ、警戒しながらドアを開く。マクラとの位置関係を気にしながらワゴンを前にし、室内に入っていく。

長いテーブルと椅子がたくさん並んでいた。手前側のいくつかは転倒しており、何らかの格闘の痕跡《こんせき》だと分かった。

天道虫はすぐに見つかった。宴会場に入ってすぐのところに、うつ伏せで倒れていたからだ。真莉亜が駆け寄った。手慣れた動きで、首のあたりに触れる。おそらく脈を確認したのだろう、表情には出なかったが、彼女の背中から安堵《あんど》の息がふわっと出るのが分かった。

「寝てるね、これは。起きて、起きて。朝だよ」ひっくり返し仰向《あおむ》けにした天道虫の身体を、真莉亜が揺する。さらには、顔を軽く叩《たた》きはじめた。「お母さんですよ」と言ったかと思えば、「お父さんですよ」とも言っている。

「死体があるはずだよね」マクラがそもそもの自分たちの仕事を思い出したかのように、ワゴンを押した。モウフもうなずく。長テーブルを避《よ》けながら、死体を探しはじめる。

男ががばっと立ち上がったのはその後だ。長テーブルの下にいたのだろうか、自らが爆発物となったかのように、勢いよくテーブルと椅子をひっくり返した。

男は髪が乱れている上に、顔面の肉が欠けている。あちらこちらに血が飛び散っている。

「モウフ」とマクラが投げてきたシーツを受け取る。

男はモウフたちから離れた場所にいて、迷う素振りも見せず、天道虫に寄り添う真莉亜に向かって、突進した。あたりかまわず、目に入るものを嚙《か》み殺そうとする獣のような、暴走状態に見えた。真莉亜さん！　とモウフは声を上げている。

ちょうどそこで、寝ていたはずの天道虫が身体を起こした。間が悪い、とモウフは舌打ちした。

天道虫は上半身を起き上がらせ、場所や状況の確認をしている様子だった。

男が自爆覚悟の暴走タックルを食らわそうとする。真莉亜も男に気づいていた。

モウフは眺めているだけだった。

真莉亜が起きたばかりの天道虫の身体を乱暴に押しやった。天道虫を寝かせ、自分がタックルの的になるつもりなのだ、とモウフは思った。

真莉亜は床から何かを拾った。間髪を入れず、しゃがんだ姿勢のまま、それを鋭く投げた。

直後、ぴたっと男が止まった。モウフからは背中しか見えなかったが、急速に電池が切れたかのように静止した。

少しして男は前のめりに倒れ込む。地響きとまではいかないが、床が揺れるような音がした。

モウフたちが駆け寄ると、天道虫が姿勢をどうにか立て直したところだった。「どうして突き飛ばしたんだ」と真莉亜に文句を言っている。

「助かったんだから、まずは感謝してよ」

「何が起きているのかさっぱり分からないんだよ」

「君はだいたい、ついてないでしょ。だから、相手にぶつかられて転んだら、ちょうどそこに危ない物でも落ちているんじゃないかなと想像したの」

「どういうこと?」マクラが訊《たず》ねた。

「君がタックルを食らって倒れれば、その床には画鋲《がびょう》や釘《くぎ》が落ちていて、ぐさっと刺さる。そういうことになっているでしょ。不運の塊なんだから。泣き面を見せたら蜂が刺しにくる。転べばそこに尖《とが》ったものがある。それが君の運命。だからわたしがそれを見越して、君の近くを探したら、案の定、あったわけ」

「何があったんだ」

「長い針が床に刺さってた。矢なのかな」

「ああ、さっき上から狙われた時のやつだ」

モウフが振り返り、倒れている男に視線をやれば、額のところに矢とも釘ともつかない、長い物が刺さっている。

「額のど真ん中だね。真莉亜さん、ストライク」マクラが隣に立ち、やはり男を見下ろして、ぼそりと言った。「この男もこの男でよく動いたよね」

顔が大きく損傷しており、ああやって動けたこと自体が信じがたいほどだ。

モウフはマクラと手順の相談をし、男の身体をワゴンに運ぶ。テーブルや椅子の位置を直し、血痕を拭《ふ》くことにした。早くしなければ、宴会場に誰かがやってきてしまう。

「簡単な仕事だったでしょ」と真莉亜が言い、天道虫が、「びっくりするくらいに」と答えているのが聞こえてきた。

本格的なレストランで食事をするのは久しぶりで、七尾は落ち着かなかった。料理が順番に出てくることにも、一品ごとにスタッフが解説をしてくれることにも慣れない。そう言うと前に座る真莉亜は、「毎食これだと大変だけれど、年に何回か、こういうところで食べる時くらいは楽しんだほうがいいよ。コース料理の醍醐味《だいごみ》を」と言ってくる。

「君は年に数回なのか。俺は数年に一回もないよ」

「ワールドカップみたいね。盛り上がりそう」

暖簾《のれん》に腕押しとしか言いようがなく、七尾は溜《た》め息をつく。「ええと一年前、このレストランに蓬はいたのか」

「このホテルで、記者と一緒にコース料理を食べていた。お店の人が覚えていたらしいよ」

「店内には防犯カメラはないんだっけ」七尾は天井や壁に視線をやる。

「出入口にはあるけれど、店内にはないんだよ」そう答えたのは、七尾の隣にいるココだった。

「物を盗む人とか、飲み物に怪しいものを入れる人とかいるから、本当は各テーブルを録画したほうがいいんだけれどね」

「あの日のホテル内の防犯カメラの映像データが残っていなかったのは、ココさんがやってくれたの?」真莉亜が訊ねた。

ウィントンパレスホテルでの騒ぎから、一年が経っていた。吹き矢を使う六人組に加え、高良と奏田の二人、蓬実篤と秘書の佐藤、さらにはニュースサイトの記者が亡くなる大変な日だったが、表にはほとんど出なかった。

表沙汰《おもてざた》にならなかった理由の一つは、死体の処理がうまく行われたからだ。業者がすべて運び出したのだという。525号室と2010号室、1720号室と楓の間、そのほかに三階と一階のトイレに置いた死体、すべてだ。「マクラとモウフが優秀で、わたしのところの専属にしたい」と真莉亜は言っていたが、専属になるメリットがあるようには思えなかった。

蓬実篤と佐藤秘書の二人に関しては、後日、関東の高原リゾートの火事を起こした別荘から死体が発見され、国中を驚かした。真莉亜が、「いつまでも行方不明になっているほうが不自然だから」と考え、死体を運ぶことにしたのだという。

防犯カメラの映像が残っていなかったことも、騒動が表に出なかった理由の一つだった。蓬長官がレストランに来ていたことまでは把握できても、ホテル内での行動に関しては、調べようがなかった。

「カメラのデータを消したのは、わたしじゃないんだよ」ココが言う。「わたしはほら、ご存じの通り、泳いでいるところだったでしょ、三途《さんず》の川を」

「三途の川って泳いで渡るのか」

ココが左右の腕をそれらしく動かした。しかもクロールか、と七尾は言わずにはいられない。

「たぶん、あの子たちがやったんじゃないかな。六人組が。防犯カメラをチェックしていただろうから、紙野ちゃんを捕まえる直前くらいに、全部削除したんだよ。カメラの録画もストップさせて」

七尾は帆立の貝柱をフォークで動かし、皿についたソースを絡めるようにした後で口に入れた。

「どう？　美味《おい》しい？」真莉亜が訊ねてくるのが煩わしかった。

「美味しいに決まっている」

「ココさんを今日、食事に誘ったのは」真莉亜がナプキンで口を拭く。「教えてほしかったんだよね、あの日のことをいろいろ」

「一年経ってるのに？　いまごろ？」

「だってココさん、長いこと入院してたでしょ。訊《き》くに訊けなかったし」

「退院は少し前にしていたんだけれどね」

「無事で良かった」

「お医者さんも驚いていたね。ただ、わたしだって、息子の試合をまだ観たいんだから」

「ココさん、それって本当なの？　噂で聞いたことあるけど」「もちろん、本当。ベテラン左腕」

いったい何の話なのか、と七尾は思いつつ、内容を知りたくもなかったため、食事をひたすら楽しむことにした。

一年前のあの日のウィントンパレスホテルでの出来事は、七尾からすれば、思い出したくもない、悪い夢のような出来事だった。

「あれだけ頑張ったのに、誰にも感謝されなかった」七尾は嘆く。

「だって、わたしがお礼を言う必要はないでしょ。むしろ、わたしが君を助けたんだし」

「まあね。ただ、それを言うなら、逆恨みをした人物が君を狙っているのを教えたのは俺だよ」

後日、その男の素性は簡単に判明した。真莉亜が問い質《ただ》し、誤解を解くことで、手打ちとなり、結果的には、真莉亜が劇場に行かずに本当に良かったと言えたが、彼女自身は、「あの舞台を見損ねた」としばらく不満を洩らしていた。

「厳密に言えば、危険を教えてくれたのは、紙野さんでしょ。わたしにメッセージを送ってくれたんだから」

「それだって、俺がお願いしたんだから」

真莉亜が、「ココさんと連絡が取れそうだから今度一緒に食事をしながら話を聞こうよ」と誘ってきた時、七尾は気乗りしなかった。一年前のことでもあるし、ようやく記憶が薄らいできたのだ。最終的に、「行くよ」と答えたのは、ココにならば礼を言ってもらえるのではないか、と思ったからだ。

何しろ紙野結花を逃がすのはココの仕事で、それを七尾が半ば強引に引き継がされたのだ。謝罪はもちろん、「助かりました」と感謝されても罰は当たらない。

が、料理が次々と運ばれてくるにもかかわらず、ココが、「あの時はありがとう」と言ってくる気配はなかった。自分から、「お礼を言ってもらいたい」と言い出すのも気がひける。すっきりしないものだな、と諦《あきら》めに似た気持ちを抱くが、出てくる料理がことごとく美味しいため、悶々《もんもん》とした気持ちにはならなかった。むしろ、「そんなことは小さな悩み！」と思えるほどに、口の中に幸せが広がっていく。

ココの前のグラスにはソーダ水が、七尾のほうにはコーラが入っていた。席に座った際、ココが真っ先に、「高良《コーラ》と奏田《ソーダ》の二人には申し訳ないことをしちゃったよね。一周忌といったら何だけど」と言い、果たしてそれが追悼の意味になるのか分からなかったが、注文したのだ。「何のこと？」と首をかしげる真莉亜だけが飲みたいワインを飲んでいる。

「ココさん、乾と紙野さんはどうしているわけ。あの後、見つかっていないでしょ」メインの肉料理を食べ終えるあたりで、真莉亜が訊ねた。「ココさんが逃がしたんじゃないの？」と。

「わたし、入院していたのに」

「入院していたってココさんならできるでしょ」真莉亜は言いながら、両手でタイピングをする仕草をした。

ココは笑みを浮かべ、肯定も否定もしない。「話せることはそんなにないよ。だけど、いい組み合わせだと思わない？　真面目で思慮深い紙野ちゃんと、何でも要領よくこなす、軽薄そうな乾と」

「仲良く二人でどこかに？　わたしはよく分からないんだけれど、二人はそういう仲だったの？」

「俺に訊かれても知らないよ」

「そういう仲ではなかったんだろうけど、そういう仲になったんだろうね」

「なぞなぞみたいだな」七尾は言った。ありとあらゆることが、なぞなぞじみていた。ホテルにいた蓬長官がどう関係していたのか。乾と紙野結花は何をやったのか。「あの日、ホテルの出入口には見張りみたいなのがいた。紙野結花はどうやって逃げたんだ」

「まあ、乾と一緒に出たんじゃないの。マクラとモウフが言うには、運び屋みたいなのもいたみたいだし」真莉亜はそのことには関心がなさそうだった。

「乾と紙野ちゃんはね、本当は遠く、海外とかに行きたかったみたいだけれど、まずはお金を用意するらしいよ。乾も真面目に働くんだって」

「真面目に？　それって、猫に『寝るな』と言うようなものじゃないの」できるわけない、と真莉亜が言う。「居場所がばれたら、大変な目に遭いそうだけど」

「ちなみにね。わたしが本気出して、リセット仕事をしたんだとしたら」

「うん」

「誰にも見つからないだろうね。わたし、得意なんだから、そういうの。だから、新しい人生を二人で歩けているはず。別に、ひっそりと隠れて暮らす必要もないし、たとえばこのお店の隣で食事をしていても大丈夫」

そう言われて隣を見たが、無人のままだ。「ふうん」と七尾は答えた。

「ふうん、って素っ気ないね」真莉亜が指を向けた。「紙野さんは命の恩人なのに」

「そうだっけ」

「言ってたじゃない。宴会場で、彼女が逃げてくれたおかげで助かった、って」

「ああ、それなんだけど、後で考えたら、彼女が俺を巻き込まなければ、そもそもそんな事態に遭遇していなかったはずなんだ」

俺のほうこそ礼を言われたい、と七尾が言い返そうとしたところ、デザートが運ばれてきた。大きな皿の中央に、チーズケーキが置かれ、チョコレートソースと可愛らしいアイスクリームが添えられている。それまでの凝った料理に比べると、比較的オーソドックスな物に思えた。

フォークでケーキを切り取り、口に入れる。「ああ」と声が出た。チーズの匂いと酸味にまざり、柑橘《かんきつ》系の香りが鼻にまで広がる。遅れて、ぴりっとした辛味とも苦味ともつかない刺激がある。

「どうしたの」真莉亜はケーキを頬張った後で訊ねてくる。

「柚子《ゆず》胡椒《こしょう》だよね、これ。思ったよりも、悪くない」

真莉亜は眉《まゆ》をひそめた。「柚子胡椒？　そんなの入ってないでしょ」

「え」七尾は、真莉亜の皿に目をやり、その後で自分の残っているチーズケーキを見る。形はほぼ同じだが、色が少し違う上に、七尾のほうには胡椒による斑点《はんてん》があった。

隣のココの皿を確認しようと首を伸ばすと、ココが微笑んで、愉快げな眼差《まなざ》しを向けてきた。

厨房《ちゅうぼう》はどこにあるのか、とあたりを見回そうとしたところ、別テーブル用の飲み物を運ぶウェイターが通りかかった。突然、床で滑り、七尾の服にワインをひっかけてしまう。さらには、「これは大変」と慌てて飛んできた別のスタッフがやはり転び、より騒ぎが大きくなったが、七尾と真莉亜はほぼ同時に、「よくあることなので」「気になさらず」と答えた。

ココは一瞬驚いた顔をしたものの、すぐに噴き出した。相変わらず、こんなことばっかりだ、と七尾は溜め息を吐く。

「そうそう、マクラとモウフが言ってたよ」真莉亜がケーキを頬張りながら喋る。

「何を」

「あの後、君が呟いていたでしょ。他人と比べちゃいけないとか、リンゴがどうしたこうした」

楓の間を出る際、口に出していた記憶はあった。不運な出来事ばかりに遭遇する自分が恨めしくなり、朦朧《もうろう》とする中、呪文のように唱えたくなったのだ。

「妙に納得した感じだったよ」二人とも、「高校時代にその話を聞きたかったなあ」と笑いながらも寂しそうだった、と真莉亜は付け足した。

「紙野ちゃん、絶対に忘れないだろうね」ココが七尾のほうは見ず、独り言のように洩らしたのは、少し経ってからだ。

「え、何を?」

「恩を」

「ああ」「でしょ」

「まあ、そうか。忘れたくてもね」

七尾はぼんやりとした頭でフォークを動かし、ケーキの欠片《かけら》でプレートを拭《ふ》くようにし、チョコレートソースをつけた。チョコレートでメッセージが書かれていたのでは、と思った時には、ほとんどが擦《かす》れて消えている。口に入れれば、さきほどのウェイターの転倒時に飛び散ったのだろう、ワインの香りがした。

あとがき

これまでの僕の小説同様、この『777 トリプルセブン』で描かれている世界は、僕の想像によって作られた架空のものです。東京のホテルを舞台にしていますが、特定の街や特定のホテルをモデルにしているわけでもなく、ホテル関係者にいくつかの確認は取ったものの、部屋やエレベーターの配置に関しても小説の内容に合うように、でっち上げている部分が少なくありません。作中の会話に登場する、「柚子胡椒《ゆずこしょう》とチーズケーキの組み合わせ」にしたところでどのような味なのか見当もつきません。

現実の建物や人物、事件とは無関係の、架空の国の、架空の建物における、架空の人物たちによる（架空のチーズケーキが登場する）話だと思っていただけると助かります。

また、ある登場人物たちが、「資本主義」のことを話す場面がありますが、これは、作家の水《み》野《の》敬也《けいや》さんとリモートで雑談を交わした際に教えていただいた話から発想したものです。刺激的な、たくさん笑える話をいつも聞かせてくれ、本当にありがたいです。

本書は書き下ろしです。

伊坂幸太郎（いさか　こうたろう）
1971年千葉県生まれ。東北大学法学部卒業。2000年『オーデュボンの祈り』で第5回新潮ミステリー倶楽部賞を受賞しデビュー。『アヒルと鴨のコインロッカー』で第25回吉川英治文学新人賞、短編「死神の精度」で第57回日本推理作家協会賞短編部門、08年『ゴールデンスランバー』で第21回山本周五郎賞、第５回本屋大賞を受賞、20年『逆ソクラテス』で第33回柴田錬三郎賞を受賞。

７７７　トリプルセブン

2023年９月21日　初版発行

著者／伊《い》坂《さか》幸《こう》太《た》郎《ろう》

発行者／山下直久

発行／株式会社KADOKAWA
〒102-8177　東京都千代田区富士見2-13-3
電話　0570-002-301(ナビダイヤル)

印刷所／旭印刷株式会社

製本所／本間製本株式会社

●お問い合わせ
https://www.kadokawa.co.jp/（「お問い合わせ」へお進みください）
※内容によっては、お答えできない場合があります。
※サポートは日本国内のみとさせていただきます。
※Japanese text only

定価はカバーに表示してあります。

ISBN 978-4-04-114147-2　C0093